Wolfgang Brenner

Stinnes ist tot
Kappes achter Fall

Kriminalroman

Jaron Verlag

Wolfgang Brenner, geboren 1954 im Saarland, lebt seit vielen Jahren in Berlin und im Hunsrück. Brenner hat Romane und Sachbücher geschrieben und dafür einige Preise bekommen. Zuletzt erschien von ihm 2023 der Berliner Kriminalroman «Loreley» bei Jaron.

Originalausgabe
2. Auflage 2025
Jaron Verlag GmbH, Erdmannstraße 6, 10827 Berlin
info@jaron-verlag.de, www.jaron-verlag.de
© 2009–2025 Jaron Verlag GmbH, Berlin
Alle Rechte vorbehalten. Jede Verwertung des Werkes und aller seiner Teile ist nur mit Zustimmung des Verlages erlaubt.
Das gilt insbesondere für Vervielfältigungen, Übersetzungen, Mikroverfilmungen und die Einspeicherung und Verarbeitung in elektronischen Medien.
Umschlaggestaltung: Bauer + Möhring, Berlin
Satz: LVD GmbH, Berlin
Druck und Bindung: DZS Grafik, d.o.o., Ljubljana, Slowenien

ISBN 978-3-89773-601-6

*Für meinen Vater.
In Dankbarkeit.*

EINS

ALLE FIEBERTEN der Verabschiedung des Chefs entgegen. Alle außer Kappe. Klar, auch er hatte von Canow nie besonders leiden mögen. Aber der Kriminalkommissar Hermann Kappe lechzte nicht nach einfachen Triumphen. Zumal der Abgang des Chefs keiner war, auch wenn die anderen das glaubten. Von Canow wurde ja nicht sofort in den unverdienten Ruhestand geschickt. Er wurde vorher noch befördert. Ins Preußische Innenministerium, als Unterunterstaatssekretär. Hieß es zumindest im Polizeipräsidium am Alexanderplatz.

«Det ist so wat wie 'n Bureaubote», hatte Galgenberg getönt. «Famoser Aufstieg für den ollen von Canow.»

Kappe wusste es besser. Von Canow würde in der Personalabteilung der Polizeiführung des Ministeriums noch ein paar Monate sein Unwesen treiben und dafür sorgen, dass halbadelige und adelige Verwandte aus der hintersten Mark, die beim Militär von wichtigen Offiziersrängen hatten ferngehalten werden können, sich nun ungestört im höheren Polizeidienst wichtigmachen konnten. Womöglich begegnete man dem Sesselpupser später auf irgendeiner Chefbesprechung wieder, und er machte einen vor den Kollegen aus den anderen Abteilungen lächerlich, indem er augenzwinkernd die Erinnerung an die gemeinsamen Razzien im Rotlichtbezirk beschwor. «Zum Kringeln, Kappe, was? Erinnern Se sich noch an die Kleene mit dem Hottentottensteiß? Mann, die hatte es aber drauf.» Dabei hatte von Canow sein Bureau während der Arbeitszeit höchstens zum Mittagessen oder zum Schleimen beim Polizeipräsidenten verlassen.

Doch Galgenberg ließ sich seine gute Laune nicht verderben. «Mensch, Kappe, oller Schwarzseher, sollen se doch dem Freiherrn von Canow im Innenministerium meinetwejen 'nen Maialtar bauen und ihn in Aspik einlegen. Hauptsache is, wir sind die taube Nuss ein für alle Mal los. So musste denken, Kappe! Nich immer nur miesepetrig in die ferne Zukunft blicken. Det Unglück der Beamten im Ministerium ist unser Glück, Kappe.»

Doch Kappe lächelte nur mitleidig. «Von Canow war gar nicht so übel.»

Galgenberg verschluckte sich fast vor Empörung. «Von Canow? Jar nich so übel? Dir ham se wohl mit dem Klammersack jepudert, Kappe! Wat meinste, wer hier seit Jahren unsere Beförderungen vahindert hat?»

«Warum hätte von Canow das tun sollen, seine eigenen Leute oben schlechtmachen?», fragte Kappe.

Galgenberg tippte sich heftig an die Stirn. «Weil es sonst so ausjesehen hätte, als würden *wir* hier die Arbeit machen.»

«Tun wir doch auch», entgegnete Kappe.

«Klar, aber olle von Canow hat det nach außen immer so aussehen lassen, als wäre er der große Sarrasani in diesem kleenen Flohzirkus. Beförderungen der begriffsstutzigen und stinkfaulen Mitarbeiter hätten nich in't schöne Panorama jepasst, Kappe.»

Es stimmte. Kappe hätte mit seinen Erfolgen und der Zuverlässigkeit, die er seit Jahren bewiesen hatte, in jeder anderen Abteilung längst Oberkommissar sein müssen.

Klara drängte ihn schon, sich doch versetzen zu lassen, wenn er in seiner Abteilung nicht weiterkam. Sie rechnete natürlich mit der kleinen Gehaltsaufbesserung. Die hätten sie gut gebrauchen können.

Aber Kappe dachte anders. Er machte seine Arbeit. Das Maß für die Qualität verwaltete er selbst. Er wusste, was er tat und wie ernsthaft er es tat. Er beobachtete sich selbst. Hermann Kappe war Kappes Chef. Und er war ein strenger Chef. Nichts ließ er sich durchgehen. Rein gar nichts. Das hatte etwas mit Würde zu tun.

Kappe war nicht kleinlich. Weder mit Geld noch mit Zeit. Aber wenn es um seine Würde ging, konnte er sehr penibel sein. Das war das Erbe von Wendisch Rietz. Kappe war sich selbst so viel wert, wie seine Arbeit wert war – in seinen Augen, nicht in denen von von Canow oder anderen. Was andere dazu zu sagen hatten, interessierte ihn wenig. Sich um das Lob der anderen zu bemühen kam ihm nicht in den Sinn. Entweder beförderten sie ihn, oder sie beförderten ihn nicht. Wichtig war nur, wie er selbst die Ergebnisse seiner Arbeit beurteilte. Deshalb hatte er angesichts des stillschweigenden Beförderungsstopps, den von Canow über die Abteilung verhängt hatte, auch nur lachen können. Sollte er doch! Kappe wusste selbst, was er an sich hatte. Und er wusste, dass die Berliner Polizei – von Canow hin oder her – dumm wäre, wenn sie auf ihn verzichten würde. Es gab wenige Kommissare, die mit vergleichsweise geringem Aufwand solche Erfolge vorweisen konnten wie er. Das wurde aus Gründen der Kollegialität nie offen gesagt, aber jeder wusste es.

Kappe brauchte nur eines: Er musste in Ruhe gelassen werden. Und in dieser Hinsicht hatte er sich über von Canow nicht beschweren können. Insofern fiel es einem Hermann Kappe nicht so leicht, sich über den Weggang seines Chefs zu freuen. Er seufzte. «Wer weiß, was jetzt auf uns zukommt?»

Galgenberg schlug ihm mit solcher Wucht auf die Schulter, dass Kappe für einen Moment die Luft wegblieb. «Kann nur besser werden.»

Wie alle Kommissare musste auch Hermann Kappe mehrmals in der Woche hinüber zur Dircksenstraße. Dort war die Gerichtsstube des Polizeipräsidiums, eine Art Schnellgericht, das sich zunehmender Beliebtheit erfreute – bei der Berliner Polizei ebenso wie bei den Ganoven.

In der Gerichtsstube hatten nur diejenigen Täter etwas zu suchen, die auf frischer Tat ertappt worden waren. Ihr Fall sollte rasch erledigt werden und gar nicht erst das weitläufige und undurchschaubare Röhrensystem des Moabiter Großgerichts verstopfen. Was dort erst nach Wochen zur Verhandlung kam, wurde hier binnen Minuten zu einem Abschluss gebracht. Dafür musste man auf beiden Seiten Einbußen hinnehmen.

In der Dircksenstraße wurden keine Zeugen vernommen, was die Angelegenheit fast schon elegant machte. Auch verzichtete man einvernehmlich auf das weitschweifige Verlesen eines Eröffnungsbeschlusses durch den Richter, obwohl es einen Richter gab. Der Staatsanwalt trat einfach mutig vor und sagte: «Ich klage an!» Schon ging es los.

Kappe wunderte sich oft darüber, wie unverzüglich die Gerechtigkeit ihren Gang ging, wenn man auf das übliche Brimborium der Moabiter Gerichtsbarkeit verzichtete und sich alle Beteiligten einig darüber waren, dass die Sache möglichst schnell und ohne unnötiges Aufsehen zu bewältigen war. Allerdings war es gerade diese Einigkeit, die den gerne etwas umständlichen Kommissar Kappe misstrauisch werden ließ.

So pflegte der Richter in der Dircksenstraße bei größeren Verbrechen den mutmaßlichen Täter zu fragen, ob er sein Verfahren bei den langsamer und ordentlicher arbeitenden Juristen in Moabit nicht besser aufgehoben sähe.

Erstaunlicherweise hatte Kappe noch nie einen Angeklagten erlebt, der dieses doch recht großzügige Angebot des Schnellrichters angenommen hätte. Deshalb fragte er sich oft, wenn er in der Dircksenstraße auf der engen Bank der Polizeibeamten saß, ob an der ganzen Sache nicht etwas faul sei. Warum sonst fanden sich die Ganoven so gerne dazu bereit, sich ohne Anwalt und ohne ordentliche Hauptverhandlung verurteilen zu lassen? Auch dass kaum einer nach seiner Verurteilung in der Dircksenstraße Rechtsmittel gegen die oft atemlos gefällten Entscheidungen einlegte, machte Kappe stutzig. Waren die Berliner Ganoven etwa scharf auf schnelle und oft unüberlegte Strafen? Oder fehlte ihnen einfach nur die Zeit für das langwierige Verhandeln in den ehrwürdigen Fluren des mächtigen Moabiter Gerichtsgebäudes?

Dabei verkannte Kappe aber auch nicht die Nützlichkeit der

polizeilichen Gerichtsstube. Wusste er doch, dass viele, die auf ihre Verhandlung in Moabit warteten, während dieser Wartezeit neue Verbrechen begehen konnten, wenn man sie nicht in Untersuchungshaft gesteckt hatte. Kappe, der Praktiker, kam nicht umhin, die Vorzüge dieser seltsamen Einrichtung in der Dircksenstraße für den Polizeialltag zu würdigen. Die Täter kamen vom Tatort aus, wo man sie ja erwischt hatte, gleich vor Gericht. Sie waren sozusagen noch frisch, trugen noch den Staub ihrer unehrlichen Tätigkeit auf den Kleidern und hatten in der einen Nacht, die sie vielleicht in einer Polizeizelle verbracht hätten, noch keine Muße gehabt, sich eine ausgebuffte Verteidigung, also langwierige Ausreden, auszudenken.

Allerdings handelte es sich bei den Delinquenten in der Dircksenstraße meistens um arme Würstchen, denen man die Not, aus der heraus sie Diebstähle oder Einbrüche begangen hatten, noch ansah. Selten trat in der Dircksenstraße einer auf, der eine Arbeit hatte. Fast alle gaben an, Angst vor Hunger und Kälte zu haben. Und man glaubte ihnen unbesehen.

Die Mörder, mit denen Kappe zu tun hatte, kamen natürlich nicht in die Dircksenstraße. Aber er kam während seiner täglichen Arbeit oft genug mit anderen Tätern in Berührung, zu deren Taten dann seine Aussagen erwünscht waren.

Was Kappe hingegen genoss, war die überraschend freundliche Atmosphäre in der Gerichtsstube. Niemand musste sich beweisen, niemand stellte sich in Positur – es fehlte ja das große Publikum. Der Staatsanwalt war an einer flotten Erledigung interessiert, denn nebenbei hatte er noch einige aufreibendere Sachen in Moabit über die Bühne zu bringen.

Die Klausur ersparte vielen armen Teufeln das Zuchthaus, denn in der Dircksenstraße war öfter als in den großen Gerichtssälen von mildernden Umständen die Rede.

Warum auch nicht, dachte sich Kappe. In diesen schweren Zeiten verdiente doch jeder mildernde Umstände, sogar er und erst recht seine Klara. Er ertappte sich in letzter Zeit oft dabei, dass er sich ausmalte, wie gering die Anlässe, wie gewöhnlich die Umstände sein konnten, dass auch er oder seine Klara vom rechten Pfad abkamen. Das Leben in Berlin war sechs Jahre nach Kriegsende ein verbissener Kampf geworden, nichts wurde einem geschenkt, und es gab genügend Gestrandete in den Straßen der großen Stadt, die nicht schlechter waren als er oder Klara, denen es aber bedeutend schlechter ging. In solch einem Käfig konnte jeder innerhalb eines Tages vom Helden zum Verlierer werden. Das erlebte Kappe ständig, schließlich hatte er mit beiden zu tun – mit Verlierern allerdings bedeutend häufiger als mit Helden. Wenn alles durcheinandergewirbelt wurde und jeder sowohl oben als auch unten mitschwimmen konnte, war es da nicht beruhigend, dass es eine Dircksenstraße gab, in der nicht so genau bemessen wurde und gerne von mildernden Umständen die Rede war, sei es auch nur aus Zeitersparnis und aus Gründen der juristischen Effizienz?

Dabei waren die Zustände in der Gerichtsstube eigentlich gar nicht dazu geeignet, diese angenehme Assoziation bei Kappe zu erwecken. Es handelte sich lediglich um ein großes Zimmer, dessen drei Fenster auf die Gleise der Stadtbahn hinausgingen, wo unablässig S-Bahnen und Fernzüge vorbeirauschten, um den Menschen in der Stube zu zeigen, wie wenig ihre Bemühungen um Gerechtigkeit und Eile den großen Gang der Dinge aufhalten konnten.

Vor dem mittleren Fenster saß auf seinem Podium der Schnellrichter, das Tageslicht im Rücken, wie es sich für einen Vertreter der Justitia gehörte. Zu seinen Seiten kauerten der Staatsanwalt und der Schreiber, den es der Ordnung halber sogar in der Dircksenstraße gab.

Hinter zwei Holzschranken spielte sich nun der Publikumsverkehr ab. Von draußen wurden unablässig neue Angeklagte hereingeführt. Sie warteten sozusagen in Reserve, damit das Schnellgericht nicht leerlief. Auch gab es in der ohnehin kleinen Stube eine Ecke für das Publikum, das zugelassen war. Selbst wenn es schnell ging, durfte das Volk zuschauen. So viel Zeit musste in einer Demokratie dann doch sein.

Allerdings hatte Kappe den Eindruck, dass sich unter den Zuschauern vor allem bleiche Gerichtsreferendare befanden, die erschrocken verfolgten, wie schnell man der Gerechtigkeit Genüge tun konnte, wenn man die Erlaubnis von oben dazu hatte, und natürlich befreundete Ganoven, die den Kollegen beistanden oder lernen wollten, wie man auch vor dieser Institution mit Bravour bestand.

Diesmal musste Kappe warten, bis sein Fall an die Reihe kam.

Vor ihm befand sich ein glattrasiertes Köpfchen in einem bunten Wollschal. Der Mann hatte nachts auf der Friedrichstraße schwarz mit Zigaretten gehandelt und war erwischt worden, was bei dem auffälligen Schal kein Wunder war, wie Kappe fand.

Der Richter fragte: «Sie haben keine Wohnung – wo schlafen Sie denn?»

«Det kann ick dem Herrn Richter nur unter vier Oogen saren.»

Damit gab sich der Richter achselzuckend zufrieden und kam nun zur unzweifelhaften Tat.

«Nein, ick habe nich jehandelt», beteuerte der Angeklagte. «Ick hab nur an der Ecke jestanden, weil ick früher dort jehandelt habe und meener Kundschaft viele Zigaretten uff Kredit jejeben habe. Nun wollte ick die Schulden eintreiben. Da kam der Beamte, der mir kennt, und will bei mir Zigaretten koofen, und da falle ick darauf rein. Wie darf denn der Beamte bitte schön nachts um zehn Uhr Zigaretten koofen?»

Kappes Kollege erhob sich und erklärte: «Der Angeklagte hat immerzu ‹Zigaretten, Zigaretten› vor sich hin gemurmelt.»

Daraufhin sprach das Gericht in bemerkenswerter Schnelligkeit sein Urteil: Dreißig Mark Geldstrafe oder sechs Tage Haft.

Kappe hielt das für angebracht, wenn man bedachte, was dem darbenden Staat und damit den hungernden Familien entging, wenn Schwarzhändler Zigaretten auf den Straßen anboten.

Der Verurteilte schien das auch so zu sehen, denn er trat die Haft auf der Stelle an.

Das nächste Urteil hingegen fand Kappe angesichts der Verhältnisse in der Dirckstraße geradezu drakonisch.

Es trat eine Frau auf, die die vierzig schon überschritten haben musste. Würdig zwar, aber ärmlich gekleidet und verhärmt. Wie sich schnell herausstellte – auch das ging in der Dircksenstraße schnell –, war sie wegen Einbruchsdiebstahl vorbestraft und hatte deswegen im Zuchthaus gesessen. Sie war an diesem Tag wegen «intellektueller Urkundenfälschung» und Führung eines falschen Namens angeklagt.

Die Frau hatte einem Bettler Schmiere gestanden und war zusammen mit diesem aufgefallen. Das allein wäre noch kein Grund gewesen, einen solchen Aufriss zu machen. Aber sie beging einen tragischen Fehler: Als sie ins Polizeigefängnis eingeliefert wurde, gab sie dem Protokollanten einen falschen Namen an. Sie trug also mit ihrer Angabe dazu bei, dass ihr Falschname in das amtliche Dokument gelangte. Das nannten die Juristen, wie Kappe wusste, «intellektuelle Urkundenfälschung». Ein Straftatbestand, den Kappe nie so richtig hatte einsehen können, denn das Protokoll wurde ja durch den Falschnamen nicht gefälscht. Es war so echt wie der protokollierende Beamte im Polizeigefängnis.

Nun, der Richter vermutete, die Frau könnte den Falschnamen angegeben haben, um eine noch schwerere Straftat zu vertuschen, und verurteilte das arme Ding zu zwei Wochen Gefängnis wegen besagter «intellektueller Urkundenfälschung» und noch einmal zu einer Woche Haft wegen Führen eines falschen Namens.

Kappe wurde wütend. Nicht nur, dass die Frau erst durch die Polizeiaktion in die Verlegenheit gekommen war, ihren Namen angeben und damit eine «intellektuelle Urkundenfälschung» begehen zu müssen. Mit der zweiten Strafe wurde sie für dasselbe Delikt noch einmal verurteilt. Und es fuhr ihm ein Stich durch die Brust, ein intellektueller Stich sozusagen, als er daran dachte, dass Klara, falls ihm im Dienst mal etwas zustoßen sollte, vielleicht auch in eine solche Zwickmühle der Gerechtigkeit geraten könnte.

Dann kam es noch dicker: Ein junger Bursche gab alles sofort zu. Er war in der Chausseestraße am Vormittag in ein Kino eingedrungen und hatte eine Tafel Schokolade und eine Violine erbeutet. Die Schokolade hatte er auf der Straße verschlungen, die Violine für fünf Mark verkauft. Davon konnte er zwei Tage lang leben. Als das Geld alle war, hatte er sich der Polizei gestellt.

Der Richter redete ihm zu: «Das ist schwerer Einbruch, ein Verbrechen, das vor einem ordentlichen Gericht abgehandelt werden müsste.»

Doch der Junge sagte bloß: «Nee, nee, det is hier richtig.»

Der Staatsanwalt plädierte für Härte: «Der Mann zeigt keine Reue. Und freiwillig gestellt hat er sich doch nur, weil er keine Arbeit hat und bei der Kälte in Berlin eine Unterkunft braucht.»

Daraufhin wartete Kappe seinen Fall gar nicht mehr ab und floh tief bedrückt nach Hause.

ZWEI

DIE VERABSCHIEDUNG fand am nächsten Tag in von Canows Zimmer statt. Die engsten Mitarbeiter waren anwesend. Von Canow hatte Bier und Schrippen mit Schinken holen lassen. Für jeden eine Flasche und eine Schrippe. Er trug seinen Sonntagsanzug und eine verschämte Osterglocke im Revers. Andere Blumen gab es im April noch nicht. Von Canow hielt eine Rede, während Galgenberg unentwegt zu dem kleinen Rauchtisch mit den offenen Bierflaschen hinüberschaute. Kappe wusste genau, was sein Kollege dachte: «Beeil dich, von Canow, das Bier steht ab!»

Und von Canow kam wirklich schnell zum Ende. Er hatte sich sowieso nur eine Würdigung seiner Verdienste vorgenommen, und diese Aufgabe erledigte sich selbst bei äußerster Sorgfalt recht flott. Kein Wort des Lobes für die Zusammenarbeit. Keine guten Wünsche für die Zukunft der Abteilung. Nur von Canow, von Canow, von Canow.

Galgenbergs säuerlichem Gesicht sah man an, dass er die Schrippen hart werden hörte.

Doch dann, als alle schon dachten, von Canow würde in einer Geste unerhörter Großzügigkeit das Büfett freigeben, flog plötzlich die Tür auf, und zwei Herren stürmten herein. Der eine war der stellvertretende Polizeipräsident Weiß, den anderen hatten sie noch nie in ihren Räumen gesehen.

Von Canow floss dahin vor Dankbarkeit. Dass er dem Vizepolizeipräsidenten nicht die Hand küsste, war ein Wunder. Immerhin hielt er den Kopf nach Art der katholischen Kommunionskinder gesenkt, während der Vize Bernhard Weiß ihm preußisch knapp und märkisch unaufgeregt für seine Verdienste dankte und ihm alles Gute im Ministerium wünschte. «Das wird selbst für Sie nicht einfach werden», sagte Weiß, der Jude war, sehr fleißig und klug, es trotzdem aber nicht immer einfach hatte in seiner Position. Wie er die prophetischen Worte meinte, ließ er offen, und von Canow zeigte plötzlich eine Leidensmiene, so, als müsse er für alle anderen durchs Feuer gehen.

Dann wandte Bernhard Weiß sich um, rieb sich verschmitzt die Hände und sagte zu den versammelten Kollegen: «Und Sie, meine Herren, werden jetzt ohne Herrn von Canow weitermachen müssen.» Er lächelte dabei so versonnen, als wisse er genau, dass die Herren auch ohne von Canow gut, wenn nicht sogar besser klarkommen würden.

Nun machte sich der zweite, jüngere Besucher etwas angestrengt bemerkbar, indem er sich mehrmals räusperte.

Weiß schaute sich irritiert um und schien sich wieder seines Begleiters zu erinnern. «Und dann habe ich noch eine Neuigkeit für Sie. Kommen Se einfach nach vorne, lieber Dr. Brettschieß!»

Der Mann mit dem eigenartigen Namen schritt mit durchgedrücktem Rücken zu Weiß, schüttelte erst von Canow pietätvoll die Hand und wandte sich dann den Umstehenden zu. Er grinste etwas unsicher. Aber sein Blick war kalt und durchdringend.

Kappe fröstelte es kurz, dann aber sagte er sich, vor so einem steifen Menschen müsse er doch keine Angst haben. Sicher handelte es sich um von Canows neuen Vize im Innenministerium oder gar um einen engen Mitarbeiter des fast schon berühmten Bernhard Weiß bei der Politischen Polizei. Nur, was hatte der Mann bei ihnen zu suchen?

«Das ist also Dr. Arnulf Brettschieß aus Frankfurt am Main. Ich habe vom Polizeipräsidenten ...», Weiß wandte sich zu von Canow um, «... der leider durch ein Bankett beim Bürgermeister verhindert ist, seine Grüße aber ausrichten lässt ... Er hat mir also den dienstlichen Auftrag erteilt ...» Weiß' Blick schweifte hinüber zu Dr. Brettschieß, und sein Geist schien einen Moment lang etwas verwirrt zu sein. «Was mir allerdings auch eine große Freude ist ... Ich möchte Ihnen also hiermit Ihren neuen Vorgesetzten vorstellen: Dr. Arnulf Brettschieß.»

Dr. Brettschieß drückte die Knie durch und schob die Brust vor. Er sonnte sich in der atemlosen Aufmerksamkeit der Kriminalbeamten. Seine glatte Stirn glänzte, das sauber mittelgescheitelte Haar war gegelt, wie Kappe jetzt erst bemerkte, der mächtige Adamsapfel tanzte nervös. Die kleinen runden Brillengläser blitzten wie Schwerter. Brettschieß war glattrasiert. Seine Wangen glänzten wie eine Bratpfanne, die man mit Speckschwarte eingerieben hatte. Er hatte zum Glück keine Schmisse. Die verbarg er innerlich auf seiner Seele. Dieser Mann war schlimmer als zehn von Canows. Arnulf Brettschieß meinte es ernst.

Kappe sah Dr. Brettschieß sofort an, dass er seit Jahren auf diesen Augenblick gewartet, ja hingearbeitet hatte. Nun hatten sie den Salat. Nach dem Sesselpupser von Canow hatten sie einen schneidigen Heißsporn bekommen, der danach lechzte, seinen Namen in die Annalen der Berliner Kriminalpolizei einzuschreiben.

Wie alt mochte das Bürschchen sein? Höchstens vierzig. Bisher hatte er sich sicher auf Akademien und in Seminarräumen herumgetrieben. Frankfurt am Main – kamen da nicht diese dünnen Würstchen her? Und jetzt wollte er Polizeiarbeit machen. Effektive Polizeiarbeit. Na Prost! Galgenberg würde sich wundern. Wahrscheinlich würde er sich schon in ein, zwei Wochen nach dem etwas dämlichen von Canow zurücksehnen. Aber dämlich war dieser Dr. Brettschieß bestimmt nicht. Er war eher gerissen. Man musste sich vorsehen. Selbst Kappe musste sich vorsehen.

«Dr. Brettschieß ist eindeutig ein Gewinn für unser Haus», säuselte Bernhard Weiß.

Kappe kannte den Chef der Politischen Polizei. Dem war dieser Brettschieß sicher auch nicht geheuer. Aber was sollte er machen? Gute Miene zum bösen Spiel.

«Er hat aus Frankfurt nur die besten Beurteilungen», fügte Weiß hinzu.

Das konnte Kappe sich vorstellen. Wahrscheinlich waren sie dort heilfroh, den Dr. Brettschieß loszuwerden, bevor er vor lauter Arbeitswut explodierte.

«Aber sagen Sie doch selbst ein paar Worte zu Ihrem Werdegang, Herr Doktor!», lud Weiß den Neuzugang etwas hilflos ein. «Ich muss nämlich leider wieder an die Arbeit.» Er drückte dem verdutzten von Canow noch mal im Hinausgehen die Hand, klopfte Brettschieß zaghaft auf die Schulter und warf den Kollegen einen mitleidigen Blick zu.

Dann war Weiß weg, und alle kamen sich plötzlich wie verlassene Waisenkinder vor.

«Ich fresse niemanden auf», schnurrte Brettschieß. «Ich halte Polizeiarbeit für etwas, das nur in einer guteingespielten Gruppe funktioniert. Und ich bin für meine Mitarbeiter jederzeit zu sprechen.»

Kappe war sich nicht sicher, ob jemand darauf besonderen Wert legen würde.

Dr. Brettschieß machte sich so steif, als hätte ihn ein Scharfschütze im Sprung erwischt. «Zu meiner Vita nur so viel: Bin 1884 in Darmstadt geboren.»

Also vierzig, dachte sich Kappe. Hat sich gut gehalten. Wahrscheinlich weil er sich nichts gönnte – keinen Alkohol, keinen Tabak, keine Weiber.

«Ich habe gedient», fuhr Brettschieß fort. «Ich war Leutnant der Feldjäger und auf allen Schlachtfeldern im Westen tätig. Danach Studium der Jurisprudenz beendet. Zeiten waren hart. Deshalb sofort in den Frankfurter Polizeidienst. Dort zuletzt mit der Neuorganisation des Fuhrparks befasst. Freue mich auf Berlin.» Er schaute zu dem mit offenem Mund dastehenden von Canow. «Sobald Sie Ihren ehemaligen Vorgesetzten angemessen verabschiedet haben, bitte ich Sie zu einer ersten Dienstbesprechung. Danke!»

Von Canow nutzte die entstehende Pause und klatschte in die Hände wie ein Kindergartenfräulein. «Das Büfett ist eröffnet!»

Eher aus Verzweiflung als mit echtem Genuss machten sie sich über das nun abgestandene Bier her. Die Schrippen waren weich wie Waschlappen und schmeckten auch so.

«Übrigens», sagte Dr. Brettschieß in der halboffenen Tür, «heute erwarte ich Sie nach Dienstschluss in der Rathausklause. Habe dort den großen Tisch bestellt. Erlaube mir, Sie anlässlich meines Einstandes zu einem Schweinebraten mit Rotkohl, Klößen und Dunkelbier nach Belieben einzuladen.»

«Na also!», sagte Galgenberg. Doch da fiel sein Blick auf den armen von Canow, und er verschluckte sich.

Diesmal musste Kappe nach Moabit. Er litt jedes Mal darunter. Am liebsten war es ihm, wenn ein Staatsanwalt den Fall ohne ihn vor Gericht brachte. Aber das geschah nur in den Fällen, in denen alles klar war und es allein um das angemessene Strafmaß ging.

Nicht dass Hermann Kappe die Menschen, die er geschnappt oder eines Kapitalverbrechens überführt hatte, danach nicht mehr interessiert hätten. Er verfolgte ihr weiteres Schicksal sehr aufmerksam. Einmal, weil er sich wegen der vielen Rückfalltäter beruflich dazu verpflichtet sah, zum anderen auch, weil er in jedem Fall eine sehr private Meinung von dem Strafmaß hatte, das dem jeweiligen Täter zukam. Er genoss es, wenn sich diese Meinung durch den Richterspruch bestätigte, ebenso, wie es ihn verärgerte, wenn dies nicht der Fall war, ganz egal, ob die Abweichung im Strafmaß nun nach oben oder nach unten ging.

Der eigentliche Grund seiner Abneigung gegen Moabit lag darin, dass Kappe sich selbst als eine Art Außenposten der Gerechtigkeit sah. Ein Waldläufer im Dickicht der Großstadt. Und wie alle Waldläufer fühlte er sich in den feierlichen Hallen der Zivilisation, für die er da draußen kämpfte, unwohl wie ein Fisch auf dem Land.

Zu diesem Unwohlsein trug allerdings auch die besondere Atmosphäre des Moabiter Justizpalastes bei. Auf andere mochte der opulente Treppenbau mit seinen klotzigen Allegorien aus Sandstein erbaulich oder gar kräftigend wirken. Kappe wurde in Moabit nur traurig. Es war diese absolute Stille, die in dem weitläufigen, kalten und immer etwas muffigen Justizbau herrschte. Obwohl dort pausenlos über Schicksale von Einzelnen und ganzen Familien verhandelt wurde, begegnete man auf den Fluren keinem Menschen. Alles geschah hinter den dicken Mauern und den schweren Türen. Nur manchmal entdeckte Kappe in den Seitengängen eilige Anwälte in schwarzen Talaren, die wie Raben umherirrten, als seien sie auf der Suche nach Nahrung.

Diese bleierne Stille wirkte auf Kappe umso verheerender, als sie manchmal überfallartig durchbrochen wurde durch einen Schrei. Ein Angeklagter verlor die Nerven wegen der Höhe des Urteils. Ein Irrer erlag in dem erdrückenden Gebäude seiner Verzweiflung.

Kappe hatte oft genug erlebt, dass ein Angeklagter noch während seines Prozesses aus dem Gerichtssaal weg verhaftet wurde und ihn ein Wachtmeister unvermittelt zu einer Tür stieß, die den Unglücklichen augenblicklich verschlang. Kappe wusste, dass man den so Verstoßenen in Moabit nie wieder begegnete, weder auf den weiten Fluren noch im etwas trichterartigen Foyer. Er verschwand wie ein Geist in einem abgeschlossenen Treppenhaus, das ihn auf direktem Wege zu einem versteckten Ausgang und ins Gefängnis führte.

Moabit bestand aus zwei Gebäuden, einem alten und einem neuen. Beide Gerichtsteile waren durch einen langen, märchenhaft gewundenen Gang miteinander verbunden. Diese Teilung trug auch dazu bei, dass man nur wenig von den Tragödien mitbekam, die sich hinter den Zellentüren der Gerechtigkeit abspielten.

Diesmal musste Kappe in den neuen Teil, was die Sache nicht einfacher machte. Die Baumeister von Gerichten schienen zu allen Zeiten einzig und allein darauf aus zu sein, den Menschen Ehrfurcht einzujagen und möglichst auch einen tiefsitzenden Schrecken zu verbreiten, der den Bürgern ein für alle Mal jede Respektlosigkeit dem Staat gegenüber austrieb.

Es ging um einen delikaten Fall, den Kappe gerne an Galgenberg abgegeben hätte. Aber von Canow hatte darauf bestanden, dass er die Sache bearbeitete, «wegen der politischen Dimension», wie der Vorgesetzte sich ausgedrückt hatte. Die erfordere sowohl Kaltblütigkeit als auch Fingerspitzengefühl.

Kappe wusste nicht, was von Canow damit meinte.

Die politische Dimension war in diesem Fall nicht gleich zu erkennen. Ein junger Mann war vom katholischen Krankenhaus im Scheunenviertel aufgenommen worden. Er hatte einige Prellungen, Hautabschürfungen und eine gefährliche Verätzung im Gesicht. Da er behauptete, Opfer einer Tätlichkeit geworden und nur knapp dem Tode entgangen zu sein, war für seinen Fall automatisch Kappes Abteilung im Polizeipräsidium zuständig, die sich mit Kapitalverbrechen beschäftigte.

Von Canow war gerufen worden, weil der junge Mann sich sehr laut und bedrohlich aufführte, obwohl er auf die Beamten einen eher gutbürgerlichen Eindruck machte. Als sich der Verletzte dann einem höheren Polizeioffizier gegenübersah, erklärte er höchst offiziell, Mitglied in mehreren politischen Verbänden zu sein, die sich mit allen Mitteln dem drohenden Ausverkauf des Deutschtums durch die Republik entgegenstemmten. Seine Mitstreiter würden nicht zögern, für ihn zu kämpfen, behauptete er pathetisch, wenn ihm im Polizeipräsidium des stadtbekannten Juden Bernhard Weiß ein Unrecht widerfahre.

Auf von Canow hatte diese etwas unzusammenhängende Suada mächtig Eindruck gemacht. Deshalb hatte er entschieden, dass Kappe den Fall zu übernehmen hatte.

Kappe hatte also den jungen Rechtsradikalen, der davon überzeugt zu sein schien, dass sich alle Beamten des Berliner Polizeipräsidiums aufgrund seiner extremen politischen Ausrichtung gegen ihn verschworen hatten, eingehend vernommen.

Das war beileibe nicht einfach gewesen, da der junge Mann nicht zwischen den Fakten und einer unausgegorenen politischen Interpretation derselben unterscheiden konnte.

Kappe interessierte sich aber nur wenig für die politischen Schlussfolgerungen des Täters.

«Mein Fehler war, dass ich einem Juden getraut habe», sagte dieser. «Man sollte als Deutscher den Semiten, solange sie noch in unserem Volkskörper nisten, nur mit Argwohn begegnen. Durch Schaden wird unsereiner eben klug.»

Der Schaden war eine ausgekugelte Schulter, Hautabschürfungen und die allerdings nicht unerhebliche Verätzung des Gesichts, von der die Ärzte nicht sagen konnten, ob sie jemals wieder vollständig ausheilen würde.

Kappe gelang es mit viel Geduld, aus dem immer konfuser faselnden jungen Mann herauszubekommen, dass er zusammen mit seiner Verlobten einen Arzt in der Krausnickstraße aufgesucht hatte. Dieser habe die junge Frau behandelt und sich dabei eine grobe Verletzung seines hippokratischen Eides zuschulden kommen lassen. Als der junge Mann ihn daraufhin ansprach, sei der Jude wütend geworden, habe einen bisher versteckten Gehilfen hinzugerufen, und beide seien sie dann über den Beschwerdeführer hergefallen. Im Zuge dieses erbittert geführten Kampfes habe der Arzt dem jungen Mann eine Flasche mit ätzender Flüssigkeit ins Gesicht geschüttet. Dem Mann sei mit seiner Verlobten die Flucht gelungen, er habe es aber nur bis zum nahegelegenen Krankenhaus geschafft, wo sich deutsche Landsleute fürsorglich seiner angenommen hätten. Nun forderte er die sofortige Festnahme des jüdischen Arztes aus der Krausnickstraße sowie dessen Gehilfen. Sollte dies nicht geschehen, so werde er seine deutschvölkischen Freunde darüber unterrichten, dass jüdische Verbrecher von der Berliner Polizei gedeckt würden. Und was dann geschähe, das sollte sich Kappe, nach den Worten des jungen Mannes, besser nicht ausmalen.

«Was hat sich der Arzt denn gegenüber Ihrer Verlobten zuschulden kommen lassen?», fragte Hermann Kappe.

Der junge Mann bekam einen roten Kopf. «Es war ein schweres Vergehen. Medizinisch und moralisch.»

«Ich muss es schon genauer wissen.»

Der junge Mann sprang auf. «Ich gebe Ihnen hiermit hoch und heilig mein Ehrenwort, dass sich der Jude an meiner Braut aufs Schändlichste vergangen hat!»

«Setzen Sie sich wieder hin!», forderte Kappe ihn auf. «Ihr Ehrenwort ist mir ebenso viel wert wie Ihnen. Aber ich bin Polizist. Wir brauchen genaue Angaben, Konkretes. Anders können wir nicht ermitteln. Wenn der Arzt Ihre Verlobte in irgendeiner Weise geschädigt hat, dann hat das natürlich mit dem Anschlag auf Sie zu tun.»

Der Rechtsradikale zündete sich, ohne Kappe um Erlaubnis zu fragen, eine Zigarette an, die er einer Blechbox entnahm. «Da es um die Ehre meiner Braut geht, werde ich mich darüber nicht auslassen. Sie müssen wohl oder übel auf mein Ehrenwort vertrauen.» Er nahm mit geschlossenen Augen einen tiefen Zug aus der Selbstgedrehten und spuckte dann die Tabakkrümel in die Ecke von Kappes Bureau.

Feine Manieren für einen gutbürgerlichen Extremisten, dachte Kappe, stand auf und schlüpfte in seinen Mantel. «Kommen Sie mit!»

Der Mann sprang auf. «Aha, wir nehmen den Juden also fest?»

«Wir gehen zu Ihrer Verlobten.»

Das Fräulein war ungewöhnlich hübsch. Man hätte sie fast schön nennen können, wenn an ihren elegant geschwungenen, schmalen Lippen nicht ein nervöses Zucken gehangen hätte. Das wirkte sich auf ihre kornblumenblauen Augen aus, die plötzlich nicht mehr naiv und tief wirkten, sondern kalt und etwas hysterisch.

Obwohl ihr zukünftiger Gatte sie mit kernigen Worten daran erinnerte, was sie ihm und seinem Deutschtum schuldig war, fand die junge Frau nichts dabei, Kappe zu erläutern, was ihr bei dem Arzt in der Krausnickstraße widerfahren war.

Sie hatte den Mediziner, von dessen jüdischer Abstammung sie eben zum ersten Mal hörte, wegen einer sehr schmerzhaften Entzündung am Oberschenkel aufgesucht, über deren Herkunft sie nichts zu sagen wusste. Der Arzt habe sich die Stelle angeschaut und ihr mitgeteilt, dass es nicht schlimm sei, aber aufgeschnitten werden müsse, da sich ein Eiterherd gebildet habe. Dies sei äußerst schmerzhaft. Ob sie sich denn zutraue, einen solchen Eingriff zu ertragen? Das Fräulein hatte Angst bekommen und um eine Betäubung gebeten. Die habe der Arzt ihr dann auch kurz vor seinem Eingriff verabreicht, und sie sei sofort in einen tiefen Schlaf gefallen. Als sie wieder zu sich kam, habe sie einen Schmerz im Oberschenkel gespürt, die Wunde sei verbunden gewesen. Der Arzt habe ihr nach einer gewissen Ruhezeit ein leichtes Schmerzmittelchen in die Hand gedrückt und sie nach Hause geschickt.

Die Wunde am Oberschenkel habe sich wirklich gut entwickelt. Allerdings überkam die Patientin noch am Abend desselben Tages ein eigenartiges Gefühl. Der Arzt, so ihre Worte, habe sich nicht nur medizinisch, sondern auch sexuell mit ihr beschäftigt, während sie in der Narkose lag. Dieser Verdacht habe sie dermaßen erschüttert, dass sie ihrem Verlobten davon erzählte.

Natürlich habe der junge Mann getobt. Dann habe er sich hingesetzt und einen geharnischten Brief an den Arzt seiner Verlobten geschrieben, in dem er diesem erhebliche standesrechtliche und strafrechtliche Konsequenzen androhte. Der Brief wurde sofort abgeschickt. Am nächsten Morgen habe sich der Rechtsradikale nach einer durchwachten Nacht mit seiner Braut auf den Weg in die Krausnickstraße gemacht, um den Übeltäter zur Rede zu stellen. In der Praxis sei es dann zu dem erwähnten Übergriff durch den Arzt und dessen Gehilfen gekommen.

Die Verlobte bestätigte die Angaben des jungen Mannes in allen Teilen, nur konnte sie sich nicht erinnern, jemals behauptet zu haben, der behandelnde Arzt sei Jude. «Sonst wäre ich doch gar nicht erst zu dem Kerl hingegangen», vertraute sie Kappe an.

Nun war auch Hermann Kappe der Meinung, dass es an der Zeit sei, den Arzt in der Krausnickstraße mit den Vorwürfen zu konfrontieren. Allerdings tat er dies ohne das junge Paar.

Kappe staunte nicht schlecht, als er in der Praxis einen seriös wirkenden Mann mittleren Alters antraf, der auch noch bestätigte, den unverschämten Jungen verprügelt und ihm Säure ins Gesicht geschüttet zu haben – allerdings aus Notwehr und in Todesangst. Den Verdacht, er habe sich bei dem medizinischen Eingriff an der betäubten Patientin vergriffen, wies er weit von sich und behauptete, die Betäubung sei so schwach gewesen, dass eine sexuelle Handlung sofort vom Opfer bemerkt worden wäre.

Mehr konnte Kappe nicht tun. Er schrieb einen Bericht, in dem er all das, was zweifelsfrei ermittelt worden war, darlegte, und gab ihn an den Staatsanwalt weiter, der ihm wenig später mitteilte, er habe sich entschlossen, den Arzt, den er übrigens auch als Juden bezeichnete, vor Gericht zu bringen. Hermann Kappe musste also nach Moabit.

Die Verhandlung ging schneller als befürchtet über die Bühne. Und das, obwohl sich der Arzt einen Rechtsanwalt genommen hatte, der in dem Ruf stand, sich in eine Sache so sehr verbeißen zu können, dass ihn auch der strengste Vorsitzende nicht mehr bremsen konnte.

Zuerst wurde der Hergang noch einmal im Einzelnen nachgezeichnet. Dabei blieb man bei dem, was Kappe ermittelt hatte. Ob der Arzt sich an seiner Patientin wirklich vergangen hatte, konnte dabei nicht zweifelsfrei geklärt werden. Allerdings ließ das Gericht durchblicken, es finde die medizinische Einlassung des Arztes, die auch noch durch einen Sachverständigen aus der Charité gestützt wurde, einigermaßen plausibel. Die Braut des Geschädigten hingegen habe nichts anderes in der Hand als ein unklares Gefühl, während des Eingriffs unter Betäubung missbraucht worden zu sein. Sie konnte weder Spuren dieses Missbrauchs auffführen, noch gab es Indizien. Das war reichlich wenig, wie der Anwalt des Arztes betonte.

Und es kam noch dicker. Der Rechtsanwalt legte auch den Brief vor, den der junge Mann seinem Mandanten geschrieben hatte und der diesen mittels der Rohrpost kurz vor Eintreffen des Pärchens in der Krausnickstraße erreicht hatte.

In diesem Brief beschuldigte der junge Mann den Arzt des abscheulichsten Verbrechens an seiner Braut, und er drohte an, ihn ins Zuchthaus zu bringen oder ihn zu ermorden. Allerdings wollte er seine Ansprüche fallenlassen und seinen Groll vergessen, wenn sich der Arzt dazu bereit erklärte, auf vierzig Mark seiner Behandlungsrechnung zu verzichten.

Kappe sah, wie der Staatsanwalt bleich wurde, und er konnte nur hoffen, dass man ihm nicht ankreiden würde, dass der Brief nicht in den Ermittlungsakten zu finden gewesen war, sondern erst jetzt auftauchte.

Die Aussage des Gehilfen, der im Übrigen der Sohn des Arztes war, tat ihr Übriges. Man sei in der Praxis seines Vaters nach Eintreffen des Briefes aufs Äußerste beunruhigt gewesen. Als dann der Briefeschreiber persönlich erschienen war, habe man mit dem Schlimmsten gerechnet. Zudem habe der junge Mann die grässlichsten Drohungen ausgestoßen und unentwegt nach etwas in seiner Hosentasche gegriffen, das man in Anbetracht der dramatischen Situation für einen Revolver gehalten habe.

Vor lauter Schrecken seien deshalb Vater und Sohn zusammen über den Eindringling hergefallen, um ihm die Waffe abzunehmen. Der junge Mann habe sich aber so verbissen gewehrt, dass dem Arzt in seiner Todesangst nichts anderes übrigblieb, als zu der Flasche mit der Säure zu greifen, um den Gegner damit unschädlich zu machen.

Nach langem Hin und Her befand das Gericht, dass Vater und Sohn in Notwehr gehandelt hätten. Es erfolgte deshalb ein Freispruch.

Der Rechtsradikale tobte schon wieder, obwohl seine Braut ihn zu beruhigen versuchte.

Kappe sah sich diesmal in seiner Einschätzung bestätigt, wenn der Staatsanwalt auch als Verlierer vom Feld ging. Doch Hermann Kappe fand, dass der Gerechtigkeit in diesem Fall Genüge getan worden war, egal, ob der Arzt nun Jude war oder nicht.

DREI

DER ABEND IN DER GERICHTSKLAUSE verlief kurz und heftig. Während des Essens wurde geschwiegen. Danach wurde gesoffen. Nur Dr. Brettschieß nippte die ganze Zeit an einem Glas Bier und schaute den zechenden Kollegen still zu.

Kappe ahnte, was in seinem neuen Vorgesetzten vorging. Er dachte wahrscheinlich: Jetzt habe ich euch! Doch da hast du dich getäuscht, dachte Kappe und ging schon um neun. Als Erster.

Dr. Brettschieß sah das gar nicht gerne.

Die nächsten Tage wurden turbulent. Kappe und seine Kollegen mussten unentwegt Berichte schreiben und Statistiken aufstellen. Wenn sie mal Luft hatten und sich um ihre laufenden Fälle kümmern konnten, erschien Dr. Brettschieß – aufgeräumt wie ein Zirkusdirektor bei vollem Zelt – und rief die Abteilung zu einer Besprechung zusammen. Bei diesen Gelegenheiten wurde allerdings wenig besprochen. Es war Brettschieß, der sich vor den verdutzten Kriminalbeamten darüber ausließ, wie ihre Arbeit besser organisiert werden könnte. Wenn jemand zaghaft Einspruch erhob, trat Brettschieß ganz nahe an ihn heran und sagte leise wie ein gütiger Schulrat: «Darauf kommen wir später zurück.»

Als Kappes Kollegen verstanden, dass Brettschieß nicht die Absicht hatte, jemals wieder auf eine ihrer Wortmeldungen zurückzukommen, unterließen sie es fortan, sich zu melden. Umso intensiver besprach sich vorne Brettschieß mit sich selbst.

«Det jibt sich», sagte Galgenberg.

Kappe hatte da so seine Zweifel. Aber er unterließ es auch, Galgenberg darauf hinzuweisen, wie angenehm dagegen das Arbeiten unter von Canow gewesen war. Er wollte die Nerven der Abteilung nicht noch mehr strapazieren.

Dann läutete während einer Besprechung Brettschieß' Telefon. Er schickte eines der Fräuleins ran.

Die stotterte herum, hielt dann den Hörer zu und flüsterte in die Richtung des neuen Chefs: «Der Anrufer möchte seinen Namen nicht nennen.»

Brettschieß lachte laut auf. «Wo sind wir denn hier? Bei der Seelsorge? Dann soll er gefälligst zum Teufel gehen.»

Das Fräulein zitterte ein wenig, als es diese Empfehlung mit brüchiger Stimme weitergab. Dann drückte es den Hörer gegen die eingeschnürte Brust und hauchte: «Der Anrufer sagt, er ruft aus dem Ministerium an.»

Kappe beobachtete Brettschieß.

Der stramme Herr wurde augenblicklich bleich. Er schien zu schrumpfen, seine Kavallerie-Haltung löste sich auf, er eilte gebückt zu seinem Schreibtisch und riss dem Fräulein den Hörer von der Brust. «Brettschieß.» Er horchte mit offenem Mund.

Kappe behielt die hohe, tatendurstige Stirn seines Vorgesetzten im Auge. Es dauerte keine fünf Sekunden, bis die ersten Schweißperlen erschienen.

Brettschieß schnaubte: «Einen Moment bitte, Herr Unterstaatssekretär!» Dann legte er den Hörer vorsichtig wie ein rohes Ei neben den Apparat und flüsterte seinen Untergebenen zu: «Würden Sie mich bitte allein lassen?» Und als Kappe und die anderen sich etwas zu lahmarschig erhoben: «Wird's bald!»

Galgenberg krümmte sich vor Lachen. «Schade, dass wir nicht bleiben durften. Hätte liebend jerne miterlebt, wie der stramme Kriegsteilnehmer sich in eine Kriegerwitwe vawandelt.»

Kappe hingegen war froh, wieder an seine Arbeit zu können. Seit Dr. Brettschieß das Regime innehatte, blieb viel zu viel liegen. Das konnte nicht gutgehen.

Der anonyme Unterstaatssekretär, den Galgenberg scherzhaft

«Justav von Hindenmann» nannte, beschäftigte Brettschieß für den Rest des Tages.

Kappe war ihm dafür dankbar. Endlich konnte er ein paar dringende Anrufe erledigen und sogar zwei Häftlinge im Polizeiarrest aufsuchen, die wichtige Aussagen in einer Ermittlung zu machen hatten.

Als er am späten Nachmittag ins Revier zurückkam, hatte er seit Tagen mal wieder das Gefühl, seine Arbeit erledigt zu haben. Er packte seine Sachen und wollte gehen. Er war schon eine halbe Stunde über der Zeit, und Klara wartete auf ihn. Sie wollten einen Besuch bei ihrer Tante machen – leider! Kappe konnte sich seinen wohlverdienten Feierabend auch anders vorstellen. Aber Klara bestand darauf. Was sein muss, muss eben sein, dachte Kappe, als er die Laschen seiner Aktentasche schloss.

«Kommissar Kappe!» Das war Brettschieß.

Kappe hatte ihn nicht aus seinem Zimmer kommen hören.

«Sind Sie der Letzte hier?»

Offensichtlich hatten sich die anderen alle schon in den Feierabend verabschiedet.

«Ich glaube, ja, Herr Doktor», antwortete Kappe. Warum war er nicht vom Polizeigefängnis aus gleich nach Hause gefahren? Weil er nicht schon um halb sechs bei Klaras Tante sitzen und ihren dünnen Pfefferminztee trinken wollte.

«Den Letzten beißen die Hunde, Kappe. Das kennen Sie ja.» Dr. Brettschieß lachte über seinen schalen Witz. Er klang nicht sehr amüsiert. «Würden Sie bitte einen Moment hereinkommen?»

Kappe dachte angestrengt nach, den Griff der schwarzen Ledertasche mit beiden Händen fest umklammert, als habe er gerade außer Landes fliehen wollen, doch es fiel ihm keine Ausrede ein.

«Bitte schön!», sagte Dr. Brettschieß und hielt Kappe die Tür auf. «Ich glaube fast, ich habe da eine interessante Sache für Sie.»

Kappe wusste nicht, wie er Klara Bescheid geben sollte. Unten in der Apotheke ging niemand ans Telefon. Sonst gab es keinen Fernsprecher im Haus. Um diese Zeit hielt sich auch kein Bureaustift mehr im Präsidium auf, den Kappe an den Mariannenplatz hätte schicken können. Kappe konnte nur hoffen, dass sie nicht wartete, sondern sich schon allein zur Tante nach Schöneberg auf den Weg gemacht hatte.

Er fuhr mit der S-Bahn vom Alexanderplatz bis nach Halensee. Von dort aus ging er zu Fuß bis in die Douglasstraße.

Das Palais der Nora Dunlop fiel ihm schon von weitem auf. Es handelte sich um eines jener breiten, gedrungenen märkischen Landhäuser, die draußen auf dem Land, wo man Wirtschafter und Gutsverwalter samt Familien im Herrenhaus unterbringen musste, durchaus ihre Berechtigung hatten. Nun war das Palais aber aus Versehen im Grunewald erbaut worden und wirkte dort etwas fremd.

Kappe öffnete das schmiedeeiserne Tor, das ihm doppelt so hoch vorkam, wie er groß war, und schritt über den feinen Kies zum Haus. Der Rasen zwischen dem Gebäude und der schwarzen Umfriedung war grau und kurz. Die Büsche hatte ein Gärtner bis auf stachelige Strünke heruntergeschnitten. Irgendwie wirkte das Grundstück verlassen. Aber hinter den hohen Fenstern brannte Licht.

Kappe fühlte sich nicht sehr wohl in seiner Haut. Nicht nur wegen Klara, die sicher wütend auf ihn war. Hermann Kappe kam aus Wendisch Rietz, sein Vater war Fischer gewesen. In Berlin hatte er sich einigermaßen eingelebt. Er hatte gelernt, dass die Leute in Kreuzberg, im Wedding oder im Prenzlauer Berg nicht sehr viel anders waren als die Leute in der Mark. Etwas direkter vielleicht, derber, verdorbener auch. Aber nicht besser. Und nicht schlechter. Arme Teufel und Großmäuler, Frauen, die Kinder bekamen und starben, Männer, die sich krummarbeiteten, damit die Kinder etwas zu beißen hatten.

Als Kappe das verstanden hatte, hatte er seine Befangenheit und seine Angst vor der Stadt abgelegt. Seit er mit Klara zusammen war, mochte er Berlin sogar ein bisschen. Vielleicht würde das zwischen ihm und dieser Stadt mal eine richtige Liebesgeschichte werden. Wer weiß.

Aber das war das östliche Berlin, der Norden, auch Schöneberg und Tempelhof. Das hier aber war Grunewald, das war eine andere Stadt, eine andere Welt. Das waren sogar andere Menschen. Die rochen anders, die redeten anders. Klar, die hatten Manieren, konnten sich benehmen, verkehrten in Salons und teuren Restaurants. Aber die schauten auf andere herab, die hielten Menschen wie Kappe und Klara für minderwertig. So etwas spürte Kappe, und er hasste es.

Dr. Brettschieß hatte ihm eingeschärft, wie er sich zu benehmen hatte. «Wie mit rohen Eiern geht man mit den Herrschaften um, Kappe. Dass Sie mir das nie vergessen! Nicht anschnauzen, nicht verstockt sein! Diese Leute halten unsere armselige Gesellschaft zusammen, Kappe.»

Die von Brettschieß vielleicht, dachte Kappe, meine bestimmt nicht. Wenn er denen so viel zu verdanken hatte, warum war der neunmalkluge Herr Dr. Brettschieß dann nicht selber in den Grunewald zum Palais Dunlop gefahren?

Kappe betätigte den vergoldeten Türklöppel. Er war schwer wie eine Kanonenkugel. Wenn ich das doch nur schon hinter mir hätte, dachte er und sehnte sich plötzlich nach dem Mief der winzigen Parterrewohnung der Tante in der Motzstraße, sogar nach ihrem Pfefferminztee sehnte er sich. Wie schön wäre es doch, jetzt die selbstgebackenen Krapfen probieren zu dürfen und sich auf dem Sofa neben Klara zurücklehnen zu können.

Doch dann brach der Märker durch. Der Fischerjunge, der sich die Butter nicht vom Brot nehmen ließ. Ich bin Kommissar der Berliner Polizei, sagte eine Männerstimme in Kappes Kopf, und wir leben in einer Republik, und selbst die Leute, die in diesem Palais wohnen, haben mich zu respektieren. Im Übrigen wollen die Herrschaften etwas von mir, nicht umgekehrt. Sie bitten den Staat um Hilfe. Und der Staat, das bin ausnahmsweise heute mal ich! Das half.

Er stemmte die goldene Kanonenkugel ein zweites Mal. Die schwere Tür öffnet sich einen Spaltbreit.

Ein grauer, älterer Herr in einem dunklen Anzug erschien und streckte seine rote Nasenspitze heraus, als könnte er Kappes Anliegen erschnuppern. «Ja, bitte?»

«Kommissar Kappe. Ich glaube, Frau Stinnes erwartet mich.»

Die Tür schloss sich so langsam, wie sie sich geöffnet hatte.

Wie muss sich ein armer Teufel fühlen, der hierherkommt, um etwas zu erbitten, fragte sich Kappe. Aber arme Teufel kamen wahrscheinlich gar nicht erst hierher, weil sie wussten, dass es wenig Sinn hatte.

Es dauerte. Der April war eisig dieses Jahr, und Kappe begann zu frösteln.

Warum hat ihn dieser alte Knabe nicht hereingebeten? Er hätte doch im Flur warten können. Einen Flur hatten die da drinnen sicher nicht. Das hieß Foyer, und dort wollte man keinen ausgekühlten Kappe rumstehen haben.

Kappe wurde wütend, das gab ihm etwas Auftrieb. Er griff zum dritten Mal zum Klöppel und wollte ihn gehörig gegen die Tür knallen lassen, da erschien der Alte wieder. Er hatte mächtig zu tun, aber er schaffte es alleine, das Portal so weit zu öffnen, dass Kappe hineinschlüpfen konnte.

Das war kein Foyer, das war ein Ballsaal! Überall Kristallleuchter, bordeauxrote Läufer, mittelbraune Hölzer mit Gold beschlagen. In den Nischen kleine marmorne Skulpturen. Und es roch nach Rosen. Dezent. Angenehm warm war es, und von irgendwoher kam leise Klaviermusik.

Wenn das nicht Chopin ist, wollte Kappe schon sagen, stolz darauf, so etwas auf Anhieb erkannt zu haben. Doch dann sah er das feuchte Hundegesicht des Alten, und er unterließ es, irgendetwas zu sagen.

«Möchten Sie ablegen?»

«Nein, danke!»

Der Alte zog die Stirn in Falten.

Sicher verstieß es gegen eines der Grundgesetze dieses Palais, nicht ablegen zu wollen. Dr. Brettschieß musste es ihm eingeschärft haben: «Legen Sie bloß ab, Kappe!» Aber Kappe hatte es vergessen.

«Na ja, dann folgen Sie mir doch einfach!» Der Alte tippelte zur Treppe.

Hatte er nicht das «bitte» vergessen? «Moment!», sagte Kappe und blieb stehen.

Der Alte brauchte eine Ewigkeit, um sich umzuwenden. Er schaute Kappe an.

Verstört, dachte Kappe, der Kerl ist ja völlig verstört. «Schon gut. Gehen Se einfach weiter!»

Der Alte nickte mehrmals nachdenklich. Dann setzte er seinen Weg zur Treppe fort. Er sagte etwas, das Kappe nicht verstand, dann begann er den Aufstieg. Mit der Rechten krallte er sich am geschliffenen Handlauf fest. Der Mann hatte es nicht einfach. Hoffentlich kam nicht allzu oft Besuch.

Oben angekommen, mussten sie eine Verschnaufpause einlegen.

«Gibt's hier keinen Fahrstuhl?», fragte Kappe und schaute sich im Obergeschoss um.

Der Alte schien ihn zuerst nicht zu verstehen, dann schüttelte er den Kopf. Er schien Kappe für einen hoffnungslosen Fall zu halten.

Er schlurfte über den Läufer zu einer Tür, die zwischen den beiden Flügeln des Palais lag. Er bückte sich leicht, als müsse er erst horchen, ob man drinnen überhaupt noch wach war um diese Zeit, dann hob er seine knochige Hand und klopfte zaghaft dreimal mit einem Abstand von ziemlich genau einer Sekunde.

Wahrscheinlich gehörte das zu seiner Ausbildung, dachte Kappe. Die hatte er sicher noch im vorigen Jahrhundert genossen.

Der Alte horchte atemlos.

«Herein!»

Der Alte stützte sich auf die mächtige Klinke und schaffte es mit viel Mühe, sie herunterzudrücken und die tonnenschwere Tür zu öffnen. Er trat vor Kappe ein und verbeugte sich. Dann hielt er Kappe die Tür auf.

Es handelte sich um ein Arbeitszimmer. Zwischen zwei Doppelfenstern, die fast bis zum Boden reichten, stand ein mächtiger Schreibtisch. Der größte Schreibtisch, den Kappe jemals gesehen hatte. Selbst der Schreibtisch des Polizeipräsidenten am Alexanderplatz wirkte dagegen wie ein Schulmöbel.

Hinter dem Schreibtisch stand eine Dame.

Kappe dachte, sie würde sitzen, dann stellte er jedoch fest, dass sie stand.

Cläre Stinnes war nicht sehr groß. Aber ihre Stimme füllte den Raum. «Danke, Jonas! Sie können gehen.» Sie wartete, bis der Greis die Tür hinter sich geschlossen hat. Dann stemmte sie beide Fäuste auf den Riesenschreibtisch und sagte: «Nehmen Sie Platz!»

Kappe sah sich um. Außer dem orientalischen Thron, der Cläre Stinnes zur Verfügung stand, gab es noch einen bescheidenen Küchenstuhl in der Ecke des Zimmers. Kappe dachte nicht daran, sich zu verkriechen. Er war kein Angestellter der Dame. Also ging Kappe zu dem Stuhl, ergriff ihn und trug ihn zu dem Schreibtisch. Dann setzte er sich hin.

Die alte Dame schaute ihm mit regloser Miene dabei zu. Sie hatte graue, streng gescheitelte Haare. Ihr Gesicht war eingefallen, aber nicht wie durch langsam anschleichendes Alter, eher wie durch eine Krankheit.

Dennoch konnte Kappe erkennen, dass sie einmal eine sehr bodenständige, fast bäuerliche Frau gewesen sein mochte. Eine kräftige Frau, die allerhand aushalten konnte. Aber das war lange her.

Jetzt waren ihre Augen glanzlos und die Lippen dünn wie Bleistiftstriche. Die Haut am Hals schien sich zu lösen. Cläre Stinnes war am Ende. «Ich habe Sie kommen lassen, weil ich eine Anzeige machen möchte.»

Damit war alles klar. Sie hatte ihn, den Kommissar, kommen lassen. Kappe hatte nicht übel Lust aufzuspringen und das Haus zu verlassen. Dann aber dachte er an Dr. Brettschieß, und er biss die Zähne zusammen.

«Ihr Vorgesetzter hat Sie sicher bereits informiert.»

«Dr. Brettschieß sagte ...»

«Ich kenne den Mann nicht, und ich muss ihn auch nicht kennenlernen.»

Jetzt wünschte Kappe geradezu, Brettschieß wäre mitgekommen.

«Es geht um Prof. Bier, August Bier. Kennen Sie ihn?», fragte Cläre Stinnes.

«Nein. Bisher nicht.»

«Schimpft sich Chirurg, ist aber nichts weiter als ein Quacksalber. Ich möchte, dass Sie diesen Bier verhaften und ins Gefängnis stecken.»

Das war also der Stinnes-Ton, von dem man sich in Berlin seit geraumer Zeit erzählte.

Hugo Stinnes, der Gatte von Cläre Stinnes, war ein Großindustrieller aus dem Ruhrgebiet. Er hatte mit Gruben angefangen, seine Vorfahren sollen Holz und Kohle über den Rhein geschippert haben. Er kam vom Bergbau zur Elektrizität. Mittlerweile gehörten fast alle Stromerzeuger in Preußen Stinnes. Von der Ruhr bis nach Polen. Der alte Rathenau von der AEG hatte ihn aufhalten wollen, war aber mehr oder weniger gescheitert. Schließlich hatte die AEG der Einfachheit halber mit Stinnes Geschäfte gemacht. Am Krieg hatte Hugo Stinnes wie kein anderer verdient. Er soll sogar, wie Kappe aus der Zeitung erfahren hatte, Geschäfte mit den Franzosen gemacht haben. Als das Geld jeden Tag an Wert verlor, profitierte Hugo Stinnes davon, denn er hatte seine Unternehmungen mit Bankkrediten aufgebaut, und die zurückzuzahlen war ihm bei der galoppierenden Inflation ein Leichtes gewesen.

Also begann Hugo Stinnes von seiner Heimatstadt Mülheim an der Ruhr aus, wo er die RWE AG, den neuen Energieriesen in Europa, führte, die Inflation mit ungeheuren Geldmengen anzuheizen. Das machte ihm in Berlin viele Feinde – das und seine Besuche in der Reichshauptstadt. Die Stinnes waren Industrieadel, hatten Geld wie Heu, wie man sich überall in der Stadt erzählte, aber sie kamen eben nicht aus dem Stammland Preußen, also nicht aus Berlin oder Brandenburg, sie kamen aus dem schmutzigen Ruhrgebiet. Sie waren, auch wenn ihre Vorfahren schon seit einhundert Jahren Geld scheffelten und Industrien bewegten wie Buben Bauklötze, Emporkömmlinge.

Die Berliner Boulevardpresse überschlug sich mit Reportagen aus dem Adlon oder anderen großen Hotels, wenn die Stinnes-Bande mal wieder in der Stadt war. In die feinen Hotels der Hauptstadt fallen sie ein wie eine Horde Barbaren, munkelte man. Klara, die sich sehr für die Sitten in den feineren Kreisen interessierte, wusste da einiges zu berichten: von verdreckten Suiten, die die «Bauern aus dem Ruhrgebiet» hinterließen, von Berliner Industriellen, die wie nach einem Kreuzverhör bleich aus Stinnes' Bureau kamen und sich erst einmal an der Bar des Hotels mehrere Schnäpse gönnen mussten, bevor sie wieder unter zivilisierte Menschen treten konnten.

Die Familie Stinnes war immer mit großem Tross unterwegs, auch entfernte Verwandte wurden überallhin mitgenommen. Sie waren laut, schrill und sehr provinziell, aber kein Hotel der Welt konnte sich erlauben, den ebenso mächtigen wie kaltblütigen Montanindustriellen, der fast ganz Preußen beherrschte, aus dem Haus zu weisen.

Hermann Kappe ging das alles durch den Kopf, während diese resolute kleine Person ihre Anklage herunterrasselte. Eine Entgegnung duldete sie sowieso nicht, das war klar.

So viel hatte Kappe schon nach wenigen Sätzen verstanden: Dieser Prof. August Bier hatte den großen Hugo Stinnes auf dem Gewissen. «Sie reden ja so, als wären Sie dabei gewesen», sagte Kappe schließlich.

Cläre Stinnes schaute ihn an, als hätte er seinen Degen gegen sie gezogen. Offensichtlich kam es nicht oft vor, dass jemand ihren Redefluss unterbrach. Sicher hatte das selbst Hugo selig selten gewagt.

«Das war ich auch. Ich bin meinem armen Gatten nicht von der Seite gewichen. Hier in Berlin, in der Fremde. Er sagte immer, wir fahren nach Asien. Wie recht Hugo doch hatte. Ich habe mich in seinem Klinikzimmer eingemietet. Und diesem Bier habe ich auf die Finger geschaut. Der Kerl wollte Hugo von Anfang an ans Leder.»

So ganz von der Hand zu weisen war das sicher nicht. Stinnes war verhasst. Viele gaben ihm die Schuld an der Not, die durch die Inflation entstand. Möglicherweise hatte sich da jemand aufgemacht, der irdischen Gerechtigkeit etwas auf die Sprünge zu helfen.

Kappe seufzte. Wenn es so war, wie sie sagte, dann würde das nicht einfach für ihn werden. Möglicherweise gab es Krawall, wenn man den Mörder von Hugo Stinnes verhaftete.

«Das Maß war voll, als Bier mit seinem Assistenten Dr. Pribram, einem ganz anders gearteten, eher feinen Menschen, zu streiten begann. Stellen Sie sich vor, Herr Kommissar, die Ärzte stritten sich im Beisein des Patienten!»

«Worüber stritten sie denn?»

Cläre Stinnes schaute Kappe groß an. «Worüber wohl? Was zu tun war, natürlich. Die Ärzte in dieser Stadt scheinen nie zu wissen, was sie tun sollen. Die beiden stritten darüber, ob sie meinem armen Mann nur die Gallensteine oder gleich die gesamte Gallenblase herausoperieren sollten. Sie hätten Hugos Blick sehen sollen. Er tat mir richtig leid. Jedenfalls hatte ich genug und habe die beiden rausgeschmissen.» Sie machte eine Pause, um sich auf jenes denkwürdige Ereignis zu besinnen. «Um genau zu sein, Sie sind ja von der Kriminalpolizei, ich habe sie hinausgeschmissen, nachdem Hugo mich dazu aufgefordert hatte.»

Kappe konnte sich die Szene im Krankenzimmer der Westend-Privatklinik lebhaft vorstellen. Wie er von Cläre Stinnes schon erfahren hatte, fungierte jener August Bier trotz seines Professorentitels dort nur als Oberarzt. Aber er war der Vorgesetzte jenes famosen Dr. Pribram.

«Deshalb hat Bier meinen Mann dann auch operiert und ihm nur die Gallensteine entfernt. Erstaunlicherweise hat Hugo sich danach erholt. Bis Bier ihm einen Katheder entfernte, den der Professor persönlich gelegt hatte.» Cläre Stinnes schniefte kurz, fasste sich dann aber wieder. «Hugo ist danach in ein Koma gefallen. Bier hat eine Notoperation vorgenommen. Dabei kam es zu Komplikationen, weil der Operateur sich einen eklatanten Narkosefehler erlaubt hatte. Es mussten von außerhalb stärkere Betäubungsmittel beschafft werden. Während mein Mann auf dem Operationstisch lag. Ich weiß nicht, wie dieser Bier die Operation nach all dem Hin und Her zu Ende gebracht hat.» Sie räusperte sich und nahm einen kleinen Anlauf, um danach gelassener fortzufahren. «Hugo hat sich davon nicht wieder erholt. Er ist am 10. April gestorben. Wie Sie vielleicht wissen.»

Ja, das wusste Kappe. Das wusste jeder in der Stadt. Kappe hielt es den Berlinern zugute, dass sie es unterlassen hatten, ihrer Freude über den Todesfall durch Tanzen auf den Straßen Ausdruck zu verleihen. Wir sind eben doch nicht so weit in Asien, wie die Gnädige glaubt, dachte Kappe. «Um es mal vorsichtig zu sagen, die Sache klingt wirklich nicht koscher. Aber für Kunstfehler bin ich nicht zuständig. Ich kümmere mich um Gewalttaten, gnädige Frau.» Kappe erhob sich. Er hatte genug gehört und wollte gehen.

Cläre Stinnes kam in kleinen entschlossenen Schritten um den schweren Schreibtisch herum.

Sie erschien ihm noch kleiner, als sie jetzt bebend wie ein aufgebrachtes Kind, dem eine große Ungerechtigkeit widerfahren war, vor ihm stand.

«Das liegt doch auf der Hand», sagte sie. «Dieser Prof. Bier hat sich für den Rauswurf rächen wollen und Hugo sterben lassen. Ich erwarte von Ihnen, dass Sie sofort alles in die Wege leiten, um diesen Bier seiner Strafe zuzuführen! Auf Wiedersehen!»

Kappe war so schnell draußen, dass er erst auf der Straße dazu kam, seinen Mantel zuzuknöpfen. Nun stand er auf der anderen Straßenseite und schaute auf das hell erleuchtete Palais der Nora Dunlop, die, wie jedermann in Berlin wusste, reich in die britische Reifendynastie eingeheiratet hatte. So reich, dass sie ihrer Schwägerin Cläre, der alten verbitterten Frau Stinnes, ihr Herrschaftshaus einfach überlassen konnte, damit diese darin Berliner Kommissare empfangen und abkanzeln konnte, wenn sie nicht parierten.

Es war kalt. Die Wagen, die die Douglasstraße passierten, ließen das Regenwasser in Fontänen aufspritzen. Am liebsten wäre Kappe zur nächsten S-Bahn gelaufen und schnellstens nach Hause gefahren. Aber dann hätte er morgen früh wieder hier heraus gemusst. Kappe konnte es sich nicht erlauben, einen halben Tag zu verlieren. Nicht wegen dieses Falles.

Er ging also in Richtung Westend. Für seine Verhältnisse war es ja nicht weit. Aber die feuchte Kälte kroch ihm unter die Kleider. Es schien ihm, als würden sich die Haare auf seiner Brust aufstellen.

Kappe konnte nicht so recht glauben, dass dieser Prof. Bier Hugo Stinnes auf dem Gewissen hatte. Zumindest nicht so, dass die Staatsanwaltschaft sich dafür interessierte. Sicher hatte die trauernde Witwe ihren Teil zu der Geschichte beigetragen. Und wenn Prof. Bier so war, wie Kappe ihn sich vorstellte, dann hätte er den Zorn von Cläre Stinnes auch auf sich gezogen, wenn er ihrem Gatten noch ein paar fröhliche Jahre geschenkt hätte.

Die Klinik lag dunkel da. Sicher achtete man im Interesse der Kranken auf die strikte Einhaltung der Nachtruhe. Darauf konnte Kappe aber keine Rücksicht nehmen. Er klingelte den Hausmeister heraus.

Der hatte es sich in der Portiersloge neben dem Eingang mit einer Putzfrau gemütlich gemacht, die leicht seine Tochter hätte sein können. Eimer, Wischlappen und Schrubber standen neben der Tür. Die Hose des vierschrötigen Mannes stand offen, als er Kappe hereinließ. Es roch nach Briketts und Branntwein. Die Frau verkroch sich verschämt unter einer Decke.

Kappe sah nur noch ihren nackten Fuß.

«Der Professor ist nich uff Station!», fauchte der Hausmeister. «Wat soll er da? Um diese Zeit?»

Auch das noch. Kappe war davon ausgegangen, dass ein Oberarzt abends noch im Dienst war.

«Der is längst zu Hause», sagte der Mann. Es schien ihm zu gefallen, Kappe so ratlos zu sehen.

«Na denn, nichts für ungut», sagte Kappe und verließ die Portiersloge.

Die Putzfrau kicherte. «Aber der wohnt doch hier im Haus», piepste sie.

«Halt du dich da raus, Olga!», fuhr der Portier sie an.

Kappe machte kehrt. «Wo ist sein Zimmer?»

«Im zweeten Stock, janz hinten», sagte die Putzfrau namens Olga und rollte sich unter der Decke zusammen.

«Hören Se nich uff Olga! Die is jrade mal jut zum ...»

«Zu wat denn, oller Stinksack?», erwiderte sie.

«Schnauze, sag ick!», brüllte der Herr der Loge.

Kappe seufzte. «Sie haben doch verstanden, dass ich von der Polizei bin?»

«Ja, schon», maulte der Alte, «aber ...»

«Gibt es einen Grund, mich nicht zum Professor zu lassen?»

Die Putzfrau lugte neugierig unter der Decke hervor. Der Hausmeister ging ein paar Schritte nach draußen. Er wollte Kappe wohl etwas anvertrauen.

Kappe folgte ihm.

«Der Prof. Bier, na ja, der kann janz schön unjemütlich werden, wenn man ihn stört.»

«Das halte ich aus», sagte Kappe.

«Und ick bekomm's nachher ab», maulte der Alte.

Aber Kappe war schon auf der Treppe. «Welche Zimmernummer?» Und als der Mann zu lange überlegte: «Wird's bald!»

«Janz durch. Bis zum Querjebäude. Dort isses hinten rechts. An der Tür steht *Privat*.»

Kappe musste dreimal klopfen.

Dann erschien der graue Wuschelkopf von August Bier. Sein

Hemd stand offen, die schweren Augenlider waren verklebt, die Nase war gigantisch und tiefrot. Der Professor sah aus, als hätte Kappe ihn gestört, während er seinen Rausch ausschlief. «Was gibt's?»

«Mein Name ist Hermann Kappe. Ich komme von der Berliner Polizei.»

Bier schaute ihn aus leeren Augen an. «Haben Se 'ne Marke oder so was?»

Kappe zeigte sie ihm.

Bier ließ Kappe missmutig ein.

Das Zimmer war geräumig und voll möbliert. Aber es war nicht aufgeräumt. Über den Polstermöbeln lagen Kleidungsstücke, auf dem Tisch stand das Abendessen – unberührt. Bier hatte es sich mit einer Flasche Mosel auf der Couch bequem gemacht. Die *Vossische Zeitung* lag zusammengeknautscht auf dem Fußboden.

«Setzen Sie sich irgendwohin. Es gibt ja genug Sitzgelegenheiten.» Bier fläzte sich wieder auf die Couch. Er goss sich ungeniert Riesling in seinen Römerkelch.

Kappe beschloss, stehen zu bleiben. «Es geht um den Tod von Hugo Stinnes.»

Bier musste rülpsen, presste aber die Lippen fest zusammen und schob die Schultern vor.

Einen ehrwürdigen Berliner Professor gab dieser August Bier nicht gerade ab, dachte Kappe bei sich. Aber in diesen Dingen konnte man sich täuschen. «Es wurden schwerwiegende Vorwürfe gegen Sie erhoben. Sie hätten bei der Operation, sagen wir, Fehler gemacht.»

Bier schüttelte sich.

Kein Wunder, dachte Kappe. Er vertrug den Moselwein auch nicht. Ein Bier war ihm lieber. Oder ein Roter aus Frankreich.

«Fehler machen wir alle», sagte Bier und schluckte dreimal. Dabei drückte er die flache Rechte gegen seinen Bauch.

«Aber bei Ihresgleichen gibt's dann gleich Tote.»

Bier sah Kappe an, als sei ihm das Gesagte völlig fremd. Dann räusperte er sich und erklärte: «Im Gegensatz zu vielen meiner Kollegen in der Charité halten sich meine Abgänge in geradezu sensationellen Grenzen.»

«Vielleicht operieren die Kollegen in der Charité auch häufiger als Sie.»

Bier schien das nicht zu beeindrucken. «Haben Sie 'ne Ahnung, Herr Kommissar. Ich habe hier einen Assistenten, der hält sich für eine Art Sauerbruch. Wir haben genug zu tun. Herr Stinnes war allerdings wirklich ein Sonderfall.» Mit dem Ausdruck äußerster Todesverachtung nahm Bier noch einen Schluck Moselwein. Diesmal schien er ihm besser zu bekommen. Er kreuzte die Beine und ließ sich langsam zurücksinken. «Stinnes hat nicht auf das gängige Narkosemittel reagiert. Das wussten wir vorher nicht. Offensichtlich wusste auch er es nicht. Sonst hätte er es uns ja gesagt. So ist es uns erst während der OP aufgefallen. Zuerst ist er ganz normal weggeschlafen, und wir haben angefangen. Aber plötzlich war er hellwach und hat geschrien vor Schmerzen. Wir haben sofort die Dosis erhöht. Aber die Reaktion war gegenläufig. Der Patient wurde immer munterer. Schließlich blieb mir nichts anders übrig, ich konnte ihn ja nicht unverrichteter Dinge wieder zunähen. Also haben wir ihn beruhigt und ein anderes Mittel holen lassen. Leider hatten wir dieses Medikament nicht vorrätig. Wer kann so etwas denn auch ahnen? Bis das Zeug hier war, verging eine gewisse Zeit. Man kann einen Organismus nicht unbegrenzt belasten. Stinnes war im Grunde schon am Ende, als wir die OP fortsetzen konnten. Wir, also mein Assistent Pribram und ich, haben alles getan, um die Sache abzukürzen. Stinnes hat es auch überstanden. Aber in den Tagen danach ist der Patient zunehmend schwächer geworden. Na ja, und dann ist er gestorben.»

«An den Folgen Ihrer OP?»

Bier schaute auf. «Ja, natürlich. So etwas geschieht.»

Kappe war selten jemandem begegnet, der so offen zu ihm war. Entweder handelte es sich bei Bier um einen Wahrheitsapostel oder um einen ganz ausgefuchsten Lügner. «Finden Sie, dass alles getan wurde, um Stinnes nach der Operation anständig zu versorgen?»

«Keine Ahnung.»

Kappe musste sich bremsen, um nicht laut zu werden. «Was soll das denn heißen?»

«Ganz einfach, ich weiß es nicht», betonte Bier.

«Aber Sie waren doch der behandelnde Arzt.»

«Ja, aber man hat mich nicht mehr an meinen Patienten rangelassen.»

«Was heißt das?»

«Ich habe ihn im OP das letzte Mal gesehen. Als wir uns dann wiederbegegneten, lag er schon im Sarg.»

Natürlich fuhr Kappe die S-Bahn vor der Nase weg. Aber auf zehn Minuten kam es jetzt auch nicht mehr an. Es hatte ohnehin keinen Sinn mehr, nach Schöneberg zu fahren. Klara war möglicherweise schon mit den Kindern auf dem Heimweg, und auf das verächtliche Gesicht der Tante konnte er gut verzichten.

Klara war noch nicht am Mariannenplatz. Kappe wurde immer nervöser. Am liebsten wäre er schnell zur Ecke in die «Kellerbaude» gerannt und hätte dort noch zwei Bier getrunken. Aber wenn Klara danach den Alkohol gerochen hätte, wäre sie noch wütender geworden. Und Kappe wollte an diesem schrecklichen Tag wenigstens noch für ein paar Minuten seine Kinder sehen, wenn das Leben ihm sonst schon nichts gönnte.

Also wärmte er sich zu Hause einen halben Topf Kartoffelsuppe auf, den er in der Kammer gefunden hatte. Er war gerade dabei, den Teller zu leeren, als sich der Schlüssel in der Tür drehte.

«Die Kinder haben Hunger», sagte Klara, ohne Kappe zu begrüßen, mit hochrotem Kopf und ganz schmalen Lippen. «Ich habe noch etwas Suppe für sie zurückgestellt. Bei der Tante gab's nur trockenen Kuchen, den mögen sie nicht.»

Kappe hörte augenblicklich auf zu essen. «Hier», sagte er und schob den Teller über den Tisch.

Klara schaute, während sie sich ächzend aus dem Jäckchen schälte, Kappe stumm an und schüttelte nur den Kopf. «Iss ruhig zu Ende», sagte sie dann tonlos. «Die Kinder schlafen auch mit leerem Magen ein, so fertig, wie die sind.»

Kappe wollte losbrüllen, doch da strahlte ihn sein Sohn an und fragte: «Hast du heute einen Mörder gefangen, Papa?»

Wenigstens einer, der sich freute, Kappe zu sehen.

VIER

ALS KAPPE am nächsten Morgen ins Präsidium kam, wartete Dr. Brettschieß schon auf ihn. «Ich dachte, Sie erstatten mir am Abend noch Bericht.»

Kappe murmelte etwas, das er selbst nicht verstand, und setzte sich an seinen Schreibtisch.

«Kommissar Kappe, bitte sofort zum Rapport in mein Bureau!», rief Dr. Brettschieß.

Galgenberg schaute von seiner Lektüre der *Kreuzzeitung* auf. «Zum Rapport! Is ja wie beim Barras. Fehlt nur noch, dass wir Pferde kriegen.»

Dr. Brettschieß hielt Kappe die Tür auf. Nicht aus Höflichkeit, sondern um seine Autorität zu demonstrieren. «Und? Was haben Sie herausbekommen?»

Kappe berichtete im Stehen von seinem Gespräch mit der Witwe Stinnes.

Brettschieß saß an seinem Schreibtisch, hielt das Lineal wie ein Richtschwert in den Händen und nickte mehrmals knapp.

«Habe mich dann noch zu jenem Prof. Bier begeben und ihn in seiner Wohnung angetroffen.»

«Und?», fragte Brettschieß.

«Die Sache ist eindeutig», fing Kappe an. «Stinnes hat nicht auf das Narkosemittel angesprochen. Ersatz musste erst beschafft werden, dadurch wurde die Operation in die Länge gezogen. Stinnes hat sich anscheinend nicht wieder davon erholt. Allerdings hat die Witwe Prof. Bier nach der Operation den Zugang zu seinem Patienten verweigert. Ich glaube Bier. Werde seine Angaben heute noch überprüfen, soweit das möglich ist. Der Mann belügt mich nicht, das spüre ich.»

«Was soll das denn heißen?»

«Frau Cläre Stinnes, nun ja, die Dame scheint mir etwas überspannt zu sein.»

Dr. Brettschieß ließ das Lineal auf den Schreibtisch niedersausen. Einmal, zweimal.

Kappe zuckte zusammen, die Hiebe galten ihm.

«Wie wollen Sie weiter vorgehen?»

«Na ja, ich werde den Fall wohl abschließen müssen. Bier jedenfalls trifft keine Schuld.»

Brettschieß sprang so abrupt auf, dass sein Stuhl nach hinten kippte und mit der Lehne gegen die Fensterbank knallte. Das Glas in den Doppelfenstern vibrierte. Brettschieß kümmerte sich nicht darum. Er stürzte hinter dem Schreibtisch hervor, als wolle er Kappe umrennen.

Wenn er mich anschreit, gehe ich, dachte Kappe noch.

Aber Dr. Brettschieß schrie nicht. Er kam Kappe nur ganz nahe. Er flüsterte. «Kappe, ich hatte gestern ein Gespräch mit dem Unterstaatssekretär.»

«Mit welchem Unterstaatssekretär?»

Brettschieß schien diese Frage zu verwirren. «Der sagt seinen Namen nicht. Und wenn er ihn sagen würde, dürfte ich ihn Ihnen nicht weitersagen. Geheim. Verstehen Se, Kommissar Kappe?»

Kappe nickte. Was war das denn für eine Räuberpistole?

«Nur so viel und im Vertrauen ...» Brettschieß zögerte.

Kappe brauchte eine Weile, um zu verstehen, dass das eine Frage war. «Natürlich, Dienstgeheimnis.»

«Mehr als das, Kappe. Der Unterstaatssekretär hat uns aufgetragen, Cläre Stinnes bei Laune zu halten. Aus politischen Gründen. Verstehen Sie? Das Außenamt möchte, dass diese Dame sich von uns optimal kriminalpolizeilich versorgt sieht.»

«So, das Außenamt also ...»

«Geheim!» Brettschieß riss die Augen auf. «Alles. Es gibt Hintergründe. Verfügen Sie über genug staatsbürgerliche Reife, sich diese anzuhören?»

Kappe nickte unsicher. Was jetzt kam, wusste er doch schon.

Brettschieß atmete tief durch, so, als wolle er sehr, sehr hoch springen. «Über Stinnes muss ich nicht viele Worte verlieren. Der Herr hat wohl in den letzten Wochen seines Lebens in einem erbitterten Streit mit Stresemann gelegen.»

«Aber gehören die beiden nicht derselben Partei an?»

«Natürlich, der DVP. Früher hat Stinnes ja die Große Koalition unterstützt, er hat sie sogar gefordert, weil er glaubte, das Reich gehe in die Binsen durch die endlosen Streitereien und das Gezerre um das besetzte Ruhrgebiet. Aber Stinnes war wohl ein Mann, der seine Meinung schnell ändern konnte. Er fand irgendwann, sein Parteifreund Stresemann habe sich windelweich verhalten.»

«Aber alle wollten doch, dass der Ruhrkampf beendet wird.» Zumindest hatte Kappe das wochenlang in der Zeitung gelesen.

Das fruchtlose Gerangel mit Boykottdrohungen und Generalstreik hatte nichts bewirkt. Weder die Franzosen noch die Deutschen bewegten sich. Das Ganze kostete nur unendlich viel Zeit und Geld. Und den Menschen ging es dabei immer schlechter.

«Ja, aber wir haben es hier mit hoher Politik zu tun. Stinnes hatte eben nicht dieselben Interessen wie Stresemann. Stresemann wollte Burgfrieden im Reich. Stinnes wollte bessere Bedingungen für seine Geschäfte. Aber die haben ihm die Franzosen wohl verhagelt.» Selbst Dr. Brettschieß kam es nicht einfach über die Lippen. «Stinnes wollte wohl einen neuen Krieg. Sagt der Unterstaatssekretär.»

«Oha!», sagte Kappe. Mehr fiel ihm dazu nicht ein.

Brettschieß zog ein riesiges Schnupftuch aus der Jackentasche und schnäuzte sich kräftig die Nase, als könne er damit das Ungemach bannen, das ihm diese Angelegenheit bereitete. «Die Familie Stinnes ist nicht zimperlich.»

«Davon habe ich mir ein Bild machen können», seufzte Kappe.

Brettschieß nickte schwer.

Beide Männer wussten, was man sich in Berlin erzählte: Hugo Stinnes sollte vor wenigen Monaten maßgeblich einen Abenteurer aus Küstrin ermuntert haben, einen Staatsstreich anzuzetteln. Und zwar nur, weil er wusste, dass dieser Freischärler die Sache ganz sicher versauen würde. Hugo Stinnes hatte dieses riskante Spiel angeblich gespielt, um den nationalistischen Kreisen, die ihm im Nacken saßen, zu beweisen, wie wenig Erfolg solche Alleingänge versprachen. Stinnes war es gewohnt, seinen Kopf durchzusetzen – auch gegen die rechtsradikalen Eiferer, deren Unterstützung er nach Belieben gegen die Regierung nutzte.

«Wenn nun die Witwe aus den obskuren Todesumständen ihres Mannes eine große Sache macht, dann könnte das einigen Staub aufwirbeln. Ein Mordfall Stinnes würde die relative Ruhe, die gerade einkehrt ist, beenden. Sie wissen ja, Kappe, dass in München dieser Hitler zu Festungshaft verurteilt worden ist. Die Stimmung im Lande ist gereizt. Verstehen Sie?»

Kappe wurde immer unwohler in seiner Haut. Er mochte es nicht, wenn ein Kriminalfall durch die Politik eingetrübt wurde. Politik war so irrational und so unberechenbar. Polizeiarbeit aber war eine klare, vernünftige und vor allem faire Angelegenheit, eine Frage des Rechts und der Gerechtigkeit. Zumindest verstand Kappe diese Arbeit so. Das eine vertrug sich nicht mit dem anderen. Recht und Politik. «Natürlich, aber was hat das mit unserem Fall zu tun?»

Brettschieß faltete die Hände wie zu einem Gebet. Er trat vor Kappe hin und flehte ihn an: «Es ist unsere vaterländische Pflicht, Cläre Stinnes das Gefühl zu geben, dass man sie ernst nimmt!»

«Das habe ich getan.»

Brettschieß schien erleichtert. «Gut, dann verhaften Sie diesen Bier!»

Kappe machte sich unwillkürlich steif. «Ich kann keine Ermittlungsergebnisse aus dem Hut zaubern. Ich hoffe auch, dass Sie *das* nicht meinen.»

«Es liegen genug Erkenntnisse vor.»

«Wofür?»

«Für eine Mordanklage», sagte Brettschieß.

«Das angebliche Mordopfer ist eines natürlichen Todes gestorben.» Kappe ließ den Kopf kurz sinken – zum Gruß. Dann machte er kehrt und verließ in stocksteifer Haltung das Bureau seines Chefs.

Er hatte gerade an seinem Schreibtisch Platz genommen und die beiden Kollegen begrüßt, die sich zur Frühbesprechung eingefunden hatten, als ihm jemand die Hand auf die Schulter legte. Kappe dachte erst an einen von Galgenbergs üblichen Scherzen und wollte schon hochfahren. Doch dann hörte er Dr. Brettschieß säuseln: «Auf ein Wort, Herr Oberkommissar!»

Kappe dachte erst, es sei ein Versehen. «Noch bin ich Kommissar.»

Brettschieß stellte sich in Positur und hob die Stimme, damit alle ihn hören konnten. «Eigentlich sollte ich bis nächste Woche warten. Der Polizeipräsident wollte ja dabei sein. Aber in Anbetracht der besonderen Aufgaben, die unserer harren: Ich gebe hiermit Ihre Beförderung zum Oberkommissar bekannt, Herr Kappe! Gestern habe ich die Anweisung auf meinen Schreibtisch bekommen.»

Die anderen schauten verdutzt auf. Offensichtlich trauten sie der Sache nicht.

«Sie können ruhig applaudieren, meine Herren», sagte Brettschieß.

Galgenberg wurde bleich. Ihm stand schon lange eine Beförderung zu. Dennoch war er der Erste, der klatschte, wenn auch zaghaft, dann folgten die anderen Kollegen.

Kappe stand auf und deutete eine Verbeugung nach allen Seiten an. Noch nie war er so verlegen gewesen. «Dann werde ich wohl einen ausgeben müssen.» Er überlegte, ob er überhaupt so viel Geld dabeihatte.

«Das hat Zeit», sagte Brettschieß und zog ihn am Ärmel vom Schreibtisch weg. «Kommen Se erst mal mit in mein Bureau, damit ich Sie einweise!»

Einweisen? Das klang ja so, als müsse er ab morgen den Verkehr auf dem Alex regeln. Fehlt nur noch, dass Galgenberg jetzt einen dummen Spruch bringt, dachte Kappe, als er Brettschieß folgte.

«So, Herr Oberkommissar», begann Brettschieß, als er die Tür hinter Kappe geschlossen hatte, «nun reden wir ja fast auf Augenhöhe miteinander.»

«Fast», sagte Kappe, dem nichts Gutes schwante.

Brettschieß faltete die Hände auf dem Rücken und ging langsam zum Fenster. Er schaute auf das Rote Rathaus hinaus und nickte bedächtig. «Der Staatssekretär hat mir da was anvertraut, was uns weiterbringen wird.»

So, so, schon wieder der Unterstaatssekretär.

«Unser Prof. Bier sollte Mitglied der Delegation werden, die zu diesem Lenin gereist ist.»

«Bier? Aber der ist doch bloß ein einfacher Chirurg», sagte Kappe.

«Anscheinend sahen das die Russen anders. Aber das Auswärtige Amt hat in allerletzter Minute Bier gegen Moritz Borchardt ausgetauscht. Und wissen Sie warum? Dieser August Bier war vor fünf Jahren Mitglied eines revolutionären Ausschusses. Die saßen im Schloss und schossen auf Regierungstruppen.»

Die Regierungstruppen hatten zuerst geschossen, und nicht gerade zimperlich, erinnerte sich Kappe. Aber was sollte das? Damals war viel hin und her geschossen worden.

Brettschieß begann, in den Knien zu wippen. «Man wollte wohl nur Ärzte zu Lenin schicken, die loyal zur Republik standen. Sie wissen ja, was letztes Jahr los war.»

Kappe verstand nicht, worauf Brettschieß anspielte. Im Jahr zuvor war allerhand los gewesen: von der Ruhrbesetzung bis zur Regierungskrise und dem Krach mit den sturen Bayern, bei dem die Berliner beinahe Truppen gegen die Münchner Regierung von Kahr eingesetzt hätten. Fast täglich hatte es Extrablätter gegeben.

Brettschieß zischte leise, als gelte es heute noch, gewisse Dinge zu verschweigen. «Die Bolschewiki planten den Staatsstreich im Reich. Sachsen und Thüringen waren schon völlig außer Rand und Band. Die wollten uns einnehmen, die verdammten Kommunisten!»

Das meinte er also: die roten Aufstände in Mitteldeutschland. Dass die Herrscher in Moskau die Strippen zogen, hatte Kappe wohl gelesen und sich seine Gedanken dazu gemacht. Schließlich war er Familienvater und wollte keine Roten aus Russland im Reichstag sitzen haben.

«Die deutschen Revolutionäre bekamen ihre Befehle von Stalin und Radek. Aber Lenin war dagegen, hieß es. Jedenfalls hatte das Amt gewisse Informationen. Deshalb sollten Prof. Klemperer und seine Kollegen vorsichtig Einfluss nehmen und den Oberbolschewik in seinem gemäßigten Deutschlandkurs bestärken.»

«Klemperer? Welcher Klemperer?» Das ging Kappe alles ein bisschen schnell.

«Georg Klemperer. Haben Se doch sicher gehört. Lenins Leibarzt. Er durfte sich seine Leute aus Berlin mitbringen. Natürlich war die Politik daran interessiert, dass da nicht so 'n Spartakus-Doktor dabei ist. Der hätte womöglich alles verdorben.»

«Aber Lenin ist doch vor drei Monaten gestorben», wandte Kappe ein. Was sollte das alles?

Brettschieß wirbelte herum, sein Gesicht war hochrot. «Das ist doch scheißegal, Kappe!»

Kappe schaute in das Gesicht, das aussah wie eine böse Maske, und dachte: So sieht's also aus! Der Unterstaatssekretär steht unserem Arnulf Brettschieß mächtig auf den Zehen.

«Entschuldigung, aber der Fall nimmt mich auch persönlich mit. Bin eben kein Freund dieser roten Spinner. Die haben einfach schon zu viel Schaden angerichtet.»

Dazu sagte Kappe lieber nichts. In München hatten nicht die Linken gegen das Reich geputscht, sondern dieser Knallkopp Hitler.

Brettschieß seufzte, als ruhe das Gewicht des gesamten zerrütteten Reiches auf seinen schmalen Schultern. «Nun stellen Se sich das doch mal vor! Dieser ultralinke Bier muss seinen Patienten doch gehasst haben wie die Pest. Kappe, bringen Sie den Mann zur Strecke! Uns allen fällt damit ein Stein vom Herzen. Es geht um die Ruhe im Lande. Frau Stinnes gibt aber keine Ruhe, bevor der Mörder ihres Mannes nicht verurteilt ist. Sie droht dem Unterstaatssekretär damit, an die Öffentlichkeit zu gehen. Können Sie sich vorstellen, was dann passiert? Wenn es heißt, ein linker Spinner habe Hugo Stinnes auf dem Gewissen und läuft frei herum? Dann haben wir Bürgerkrieg! Und nicht nur im Münchner Bürgerbräu.»

Die Kinder schliefen schon, als Kappe an diesem Abend nach Hause kam.

Dementsprechend vergrätzt war Klara. «Es wird jeden Tag später. Irgendwann kennst du deine Kinder nicht mehr.»

«Stell dir vor, was heute passiert ist! Von Brettschieß hat mich befördert.»

Klara, die Kappe Kartoffeln und ein schmales Rippchen auftat, hielt inne: «Befördert? Ich dachte, ihr werdet nicht befördert.»

«Mich hat's ja selbst überrascht. Vielleicht hängt's mit dem neuen Fall zusammen.» Kappe begann, die Kartoffeln mit der Gabel zu zerdrücken. «Ist was Politisches.»

«Was meinst du, warum ich die Kartoffeln in exakt gleich große Würfel schneide? Damit du sie zermanschst?»

«Ich kriege sie anders nicht runter. Ich weiß ja, dass du gut kochst. Es schmeckt vorzüglich, ob zermanscht oder in Würfeln.»

Sie begannen zu essen. Die geräucherten Rippchen waren etwas salzig, aber dafür konnte Klara ja nichts. Sie aß wie immer nur das Fleisch, das an den Knochen hängenblieb. Sie nagte es ab wie ein Hund. Die großen Stücke bekam Kappe. Ihm behagte das nicht, obwohl es in vielen Familien so üblich war. Aber Klara sagte, es gehöre sich so und sie esse sowieso nicht so gerne wie Kappe.

«Und biste jetzt ...»

«Oberkommissar!»

«Ein Oberkommissar spricht nicht mit vollem Mund!»

Sie aßen still weiter – Kappe, seine Gier mühsam unterdrückend, Klara, mühsam Appetit vortäuschend. Auch das gehörte sich ihrer Meinung nach so.

Kappe war verstimmt. Nicht nur wegen Klaras Tischmanieren. Auch weil sie sich gar nicht über die Beförderung freute. Ein bisschen könnte sie ihm ja zeigen, dass sie stolz auf ihn war. Wenn er es schon nicht war.

«Bekommste jetzt mehr Gehalt?»

«Hab ich noch gar nicht nach gefragt. Mach ich aber morgen.»

«Wär schön. Mit den Kindern. Und dann könnte man an ein Drittes denken.»

Kappe blieb der Bissen im Hals stecken. «Aber Hartmut ist gerade mal vier!»

«Und? Willste warten, bis er aus'm Haus is?»

Darauf gab Kappe keine Antwort.

Klara legte das Besteck zur Seite und machte sich steif. «Als Oberkommissar musst du da noch mehr arbeiten?»

«Man erwartet etwas von mir», antwortete Kappe nachdenklich. Jetzt erst spürte er, dass ihm diese Beförderung schwer im Magen lag.

«Die Kinder sehen dich so selten.» Klara stand auf und räumte ab.

Dabei hätte Kappe gerne noch einen Nachschlag gehabt. Aber er sagte nichts. Er war sauer. Eben noch hatte sie von einem dritten Kind gesprochen. Wenn er als Oberkommissar eine Gehaltsaufbesserung bekam. Aber arbeiten gehen sollte er gefälligst so wenig wie möglich, damit die Kinder was von ihm hatten. Da verstehe mal einer die Frauen!

Kappe zog sich mit der Zeitung in seine Ecke zurück und sprach den ganzen Abend über kein Wort mehr.

FÜNF

PROF. AUGUST BIER hatte gerade seine Visite beendet und wollte eine Tasse Kaffee trinken. «Sie schon wieder?»

Kappe war schlecht gelaunt. «Ich schon wieder. Wo können wir reden?»

«Hier. Ich habe nichts zu verbergen.»

In der Kaffeeküche der Schwestern tummelte sich das Personal der Klinik. Es roch nach frischen Schrippen und Marmelade.

«Gehen wir in Ihr Bureau!», sagte Kappe.

Biers Bureau war ein Schlauch ohne Fenster. Der Schreibtisch nahm so viel Platz ein, dass Bier Mühe hatte, sich auf den Stuhl zu zwängen. Einen Stuhl für Kappe gab es nicht. In den verstaubten Regalen standen Krankenakten und ein paar zerfledderte Fachbücher. Die Luft war schlecht.

Was war dieser Bier für ein Professor, fragte sich Kappe. «Es hat Streit gegeben zwischen Ihnen und Hugo Stinnes?»

«Wer sagt das?»

«Ich! Das hören Se doch, oder?»

Bier schaute erstaunt. «Streit? Warum denn?»

«Wegen der Politik.»

Bier sank leicht zusammen. «Aha», entfuhr es ihm wie ein Seufzer.

«Ja», sagte Kappe.

Prof. Bier wollte aufspringen, dann schien ihm einzufallen, dass dazu eigentlich zu wenig Platz war. «Leute wie dieser Stinnes, solche Kriegsgewinnler, die schaffen es heutzutage – in dieser famosen Republik. Der hat doch immer nur eines im Sinn gehabt:

sich und seinesgleichen noch reicher zu machen. Auf Kosten des gesamten Volkes. Ich weiß nicht, wie Sie das sehen, aber mich kotzt so etwas an. Verstehen Sie? Es gibt in diesem Land auch noch andere. Leute, die nach dem Krieg von einer gerechten Gesellschaft geträumt haben. Aber nein, solche Leute werden ihr Leben lang angefeindet. Ihr Leben lang!» Er hielt inne, um nach Luft zu schnappen. Die Angelegenheit nahm ihn sehr mit.

«Meinen Sie Leute, die aufseiten des Spartakus gekämpft haben?»

Bier drückte die Rechte auf sein Herz und verzog das Gesicht. «Ja, die meine ich. Ich habe Stinnes verachtet. Er ist schuld daran, dass es wieder bergab geht. Dass in dieser Republik Leute wieder hungern müssen.»

Kappe räusperte sich. Das war fast ein Geständnis.

«Aber ich bin Arzt aus Überzeugung, nicht weil ich 'ne Villa am Wannsee will. Ich habe alles getan, um dieses Schwein zu retten.»

«Das ist Ihnen aber nicht sonderlich gut gelungen.»

Kappes ruhige Art schien Bier zu besänftigen. «Na ja, irgendwann war ich mit meiner ärztlichen Kunst am Ende. Wenn man den Arzt nicht mehr zum Patienten lässt, kann er auch nicht heilen.»

«Aber es gab doch sicher andere Ärzte. Frau Stinnes hat ihren Gatten doch nicht einfach sterben lassen.»

Bier schaute auf, in seinen Augen erkannte Kappe ein eigenartiges Staunen. «Doch, das hat sie. Wussten Sie das nicht? Zehn Tage lang durfte niemand zu ihm. In diesen zehn Tagen ist Stinnes gestorben – langsam und qualvoll.»

Kappe brauchte eine Weile. «Aber warum sollte sie so etwas tun?»

Bier zuckte mit den Achseln. «Verstehen Sie die Weiber? Auf jeden Fall hat Madame Stinnes plötzlich ein Testament aus dem Hut gezaubert. Demnach war sie Alleinerbin. Sehen Se, Herr Kommissar, manchmal fressen die Wölfe sich gegenseitig auf.»

Diesmal wurde das Portal sofort geöffnet. Der alte Diener war völlig außer Atem.

«Ich muss Frau Stinnes sprechen», sagte Kappe.

«Welche denn?», fragte der Alte.

«Gibt's denn mehrere?»

Das war offensichtlich die falsche Antwort, denn der Diener schlug die Tür wieder zu.

Kappe wollte schon erneut klopfen, als der Diener ihn dann doch einließ.

Der Alte wirkte etwas durcheinander. «Sie werden in den Salon gebeten.» Kappe war schon auf der Treppe, als der Diener hinter ihm her getippelt kam. «Hier unten in den Salon. Gleich rechts. Die junge Frau Stinnes erwartet Sie dort.»

Kappe blieb auf der untersten Stufe stehen. «Ich muss aber mit Frau Cläre Stinnes sprechen.»

«Bedaure, das wird nicht gehen.»

«Das muss gehen!» Kappe hatte das Getue satt. Selbst wenn er hier im feinsten Palais der Stadt und unter lauter noblen Leuten war, er ermittelte in einem Mordfall, und da gab es kein Hofprotokoll.

Dem Alten brach der Schweiß aus. «Ich muss Sie bitten, in den Salon ...»

Unten wurde eine Tür geöffnet. Eine hochgewachsene Frau in einem schwarzen Herrenanzug trat in den Flur. «Wo ist denn nun der Polizist?»

Der Alte verbeugte sich leicht und deutete missbilligend auf die Treppe.

Kappe kam sich vor wie ein ertappter Eierdieb.

«Bitte schön!», sagte die Frau im Anzug und hielt die Tür auf.

Kappe blieb nichts anderes übrig, er musste nachgeben. Nicht wegen der Etikette. Diese eigenartige Frau beherrschte die Situation.

Als er an ihr vorbei in den Salon schritt, stieg ihm ihr Parfüm in die Nase. Es war eigentlich gar kein Parfüm, jedenfalls keines, das er von Berliner Frauen kannte. Es war auch kein Duft. Es war ein Geruch. Ein Geruch allerdings, der in Kappes Hirn wütete: Leder, Wild, Rauch und vielleicht sogar eine Spur weibliches Geschlecht. Hermann Kappe wusste plötzlich nicht, wohin mit seinen Händen.

Die junge Frau schloss die Tür und ging mit weiten leichten Schritten auf ihn zu. Sie bot ihm ihre Hand an. Kappe zögerte erst, dann ergriff er sie und drückte sie zaghaft. Sie packte dafür zu wie ein Kerl.

Was diese Frau sich herausnahm? Jetzt erst entdeckte er, dass es kein Herrenanzug war. Es war eine Ledergarnitur. Er hatte sie an jungen Automobilisten gesehen, die sonntagnachmittags durch die Mark jagten. Dieser Frau stand sie gut. Nicht dass das feine dunkle Leder eng angelegen hätte, es schlabberte ein wenig um ihre langen Beine herum, aber es war weich und locker, das machte die Erscheinung irgendwie ... sinnlich. Ja, sinnlich! Ein Wort, das Kappe kannte, aber bisher nie gebraucht hatte.

«Ich bin Clärenora Stinnes, die Tochter.» Sie schaute ihn mit großen braunen Augen an. Ihre Haare waren dunkelblond und sportlich kurz, sie hatte keinen dieser albernen Bubiköpfe. Praktisch war das richtige Wort. Die Haut war braun von der Sonne und vom Wind, gesund sah sie aus, etwas dünn vielleicht, aber da sie groß war, größer als Kappe sogar, fiel das nicht unangenehm auf. «Und wer sind Sie?» Sie lachte auf, als amüsiere sie Kappes Verlegenheit.

«Gestatten, Kappe, Hermann Kappe.» Sonst war er nie so förmlich. Warum ausgerechnet jetzt?

«Aha. Und?»

«Ich bin Kommissar der Kriminalpolizei. Oberkommissar, um genau zu sein.»

«Na ja, der Rang ist mir schnuppe. Sie wollen zu meiner Mutter?»

Kappe fiel wieder ein, warum er hier war, und er machte sich steif. «Genau! Ich muss dringend Ihre Mutter sprechen.» Sie war also die Tochter. Hätte er nicht gedacht. Ein so fein geschnittenes Gesicht. Bei dem groben Vater. Wie ein mongolischer Bauer hatte er ausgesehen, der alte Hugo Stinnes.

«Das wird nicht gehen.»

«Nicht?»

Sie lachte schon wieder. «Sag ich doch.»

«Aber ich muss darauf bestehen!» Das musste genügen. Kappe streckte sich erneut, dann wirkte er fast ein Stück größer als diese eigenartige Dame. Normalerweise hätte er das Subjekt jetzt ins Präsidium bestellt und ein bis zwei Stunden auf dem zugigen Flur warten lassen. Das half selbst bei den bockigsten Weibern. Doch irgendetwas hinderte ihn diesmal daran.

«Sie können auch darauf bestehen. Das wird Ihnen nichts nützen, bester Kappe. Meine Mutter ist nicht zu sprechen. Basta!»

Nicht einmal einen Stuhl bot sie ihm an. Schreckliche Frau! Aber diese Augen und dieser Geruch. Und diese sandfarbene Haut. Wie Wüstensand.

«Bin heute Nacht erst aus Kairo eingetroffen. Die Nachricht hat mich spät erreicht. War wochenlang mit dem Kraftwagen unterwegs.»

Also doch die ägyptische Wüste, die Sahara. Nun roch Kappe die Hitze und den feinen Sand – und den Schweiß. Das war aber kein gewöhnlicher Schweiß wie bei ihm oder Klara. Das war ein Schweiß wie Quellwasser.

«Ich denke, ich kann Ihre Fragen ebenso beantworten wie meine Mutter.»

Kappe starrte sie an.

«Also?», fragte sie.

Diesen neuen Stil nannte man in Berlin «amerikanisch». Die Dame benahm sich unkonventionell, hasste alle Formalitäten, kam unverblümt zur Sache und schien vor allem wenig Zeit zu haben.

«Es geht um den Tod Ihres Vaters. Der Arzt, der ihn behandelt hat, sagte mir, Ihre Mutter habe niemanden mehr zu Ihrem Vater gelassen.» Kappe war die Sache peinlich, schließlich war Clärenora gerade mal ein paar Stunden in der Stadt. Und sie war gekommen, um an das Grab ihres Vaters zu treten. Aber sie wollte es ja nicht anders.

«Na und? Sie wollte, dass mein Vater in Ruhe stirbt. Was ist dabei? Was geht das diesen Quacksalber an?»

«Prof. Bier ist kein Quacksalber.»

«Ach, und das können Sie als Kriminaler beurteilen?»

«Mindestens so gut wie Sie. Oder sind Sie etwa Ärztin?» Kappe lief sich langsam warm. Er ließ sich doch nicht von so einem Frauenzimmer vorführen. Nicht einmal von so einem verdammt ... War sie hübsch? Nein, sie war apart. Clärenora Stinnes war die erste aparte Frau, die Hermann Kappe aus der Nähe sah.

«Nein, ich bin Rennfahrerin.» Sie schob ihr Kinn vor wie ein Boxer. Stolz war diese Clärenora. Stolz und wild. Es schien ihr Spaß zu machen, sich mit Kappe zu fetzen.

Konnte sie haben. Bitte schön! Er kam zwar aus Wendisch Rietz, aber er war doch kein Landei. Er doch nicht. «Ich bin hier, um folgenden Verdacht zu überprüfen: Hat Ihre Mutter den kranken Hugo Stinnes nur deshalb abgesondert, damit sie ihm in Ruhe ein neues Testament herauskitzeln konnte?» Das war ziemlich dreist, aber die Dame mochte es ja dreist. Dass sogar der Verdacht bestand, Cläre habe ihren Hugo eiskalt sterben lassen, sagte er ja nicht. Das wäre nicht nur dreist, das wäre sogar unprofessionell gewesen.

Clärenora begann, im Zimmer auf und ab zu gehen. Die Hände hielt sie auf dem Rücken verschränkt, als handele es sich um eine Promenade. Sie dachte nach – nicht unbedingt angestrengt, wie Kappe bemerkte. «Folgendes, Herr Kommissar: Meine Mutter ist schon im ersten Testament von 1920 als Alleinerbin eingesetzt worden. Sie musste also kein neues Testament *herauskitzeln,* wie Sie sagen, wenn sie Vorteile aus dem Tod meines Vaters schlagen wollte.»

Kappe spürte, dass er errötete. «Das müsste erst mal nachgeprüft werden.»

Ihr Blick sagte ihm, dass eine Nachprüfung sie bestätigen würde. Kappe wäre am liebsten vor Scham im Boden versunken. Warum hatte er sich nicht vorher vergewissert, ob es nicht noch ein anderes, früheres Testament gab?

«Und dann frage ich Sie, warum hätte meine Mutter meinen todkranken Vater willentlich sterben lassen sollen? Sie hätte sein Vermögen über kurz oder lang sowieso bekommen.»

«Vielleicht weil ...» Eigentlich wollte er sagen: Weil es ihr nicht schnell genug ging. Aber dann fiel ihm ein, dass diese Antwort die Sache noch schlimmer machen würde, und er ließ es. «Frau Stinnes, nur damit Sie keinen falschen Eindruck bekommen, das ist reine Routine. Ich habe nichts gegen Ihre Mutter. Oder gar gegen Sie. Im Gegenteil!»

«Na, dann ist ja alles in Butter. Kann ich Sie irgendwohin mitnehmen?»

Kappe verstand nicht. Mitnehmen? Wie wollte sie ihn mitnehmen?

Sie hielt ihm die Tür auf. «Ich will zur Avus. Meinen neuen Motor ausprobieren. Wissen Sie, ich stehe kurz vor einem Rekordversuch. Mit dem Kraftwagen um die Welt. Da heißt es, keine Minute verlieren. Mit Automotoren ist es wie mit Rennpferden: Man muss sie so oft wie möglich fordern.»

Kappe suchte nach einer möglichst weltgewandten Entgegnung. «Ich verstehe zu wenig von Rennpferden.»

Sie war schon auf der Treppe.

Kappe hatte Mühe, ihr zu folgen.

Der Diener eilte herbei, bekam aber nur noch eine hilflose Geste der Höflichkeit hin.

Dann war Clärenora auch schon durch die Tür.

Kappe verabschiedete sich von dem Diener mit einem knappen Nicken und folgte der Stinnes-Tochter.

Als er auf die Straße trat, war diese aber verschwunden. Eigenartig. Kappe knöpfte seinen Mantel zu. Es war kalt geworden. Dann erhob sich plötzlich ein Grummeln. Kappe zuckte zusammen, schaute in die Wolken, weil er einen Flieger vermutete. Doch da schoss ein grausilberner Pfeil hinter der Ecke des Palais hervor. Der rote Kies des Vorplatzes spritzte hoch. Kappe erinnerte das an die Fontänen von Sanssouci.

Die Hinterräder drehten kurz durch, doch der Fahrerin gelang es, das Fahrzeug zum offenen Tor zu lenken. Sie trug jetzt eine große Rennbrille, ihre Haarspitzen flatterten am Saum der Lederkappe. Sie winkte Kappe lachend zu.

«Vielleicht könnte ich bis zur S-Bahn mitkommen», rief Kappe.

Doch da war sie schon durch das Tor geschossen, bremste kurz, aber nicht um nach links und rechts zu schauen, sondern bloß, um den hohen Bordstein zu überwinden, ohne die schnaubende Maschine zu beschädigen. Dann grummelte der Motor wie ein Gewitter, und sie raste davon.

Ein Pferdefuhrwerk der Schultheiss-Brauerei stockte auf der anderen Straßenseite. Die schweren Pferde, die immer etwas schläfrig wirkten, schüttelten sich, und die beiden Bierkutscher in ihren weißen Schürzen hatten alle Mühe zu verhindern, dass die Tiere im Geschirr hochgingen.

Hermann Kappe war keinen Schritt weitergekommen. Aber er hatte eine Frau getroffen, die ihm nicht mehr aus dem Kopf ging. Ausgerechnet ihm, dem Durchschnittsmenschen aus Wendisch Rietz. Er war doch mit seiner Klara verheiratet. Eigentlich sogar glücklich, sah man mal von den Reibereien der letzten Zeit ab. Und jetzt kam diese rasante Autofahrerin in dunklem Leder, und alles war anders. Wie damals bei der kleinen Chinesin.

Clärenora Stinnes – was für ein Name! Den ganzen Tag über ging er ihm nicht aus dem Kopf. Er konnte gar nicht richtig arbeiten. Deshalb ging er auch Dr. Brettschieß aus dem Weg. Kappe wollte mit ihm nicht über Clärenora sprechen.

Brettschieß war gerissen, das wusste Kappe mittlerweile. Der würde schnell Lunte riechen und Fragen stellen. Was ist denn das für eine Frau, diese Tochter? Kappe traute sich in seinem momentanen Zustand nicht zu, eine Befragung durch Brettschieß durchzustehen, ohne sich zu verraten.

Aber gab's denn was zu verraten? Eigentlich nicht. Eine Person war befragt worden. Oder hatte sie ihn, den Oberkommissar, befragt? Das war für Kappe gar nicht mehr so klar.

Am liebsten hätte er mit Klara über Clärenora gesprochen. Klara verstand ihn. Aber das ging nun wirklich nicht, Klara mit einer anderen Frau zu kommen.

Klara hatte anderes im Kopf – die Kinder, den Haushalt, den Etat. «Bekommst du nun mehr Gehalt?»

Kappe hatte völlig vergessen, danach zu fragen. «Dr. Brettschieß hat sich dazu noch gar nicht geäußert. Weißt du, Klara, wir haben momentan einfach zu viel zu tun.»

«Hermann, du musst diesem Brettschiss ...»

«*Brettschieß*, mit langem i und scharfem ß.»

«Du musst ihm sagen, dass du eine Familie hast. Dass du nicht unentwegt arbeiten kannst, auch nicht als Oberkommissar. Dass deine Kinder und deine Frau zu Hause auf dich warten.»

Nicht schon wieder! Wenn diese Frau mehr Haushaltsgeld zur Verfügung haben wollte, musste sie ihn arbeiten lassen. Anders ging es nicht.

«Warum erwirbst du keine Fahrerlaubnis, Klara?»

«Eine was?»

«Es gibt jetzt viele Frauen, die Automobil fahren. Du könntest mit den Kleinen öfter mal rausfahren.»

«Das kann ich auch mit der S-Bahn.»

«Aber mit so einem Automobil, das wäre einfach schnittiger.»

«Bin ich dir nicht schnittig genug, Hermann?»

«Doch, doch. Schon, aber ...»

«Willst du mich loswerden?»

«Klara!»

«Ja, Hermann? Hast du dir mal überlegt, was so ein Automobil kostet?»

«Man könnte sich so eine Maschine ausleihen.»

«Hermann, weißt du was? Du spinnst!»

Da war Hermann Kappe zum zweiten Mal in dieser Woche aufgestanden, hatte sich die gute Tante Voss genommen und sich stumm in seine Ecke verkrümelt, ohne auch nur noch ein einziges Wort verlauten zu lassen.

Das Frühstück am nächsten Morgen verlief dementsprechend eintönig. Hermann tat es leid, er hätte gerne geredet. Aber diesmal wollte Klara nicht. Der Junge hatte Zahnschmerzen. In der Nacht hatte er zweimal geschrien, und Klara hatte aufstehen müssen. Nun war sie übernächtigt.

Nein, dachte Hermann noch, als er ging und sie den kleinen Hartmut im Arm wiegen sah. Klara ist wirklich keine Automobilistin. Und das war auch gut so.

Doch dann hielt, als er gerade am Moritzplatz in die Straßenbahn springen wollte, ein tief brummendes Etwas neben ihm. Kappe achtete gar nicht darauf, er spürte nur das angenehme Vibrieren. Das kündigte etwas Großes an, das ahnte er. Dann wurde mehrmals hintereinander kurz gehupt.

Kappe drehte sich um und sah das lachende Gesicht der Clärenora Stinnes.

Sie hatte wieder die große Brille auf. Von nahem sah sie aus wie ein riesiges Insekt. «Steigen Sie ein!», rief sie.

Kappe zögerte. Dann fuhr ihm die Straßenbahn weg. Jetzt kam er wegen Clärenora auch noch zu spät zum Dienst. Brettschieß würde sicher Theater machen.

«Nun machen Se schon! Ich bringe Sie.»

Kappe hatte noch nie in solch einem Automobil gesessen.

Clärenora beugte sich über den Beifahrersitz und stieß die Tür auf.

Kappe wunderte sich, wie tief man in diesem Rennauto saß. Er fürchtete, die Passanten könnten ihm aus Neid auf den Kopf spucken.

Aber Clärenora fuhr zu schnell. Selbst wenn jemand das beabsichtigt hätte, hätte er keine Chance dazu gehabt. «Gefällt's Ihnen?», fragte sie.

Am Görlitzer Bahnhof stand ein Schupo und regelte den Verkehr mit weit ausgestreckten Armen, an denen er weiße Stulpen trug.

Clärenora sah ihn, winkte ihm sogar zu, kümmerte sich aber nicht um seine Anweisungen, sondern raste einfach an den wartenden Automobilen, Omnibussen und Fuhrwerken vorbei.

Kappe klammerte sich am Chassis des Wagens fest. Er konnte nur hoffen, dass niemand ihn sah, der ihn kannte. Nicht nur weil Berliner Polizisten nicht mit verrückt gewordenen Weibsbildern durch die Stadt rasen sollten. Auch weil er mit seiner Melone auf dem Kopf neben dem Insekt sicher ziemlich albern aussah.

«Ich möchte Ihnen gerne in Ruhe ein paar Dinge über meinen Vater erzählen!» Clärenora schrie aus Leibeskräften. Der Motor war sehr laut. «Wann haben Sie Mittagspause?»

Kappe zeigte einmal beide Hände und dann zwei Finger.

«Also um zwölf! Bei Aschinger am Alex?»

Kappe nickte. Wenn sie weiter so raste, würde er die Kaffeesuppe erbrechen, die Klara ihm morgens stumm hingestellt hatte.

Doch dann waren sie auch schon am Präsidium. Kappe atmete auf, doch Clärenora bremste hart, und er schlug mit dem Kopf gegen die Scheibe.

Clärenora schlug die Hand über ihren grellgeschminkten Mund. «Tut mir leid. Weh getan?»

Kappe schüttelte den Kopf, obwohl das Nasenbein höllisch schmerzte. Als er ausstieg, dachte er nur eines: Hoffentlich schaut Dr. Brettschieß nicht zufällig gerade aus dem Fenster. Alles andere war ihm jetzt egal. Seine Knie waren weich wie Pudding. Niemals würde er es erlauben, dass Klara mit den Kindern so raste. Niemals.

Dann aber schob Clärenora die Rennfahrerbrille hoch. Sie hatte große dunkle Kreise um die Augen, und sie lächelte. Sie lächelte ganz entzückend. So hatte Klara noch nie gelächelt.

Brettschieß hatte nicht aus dem Fenster geschaut. Dennoch war er wieder gespannt wie eine Armbrust. «Oberkommissar Kappe, bitte gleich zu mir zum Rapport!»

Dabei saß Kappe noch nicht einmal an seinem Platz. Was für ein Tag!

Brettschieß schlug die Tür hinter ihm zu und rannte zu seinem Schreibtisch, auf den er sich in bewährter Manier mit beiden Fäusten abstützte. «Und?»

Kappe schaute auf seine Stirn. Dass ein Vierzigjähriger solche Sorgenfalten haben konnte.

«Mensch, Kappe, nun spannen Se mich nicht auf die Folter! Der Herr Unterstaatssekretär bedrängt mich. Wie kommen Sie voran?»

«Im Fall Stinnes?»

«Wo sonst? Bei Ihrer Familienplanung?»

War das jetzt gemein oder witzig? Kappe konnte sich nicht konzentrieren. Ihm geisterte noch immer dieses rätselhafte Lächeln der Clärenora Stinnes im Kopf herum. «Eigentlich bin ich ganz zufrieden, Herr Doktor. Ich komme der Sache langsam näher.»

«Freut mich, freut mich. Sie spekulieren mittlerweile also auch in Richtung August Bier?»

«Mehr und mehr. Eine sinistre Type.» Kappe konnte ja Brettschieß schlecht auf die Nase binden, dass er zwischenzeitlich Cläre Stinnes höchstselbst in Verdacht gehabt hatte, wo sein Auftrag doch darin bestand, gerade diese bei Laune zu halten.

«Sehen Se, hatte ich doch mal wieder den richtigen Riecher. Spartakus, Russenfreund, Revoluzzer. So einer dürfte nicht in einen OP. Wann können wir mit der Festnahme rechnen?»

«Mit der Festnahme?», fragte Kappe.

«Na ja, das sollte doch unser Fernziel sein, oder?»

«Natürlich. Also ich bin momentan dabei, die Ermittlungen noch zu komplettieren. Wollen ja nicht blöd vor der Staatsanwaltschaft dastehen, nicht wahr?»

«Keinesfalls. Wen vernehmen Sie heute?»

«Die Tochter des Toten. Ist gerade aus Kairo zurück. Rennfahrerin. Will mir heute Mittag Wichtiges zur Person des Vaters mitteilen. Beim Essen.»

Brettschieß klatschte gutgelaunt in die Hände. «Kappe, ich habe Sie unterschätzt.»

Das auch noch. Ob er jetzt mal nach der Gehaltserhöhung fragen sollte? Kappe überlegte nur noch, wie.

«Ohne Sie verletzen zu wollen, bester Kappe, aber diese Tochter, das scheint mir ja doch ein anderes Kaliber zu sein als die Zeugen, mit denen Sie sonst so zu tun haben.»

Das konnte man wohl sagen.

«Schlage deshalb in aller Kollegialität vor, Kappe, dass ich Ihnen diesen Part abnehme.»

Nein, Brettschieß, so nicht!

«Da geht's um Nuancen. Um Finessen. Um Stilgefühl. Nicht dass ich Ihnen das nicht zutrauen würde. Aber schon allein in Anbetracht der politischen Dimension ...»

«Aber Frau Stinnes sagte ...»

«Wo sind Sie denn mit der jungen Dame verabredet?»

«Wo?»

«Ja, wo?»

Kappe dachte nicht im Traum daran, auf das Mittagessen mit Clärenora zu verzichten. So etwas erlebte man als kleiner Kommissar nur einmal im Leben. Höchstens.

«Nun sagen Sie schon!»

Es klopfte. Galgenberg streckte den Kopf herein. «Herr Doktor, da versucht die ganze Zeit über ein Unterstaatssekretär aus dem Außenamt, Sie telefonisch zu erreichen, aber Ihr Apparat ist irgendwie abgehängt.»

Brettschieß stürmte nach draußen. «Was ist das denn für ein Affenstall? Galgenberg, auf welchem Apparat spricht der Herr Unterstaatssekretär?»

SECHS

CLÄRENORA hatte sich vier Buletten bestellt. Sie aß sie mit Schrippen und Senf. Wie ein Mann: hungrig, und ohne sich um die Blicke der anderen Gäste zu kümmern. «Ich hatte noch keine Zeit zu frühstücken. Sie glauben ja nicht, was man alles vorbereiten muss, wenn man eine Weltreise machen will. Allein, was ich an Ersatzteilen für den Wagen zu organisieren habe ...»

Hermann Kappe hörte gar nicht richtig zu. Er konnte seinen Blick nicht von der essenden Frau lassen. Wie sie in die Bulette biss, so in die Sache versunken und voller Freude an diesem einfachen Genuss. Das hatte er bei Klara noch nie gesehen. Klara hätte die Bulette zwischen Zeigefinger und Daumen genommen und sie wie ein Biber abgenagt. Ach was, Klara hätte sich bei Aschinger höchstens ein Süppchen, aber doch niemals vier Buletten bestellt. Vier!

«Mein Vater wollte natürlich nicht, dass ich Autoexkursionen mache. Am liebsten hätte er gesehen, wenn ich einen Bankier geheiratet hätte. Einen, mit dem er dann nachher gute Geschäfte hätte machen können. Er wollte überhaupt nicht, dass ich etwas tue. Dabei ist meine Mutter immer an seiner Seite gewesen und hat vom Geschäft keinen Deut weniger verstanden als er. Sie kann Menschen einschätzen. Besser, als mein Vater das konnte. Deshalb hat sie ihn oft vor Fehlern bewahrt. Die Rathenaus zum Beispiel hat sie eher durchschaut als mein Vater. Sie hat gesagt: ‹Vorsicht, Hugo! Das sind Schacherjuden.›»

«Die Rathenaus sind eine sehr angesehene Berliner Familie. Der Vater hat schließlich die AEG gegründet, Fräulein Stinnes.»

«Der Alte hat alles getan, um meinen Vater von Berlin fernzuhalten. Er wollte die Geschäfte hier alleine machen. Und im Ruhrgebiet, in unserer Heimat, haben sie sich mit unseren Konkurrenten gegen uns verschworen.»

Dass diese aparte Person sich so aufregen konnte! Wegen Vorkommnissen, die Jahrzehnte zurücklagen. Schließlich war der alte Emil Rathenau schon vor dem Krieg gestorben, und der Sohn lag jetzt auch schon seit zwei Jahren unter der Erde.

«Jedenfalls hat meine Mutter einen guten Riecher. Warum sollte ich den nicht auch haben?» Sie putzte sich mit einer Serviette die Lippen ab, nahm eine weitere Schrippe aus dem Korb, der als kostenlose Attraktion bei Aschinger auf jedem Tisch stand, und biss hinein. Sie kaute und dachte dabei nach, wobei sie Kappe so eigenartig fixierte, dass der begann, nervös den Saum der Tischdecke aufzurollen. «Mein Vater war beileibe nicht einfach. Und meine Mutter hatte nicht wenig unter seinem Starrsinn zu leiden. Stellen Sie sich vor, im Krieg hat er meinen ältesten Bruder Edmund dazu überredet, an einer gefährlichen Ballonmission über dem feindlichen Frankreich teilzunehmen. Nur weil es dabei um gewisse geschäftliche Vorteile für unseren Konzern ging. Meine arme Mutter ist fast gestorben vor Angst. Sie müssen wissen, sie hängt sehr an ihren Söhnen. Vor allem an Hugo jr. Er kommt ganz nach unserem Vater.»

Kappe fand es eigenartig, dass sie als Tochter so freimütig darüber redete, dass die Mutter den Bruder ihr vorzog. «Aber Ihre Mutter hängt doch sicher auch an Ihnen?»

Sie antwortete völlig unbefangen, die Sache schien ihr weniger schwierig zu sein als Kappe. «Nicht so sehr. Ich bin ein Vaterkind. Damit wurde Mutter nicht so gut fertig.»

Kappe erschrak, als sie ihn mit feurigen Augen anblickte und unvermittelt fragte: «Wissen Sie, warum ich das alles mache?»

«Was meinen Sie?»

«Na ja, diese Autofahrerei. Die Rennen. Die Weltumrundung per Automobil.»

«Vielleicht ...» Kappe überlegte, er wollte jetzt nichts Gewöhnliches oder gar Spießiges sagen. «... weil Sie sich langweilen.»

«Quatsch!»

«Warum denn dann?»

Clärenora schaute auf einen Punkt am Boden, der sie magisch anzuziehen schien. Sie war wie unter Hypnose. «Es ist schon lange her. Ich war ein kleines Mädchen.» Sie hustete, als hätte sie sich verschluckt. «Oder sagen wir besser: Ich war ein junges Ding. Ich machte mir Gedanken. Um alles – um meine Eltern, um den Konzern, von dem wir lebten, um meinen Vater, den ich liebte, um meine Zukunft. Alles Mögliche ging mir im Kopf herum. Sie wissen ja, wie das ist in diesem Alter.»

Kappe wusste es nicht, und er war etwas verwirrt. «Ja ... schon», stammelte er, «aber ...»

Sie fuhr wie in Trance fort: «Irgendwann musste ich mit jemandem darüber reden. Also ging ich zu meiner Mutter. Ich weiß nicht, warum ich nicht zum Vater gegangen bin, denn er war mir eigentlich näher. Aber vielleicht fürchtete ich, er könnte mich auslachen. Obwohl er das, wenn ich es mir recht überlege, niemals getan hätte. Ich ging also zur Mutter und gestand ihr, dass ich mir in den Kopf gesetzt hatte, eine Firma zu gründen ...» Sie machte eine bedeutsame Pause, in der sie nach Luft schnappte.

«Eine Firma? Das ist natürlich ein beachtlicher Vorsatz. Wie alt waren Sie damals?»

«Ich weiß es nicht mehr. Spielt ja auch keine Rolle.»

Der Meinung war Kappe nun wirklich nicht. Aber Clärenora schien so bewegt durch ihre Erinnerung an dieses Vorkommnis, dass er es für besser hielt, sie nicht weiter durch seine prosaischen Fragen abzulenken.

Sie machte eine wegwerfende Handbewegung. «Sechzehn oder siebzehn. Vielleicht. Jedenfalls schaute meine Mutter mich an, als hätte ich ihr gestanden, dass ich von einem Neger schwanger bin. Dann sagte sie ernst und sehr streng: ‹Was bildest du dir ein? Eine Firma gründen. Das ist eine sehr riskante und verantwortungsvolle Angelegenheit. Ich bin nicht mal sicher, ob deine Brüder dieser Aufgabe gewachsen wären. Und deine Brüder sind Männer. Hörst du?

Männer! Du aber bist ein Mädchen. Mädchen haben das zu tun, was man ihnen sagt. Und sie haben sich vor allem nicht um Dinge zu kümmern, die sie nichts angehen.› Das hat mich damals sehr getroffen. Ich glaube, ich habe in meinem Leben seither jeden Tag an die Worte meiner Mutter gedacht.»

Sie schweigen beide.

Dann sagte Kappe, weil ihm das Schweigen unmännlich erschien: «Sie wollen Ihrer Mutter zeigen, dass Sie ebenso gut Auto fahren können wie ein Mann, stimmt's?»

Clärenora schaute ihn verständnislos an. «Finden Sie das nicht etwas zu einfach, Oberkommissar Kappe?»

«Aber was soll das Autofahren dann?»

«Vielleicht will ich einfach mit dieser blöden Firma nichts zu tun haben? Vielleicht will ich die Welt sehen und nicht in muffigen Bureaus sitzen wie meine Brüder? Vielleicht suche ich andere Herausforderungen als Aktienkurse und Profite? Vielleicht bin ich aus der Art geschlagen?»

«Vielleicht», sagte Kappe tonlos.

«Dennoch konnte ich gut mit meinem Vater. Jedenfalls besser als andere. Wissen Sie, der alte Hugo war ein schwieriger Mensch. Selbst die Familie hat sich oft schwer mit ihm getan. Sogar bis kurz vor seinem Tod. Da ging es plötzlich besser.»

«Ja, das kenne ich. Wenn es zu Ende geht, werden die Menschen alle umgänglicher.»

Sie biss sich auf die Lippe und schaute in Gedanken versunken zu dem alten Kronleuchter an der Decke des Restaurants. «Bei ihm war es was anderes. Er konnte ja nicht wissen, dass er bald sterben würde. Da hat sich sein Wesen schon verändert. Es war sehr eigenartig.» Sie horchte ihren eigenen Worten hinterher. «Mein Vater war immer sehr streng. Sich selbst und allen anderen gegenüber. Sein Primat war das Wohl der Firma. ‹Unsere Firma›, sagte er immer. Auch noch, als es schon ein riesiger Konzern war. Und der Firma ging es gut, wenn sie Gewinne machte. Keine Gewinne zu machen, sich Gewinne entgehen zu lassen, das war für meinen Vater eine Sünde.»

«Und Verluste?», fragte Kappe etwas zu leichthin. Er wollte Clärenora Stinnes nicht das Gefühl geben, er nehme sie nicht ernst. Im Gegenteil, die junge Dame sollte wissen, dass er sie sehr, sehr ernst nahm. Selbst wenn sie sich um die Bilanzen ihres Vaters sorgte.

«Vor etwa einem oder eineinhalb Jahren hat mein Vater in seinem Profitstreben jedoch etwas, na ja, nachgelassen. Das klingt vielleicht komisch, aber wir haben uns deswegen Sorgen gemacht. Stellen Sie sich vor, ein Erzkapitalist fängt an, sich nicht mehr um seine Umsätze zu kümmern!»

«Wie hat sich dieser Sinneswandel denn bemerkbar gemacht?» Gute Frage, dachte Kappe. Endlich. Eines Oberkommissars würdig.

«Er wurde nachdenklicher. Nicht dass er früher nicht nachgedacht hätte. Dazu hat meine Mutter ihn schon gezwungen. Die ist nämlich eine richtige Geistesbestie, müssen Sie wissen.»

Davon hatte Kappe bei seinem ersten Besuch im Dunlop-Palais eine Ahnung bekommen.

«Aber er wirkte auf uns plötzlich so in sich gekehrt. Wir kannten ihn all die Jahre als Tatmenschen. Das ist übrigens eine Formulierung von Walther Rathenau. Wussten Sie das?»

Was kümmerten Kappe die Formulierungen der Rathenaus? «Nein, bisher nicht. Aber jetzt weiß ich es.»

«Meine Mutter sagte einmal zu mir: ‹Weißt du, was ich glaube? Dein Vater hat Angst, sein Imperium zu verlieren.› Und dabei war er immer so unerschrocken. Der Prinzipal! So nannten sie ihn im Konzern.»

Kappe fand es nicht bemerkenswert, dass man in diesen Zeiten Angst um seinen Besitz hatte. Wer mehr besaß, musste wahrscheinlich auch mehr Angst haben. Aber das behielt er für sich.

Clärenora winkte den Kellner heran. Sie tat das mit einer bemerkenswert beiläufigen Geste, indem sie nur leicht die rechte Hand hob und den Kopf drehte.

Noch nie hatte Kappe einen Kellner bei Aschinger so prompt reagieren sehen.

«Ich nehme noch einen Kaffee. Sie auch, Herr Kommissar?»
Kappe nickte.

Als der Kellner auf weitere Bestellungen wartete, sagte Clärenora knapp: «Das war's!»

Dann war er weg.

«Mir ist etwas eingefallen. Heute Nacht habe ich daran gedacht. Es geht einem so viel im Kopf herum, wenn der Vater stirbt. Vor fast zwei Jahren ist etwas Seltsames passiert. In der Nacht kam ein Anruf für meinen Vater. Der Anrufer bat ihn dringend, in die Residenz des US-Botschafters zu kommen. Es war nichts Ungewöhnliches, dass Mr Houghton meinen Vater zu sich bat. Die beiden waren enge politische Freunde, müssen Sie wissen.»

Enge politische Freunde. Der US-Botschafter und Hugo Stinnes. Wie sich das anhörte.

«Aber mitten in der Nacht! Das war ungewöhnlich. Meine Eltern hatten schon geschlafen. Da mein Vater dem Mann geschäftlich einiges verdankte, und nur das zählte für ihn, kam er der Bitte nach. Er hat sich durchs nächtliche Berlin zum Botschafter fahren lassen. Dort aber hat er zu seinem Erstaunen seinen ärgsten Widersacher angetroffen. Stellen Sie sich vor, man holt Sie aus dem Bett und bittet Sie, dringend zu kommen, und Sie stehen Ihrem ärgsten Feind gegenüber!»

Kappe hatte so seine Probleme, sich das vorzustellen. Einfach weil er keinen ärgsten Feind hatte. Es gab eine Menge Leute, die er nicht leiden konnte. Aber keinen von denen würde er als seinen ärgsten Feind bezeichnen. Nicht einmal Klaras Tante, obwohl die eine schlimme Zumutung darstellte. Wahrscheinlich, dachte sich Kappe, bin ich nicht wichtig genug, um einen ärgsten Feind zu haben.

«Mein Vater sagte, er sei ziemlich verdutzt gewesen, ausgerechnet Walther Rathenau dort anzutreffen. Aber ganz und gar verwirrt habe ihn das, was der Botschafter ihm mitteilte, nämlich dass eben dieser Walther Rathenau es war, der darauf bestanden habe, ihn zu dem Gespräch hinzuzuziehen. Es habe sich dann herausgestellt, dass US-Botschafter Houghton und der Außenminister

Rathenau ein intensives Gespräch über das drängendste Problem des Landes geführt hatten: über die Reparationszahlungen, die das Deutsche Reich zu zermalmen drohten.»

Über die Reparationszahlungen? Ja, das wusste Kappe, das war das Schwert, das über dem Land hing. Die Wirtschaftskrise war immer schlimmer geworden, der Staat musste Geld drucken, um die Reparationen zu bezahlen. Das heizte die Inflation an und damit die Not, den Hunger, die Armut. Aber die ehemaligen Feinde des Reiches waren von ihren Forderungen nicht abgegangen. Bis vor kurzem. Da hatte Stresemann sie wirklich dazu gebracht, Einsicht zu zeigen. Einem armen Mann kann man eben nichts stehlen, das wussten die Amerikaner, und die Briten hatten es auch verstanden. Nur die Franzosen brauchten etwas länger – wie immer. Die Franzosen lagen den Deutschen seit einiger Zeit schwer auf der Seele.

«Nun, die beiden Herren sind an diesem Sommerabend im vorletzten Jahr wohl zu einer möglichen Lösung des Problems vorgedrungen», fuhr Clärenora fort.

Wie gewählt und zivilisiert sie sich jetzt ausdrückt, dachte Kappe. Es war eine Freude, dieser Frau zuzuhören. Und mit der Politik kannte sie sich auch aus. Wo fand man das schon?

«Und man hat Hugo Stinnes als einen Sachverständigen und einflussreichen Wirtschaftsboss mit im Boot haben wollen. Nun, mein Vater war immer interessiert an einer fruchtbaren Auseinandersetzung. Und als Gäste des Botschafters konnten sich die beiden Streithähne, also mein Vater und Rathenau, ja auch schlecht gegenseitig an die Gurgel gehen. Ja, mein Vater berichtete mir sogar, das Gespräch mit Rathenau sei in dieser Nacht derart anregend für ihn gewesen, dass die beiden Erzfeinde es nachher noch in einem Hotel weitergeführt hätten. Bis zum nächsten Morgen. Stellen Sie sich das vor, Herr Kommissar, mein Vater und Walther Rathenau stürzen sich zusammen ins Berliner Nachtleben!» Sie brach in ein ganz unpassendes Lachen aus, wurde dann aber schlagartig wieder ernst. «Nun das Ende der Geschichte ist ziemlich düster. Gegen Morgen haben sich die beiden getrennt. In bestem Einvernehmen, wie mein Vater betonte. In bestem Einvernehmen! Er und Walther Rathenau. Das muss ja eine Nacht gewesen sein!»

Der Kellner brachte den Kaffee.

Sie beachtete ihn nicht, legte aber eine Pause ein, bis der Mann wieder weg war. «Dann ist Rathenau in seine Villa in den Grunewald gefahren. Ja, er hat dort wohl noch ein wenig geschlafen, bevor er sich auf den Weg ins Außenamt machte. Auf der Koenigsallee hat ihm am Morgen dieses Samstags ein Wagen aufgelauert. Zwei Attentäter haben erst eine Handgranate auf den Minister geworfen und dann eine Garbe aus einer Maschinenpistole abgegeben. Er ist wenig später in seiner Villa den Verletzungen erlegen. Aber das wissen Sie ja sicher, Herr Kommissar.» Sie schlug die Augen nieder und schwieg.

Das kann diese Frau also auch, dachte Kappe. Und, potz Blitz, so eine Person lernt man nur einmal in seinem Leben kennen!

«Was denken Sie gerade?», fragte sie.

«Ich?» Kappe war erschrocken.

«Wer sonst? Ja, Sie.»

Wie konnte diese Frau ihn nur so in Verlegenheit bringen? «Also, ehrlich gesagt, mir ist der Zusammenhang zu dem Fall, den ich gerade bearbeite, nicht so ganz klar.»

«Sie sind ein sehr skeptischer Mensch, Herr Kappe, was?»

«Ach, das gar nicht mal so sehr. Ich dachte bloß, so ungewöhnlich ist das nicht, dass zwei ältere Herren sich abends mal zum Bier treffen.»

Sie machte ihren Rücken steif. «Ich war ja auch noch nicht fertig.»

Kappe spürte, dass er rot wurde. «Bitte!»

«Warum ich Ihnen von dieser Nacht erzähle? Mein Vater ist danach ein anderer Mensch gewesen. Das schwöre ich Ihnen. Soll ich?» Sie sah jetzt sehr entschlossen aus.

Kappe hingegen wäre eine Schwurszene am Mittag im vollbesetzten Aschinger am Alex eher peinlich gewesen. Es gab hier Leute, die ihn kannten. «Lassen Sie es mich mal so ausdrücken, der

Tod von Walther Rathenau hat in diesem Land viele Menschen verwirrt.»

Clärenora wurde laut. «Ich habe nicht gesagt, mein Vater sei verwirrt gewesen! Ich habe gesagt, er war ein anderer Mensch. Meine Mutter hat das bestätigt. Er war am nächsten Morgen unansprechbar. Und dass Rathenau ermordet worden war, das wurde erst gegen vierzehn Uhr publik. Wenn Sie wissen wollen, was mit meinem Vater geschehen ist, dann finden Sie heraus, was er und Rathenau in dieser Nacht getan haben! Es war der 23. Juni 1922 – ein Schicksalstag.»

Hermann Kappe ging zu Fuß zurück zum Polizeipräsidium. Er war völlig beseelt von dem Gespräch mit Clärenora. Nicht so sehr von den neuen Erkenntnissen in seinem Fall – die waren sicher auch interessant –, viel mehr beschäftigte ihn die Frau, die ihm dazu verholfen hatte. Was sollte er tun, wenn eine solche Person in sein Leben trat? Kappe war ratlos. Er war ein verheirateter Mann. Familienvater. Staatsbeamter. Er liebte seine Klara. Und nun kam diese Clärenora, die redete wie ein kluger Mann, sich anzog wie ein Sportler, sich bewegte wie ein Revuegirl – jedenfalls stellte sich Kappe Revuegirls so vor – und ihm den Kopf verdrehte. Er konnte doch nicht alles hinter sich lassen und mit Clärenora ...

Was eigentlich? Sie hatte ihm mit keinem Wort, mit keiner Geste, mit rein gar nichts zu verstehen gegeben, dass sie an ihm als Mann interessiert war. War das nun gut, oder war es schlecht?

«Oberkommissar Kappe, wenn Sie bitte gleich in mein Bureau kommen könnten?» Dr. Brettschieß. Rot wie ein Krebs. Der Mann machte keinen guten Eindruck. Diesmal knallte er die Tür zu.

Kappe blieb die Luft weg.

«Mein Gespräch mit dem Unterstaatssekretär war mehr als unangenehm. Man hat dort wohl mitbekommen, dass Ihre Ermittlungen im Falle Hugo Stinnes sich immer weiter von Prof. Bier wegbewegen und sich auf Cläre Stinnes konzentrieren. Stimmt das?»

«Ich weiß nicht, ob man das so pauschal sagen kann.»

Zum ersten Mal wurde Brettschieß laut – richtig laut.

Kappe zuckte unter dem Gewitter zusammen.

«Und ich weiß nicht, ob das nicht doch zu hoch für Sie ist, Kappe. Sie bewegen sich hier nicht im Berliner Eckkneipenmilieu. Das ist große Politik. Verhalten Sie sich gefälligst auch so!»

«Das tue ich die ganze Zeit. Aber die kriminalistische Arbeit ...»

Brettschieß wurde noch röter. «Erzählen Sie mir nicht, wie man seine kriminalistische Arbeit macht! Das weiß ich selbst gut genug. Sie müssen als Kriminaler auch mal über den Tellerrand Ihrer Spurensicherung und sturen Zeugenbefragung hinausschauen können.» Brettschieß begann, im Bureau umherzugehen. Er verschränkte die Arme vor der Brust und redete zu einem imaginären Publikum, zu dem Kappe, wenn er Glück hatte, auch gehörte. «Im Außenministerium ist man besorgt. Äußerst besorgt sogar! Die Herren haben mir ausdrücklich gesagt, dass sie größten Wert darauf legen, die schwierigen Verhandlungen nicht zu gefährden. Verstehen Sie das?»

Kappe war klar, dass *er* gar nicht gefragt war. Die Allgemeinheit war gefragt, die tumbe, ahnungslose Allgemeinheit, die nicht so wie Abteilungsleiter Dr. Brettschieß im Berliner Außenministerium ein und aus ging. Diese Allgemeinheit nämlich machte sich ja keine Vorstellung von den ernsten Problemen, die die Herren dort mit Dr. Brettschieß zu besprechen beliebten.

Der Referent wurde umgänglicher. Er verstand ja selbst, dass nicht alle so auf dem Laufenden sein konnten wie er. «Mein Gott, die Zukunft unseres Landes hängt von diesen Verhandlungen ab. Wenn die Franzosen und die Briten endlich einlenken und uns entgegenkommen, haben wir eine Chance. Wenn nicht, sind wir verloren. So ist das, vereinfacht ausgedrückt.»

Diese Verhandlungen meinte er also. Die Reichsregierung versuchte seit Tagen in intensiven Gesprächen, die Alliierten dazu zu bewegen, die Schrauben etwas zu lockern. Es stand in allen Zeitungen: Die Reparationen drohten das zarte Pflänzchen der Wirtschaft im besiegten Reich zu ersticken. Wenn die Westmächte nicht wollten, dass sich im Deutschen Reich eine Katastrophe ereignete, dann mussten sie ihre Forderungen zurücknehmen.

Kappe wusste das alles. Dafür hatte sich schon Walther Rathenau ins Zeug gelegt. Aber Rathenau war seit zwei Jahren tot. Die Rechten hatten ihn im Grunewald mit einer Maschinengewehrgarbe und einer Handgranate massakriert. Noch nie hatte Kappe beim Tod eines Politikers so sehr gelitten wie im Sommer 1922, als die versprengten Irren der Brigade Ehrhardt die große Hoffnung der deutschen Außenpolitik in die Luft gejagt hatten. Nun beeilten sich diejenigen, die Rathenau im Reichstag bei jeder sich bietenden Gelegenheit als Erfüllungspolitiker angegiftet hatten, bei Franzosen und Briten darum zu bitten, was Rathenau mit einer klugen Politik hatte erreichen wollen: die Einsicht der Sieger in die Not des Besiegten.

«Das steht auf der Kippe!», fauchte Brettschieß. «Der gemeine Mann auf der Straße macht sich ja gar keine Vorstellung von der Dramatik der Situation. Unsere Leute kämpfen an vorderster Front um das Überleben des Vaterlandes. Um nichts weniger geht es hier!»

Dass ausgerechnet Brettschieß sich so ereiferte, dachte Kappe. Der neue Chef war doch haargenau der Typ, der sich klammheimlich die Hände gerieben hatte, als die Freischärler den Außenminister auf der Straße erledigt hatten, in seinem Auto, auf dem Weg zum Ministerium. So weit waren wir im Reich schon.

«Und jetzt kommt's», fuhr Brettschieß fort. «Da gibt es eine verbitterte Witwe, die glaubt, ihr Gatte sei durch die Machenschaften eines Chirurgen ums Leben gekommen und nicht an seiner Krankheit gestorben. Und weil ihr keiner glauben will, sorgt sie dafür, dass ihre Anklage etwas Nachdruck bekommt. Diese Cläre Stinnes droht den Herren im Außenministerium ziemlich unverhohlen damit, ein obskures politisches Pamphlet zu veröffentlichen, das sich im Nachlass des verblichenen Hugo Stinnes befand und nach Meinung der Herren im Ministerium die Wirkung einer Bombe haben könnte, was die Aussichten auf einen vernünftigen Abschluss der Verhandlungen angeht.» Brettschieß hatte sich so sehr in Rage geredet, dass er erst einmal stehen bleiben und durchatmen musste. Nur einen Satz musste er noch loswerden: «Madame Stinnes droht damit, das Land zu ruinieren, wenn wir diesen verdammten Prof. Bier nicht zur Rechenschaft ziehen.» Er fasste sich theatralisch ans Herz – dabei war er doch noch so jung. «Wenn *Sie,* Kappe, diesen Bier nicht zur Rechenschaft ziehen.» Er straffte sich, schaute an die Decke, schloss die Augen und sagte leise: «Sie sind hier der beste Mann, Kappe, das habe ich bereits bemerkt. Tun Sie also Ihre Pflicht! Bringen Sie diesen Spartakus-Chirurgen zur Strecke! Ihr Vaterland erwartet es von Ihnen!»

SIEBEN

KAPPE saß an seinem Schreibtisch, schaute hinaus auf den Neptunbrunnen, der schon wieder kein Wasser ausspuckte, und dachte nach. Ein politischer Fall also. Mit internationalen Verwicklungen. Und mittendrin er, Hermann Kappe, der kleine Kriminalist aus Kreuzberg. Da kann man eigentlich nur auf die Nase fallen, sagte er sich.

Vielleicht hatte Dr. Brettschieß ja recht. Wenn er sich an den linken Professor hielt und das tat, was das Außenministerium erwartete, dann hatte er eine kleine Chance, die Sache ohne größere Blessuren zu überstehen. Schließlich hatte er Frau und Kinder zu Hause. Wie sagte Klara immer? «Wer daran denkt, wie viele Mäuler er zu versorgen hat, weiß immer, was er zu tun hat.»

Das hieß für Kappe, sich nicht mit den Mächtigen anzulegen. Nicht mit Brettschieß und erst recht nicht mit den Herren vom Außenministerium.

Nur, was erwarteten die Mächtigen von ihm? Dass er Prof. Bier zur Strecke brachte? So, wie Cläre Stinnes es verlangte? Dann wurden die wichtigen Reparationsverhandlungen nicht gestört, und Klara und die Kleinen hatten weiterhin zu futtern.

Aber was war, wenn Bier gar nichts für den Tod des alten Stinnes konnte? Dann sollte der Kriminalist Hermann Kappe gefälligst Beweise dafür herbeizaubern, dass Bier Stinnes auf dem Gewissen hatte. War das noch die Polizeiarbeit, für die Kappe geradestand?

Der Brunnen spuckte einfach kein Wasser. Er war ausgetrocknet. In einer Stadt, in der so ziemlich alles knapp war, was die Menschen brauchten, konnte man kein Wasser für einen Brunnen vergeuden, selbst wenn er auf dem Alexanderplatz stand und sozusagen zur Dienstausstattung des Kriminalisten Hermann Kappe gehörte.

Kappe stand seufzend auf. Er schlüpfte in den vom Aprilregen noch schweren Mantel und setzte seine Melone auf. Kappe war bereit.

Auf dem Flur begegnete ihm Brettschieß. «Schon auf dem Weg zu Prof. Bier, bester Kappe?»

Bester Kappe! Wie jovial! Schön, wenn man mit seinen Vorgesetzten auf so gutem Fuß stand. «Nein.»

Brettschieß blieb stehen und reckte das kantige Kinn hervor. «Wohin wollen Se denn?»

«Ich habe eine Verabredung», log Kappe.

«Mit wem?»

Das war unverschämt. Kappe stach der Hafer. «Mit 'nem Hehler. Anschließend kümmere ich mich dann um den Fall Stinnes.»

«Brav!», sagte Brettschieß und wippte auf den Zehenspitzen. Er musterte Kappe. Fast ein bisschen stolz. «Sie werden es weit bringen, Kappe. Sehr weit. Sie denken mit.»

Als ob das was Besonderes wäre, dachte Kappe. «Ich gehe gleich morgen früh ins Außenministerium.»

Dr. Brettschieß' Fersen knallten auf die Steinplatten. «Was wollen Se denn dort?»

«Mich umhören», antwortete Kappe.

Brettschieß schnappte nach Luft. «Umhören? Aber ich habe doch schon mit den Herren alles erörtert. Der Unterstaatssekretär persönlich hat mir aufgetragen, Prof. Bier dringend ...»

«Ich denke nicht daran, mir von einem Unterstaatssekretär meine Ermittlungsergebnisse vorschreiben zu lassen!», unterbrach Kappe unwillig seinen Vorgesetzten. «Im Gegenteil, ich werde morgen im Außenministerium Untersuchungen anstellen, die mit dem Tod von Walther Rathenau zu tun haben.»

«Unterstehen Sie sich!», brüllte Brettschieß. Es war das zweite Mal, dass er im Polizeipräsidium am Alexanderplatz brüllte. Selbst in Frankfurt am Main hatte er das nur ein einziges Mal getan. Arnulf Brettschieß brüllte nur in Ausnahmefällen. Das wussten alle, die ihn kannten, und sie richteten sich danach.

Nur Hermann Kappe tat das nicht. Genaugenommen war er schon längst auf der Treppe, als Brettschieß brüllte.

Das fand Dr. Arnulf Brettschieß besonders unverschämt. Das hatte man davon, wenn man menschlich mit seinen Leuten verfuhr. Sie tanzten einem auf der Nase herum. Aber nicht mit Arnulf Brettschieß!

Als Kappe ins Freie trat, musste er seinen Kragen öffnen und erst einmal durchatmen. Das tat gut. Die frische Luft und sein Abgang.

«Was ist denn mit dir los, Hermann?»

Klara! Was wollte die denn hier?

«Du bist ja ganz rot im Gesicht. Haste dich geärgert?»

Kappe atmete aus und sammelte sich. Neue Situation. Unversehens war er Privatmann. Solche fliegenden Wechsel machten ihm zu schaffen. «Im Gegenteil, ich habe gerade Druck abgelassen, Klara.»

«So, so», sagte sie.

Wenn Klara nur dastand und ihn beäugte wie einen alten Löwen im Zoo, dem die Haare und Zähne ausfielen, dann fühlte Kappe sich schrecklich. «Ja, und was machst du hier, Klara?»

«Na, was wohl?» Sie hakte ihn unter und zog ihn in Richtung Rotes Rathaus.

Kappe ließ es geschehen. Obwohl, wenn jetzt jemand von oben aus dem Fenster sah, dachte der wahrscheinlich, Kappe lässt sich nach Bureauschluss von einer Professionellen aufgabeln. Das war ihm gar nicht recht. Nicht um diese frühe Tageszeit. Spätabends wäre es ihm egal gewesen. So war er halt. Alles zu seiner Zeit. Im Übrigen war er ein verheirateter Mann. Kappe machte sich sachte los.

«Was haste denn? Biste heute muffig?» Klara blieb mitten auf dem Alexanderplatz stehen.

Wollte sie ihm hier eine Szene machen? Einen besseren Platz

dafür gab es in ganz Berlin nicht. «Ich bin gar nicht muffig. Ich bin nur überrascht.»

Klara schmunzelte. «Hast nich mit mir gerechnet, oder?»

«Wo haste denn die Kleinen gelassen?», fragte er.

Sie verzog ihr hübsches Gesicht zu einer spitzen Fratze. «Na, wo wohl? Im Kinderheim.» Doch dann hakte sie sich wieder bei ihrem Gatten ein und zog ihn weiter. «Natürlich in der Motzstraße. Meine Tante macht ihnen Grießpudding. Den mögen sie.»

Kappe suchte einen Vorwand zum Granteln. «Was deine Tante ihnen wieder beibringt!»

«Sicher nichts, wofür du dich schämen müsstest, Kappe. Oller Miesepeter!» Sie blieb stehen und schmollte. «Ich habe mir den Nachmittag mit dir so schön ausgemalt.»

Ach so, Klara war auf Eintracht aus. Dagegen konnte Kappe nichts haben. «Hättste halt gleich sagen sollen, Süße!»

Darauf reagierte sie immer wie ein Baby auf ein Stück Zucker: Sie strahlte.

Ja, das war seine Klara. Das Honigkuchenpferd. Dagegen kam keine andere an. Vor allem keine Professionelle.

Hermann Kappe konnte mit Frauen umgehen. Schade nur, dass er das selbst erst bemerkte, seit er verheiratet war. «Wat haste denn vor mit mir?» Er war kurz versucht, sie unterm Kinn zu kraulen. Aber das schien ihm dann doch zu albern.

Albern war Klara nur, wenn sie Likör trank, ansonsten konnte sie sehr unangenehm werden, wenn man ihr mit Albernheiten kam.

«Lass dich überraschen!» Sie zog ihn weiter. Klara legte einen ziemlich schnellen Schritt vor.

Kappe hatte Mühe, sich auf ihr Tempo einzustellen, ohne laufen zu müssen.

Als sie den Rand des Platzes erreichten, wusste Kappe, was ihm blühte: Wertheim. Und er hatte schon gedacht, es ginge zu Aschinger oder ins Kino. Das hätte er sich gefallen lassen. Aber nach einem Kaufhausbummel stand ihm überhaupt nicht der Sinn. Nicht nach dem Ärger mit Brettschieß. Aber er konnte ja Klara schlecht vorschlagen, sich zusammen mit ihm in der nächsten Eckkneipe zu besaufen.

«Ich möchte dir nur schnell was zeigen», flötete seine Süße, die es jetzt so eilig hatte, dass sie Kappes Arm losließ und ihn an der Hand hinter sich herzog.

Wir geben sicher ein komisches Bild ab, dachte Kappe. Aber das war ihm jetzt egal. Es interessierte hier sowieso niemanden, ob ein Kommissar aus dem nahen Präsidium sich von einer schnuckeligen Frau zu Wertheim ziehen ließ. Hier nicht.

Vor dem Hauptschaufenster an der Westseite blieb Klara stehen. «Und? Was sagt du?»

«Wozu?»

«Hierzu! Zu dem schicken Kleid.»

Kappes Blick suchte instinktiv das wichtigste Detail. Es klebte am Ausschnitt und besagte, dass das schöne Stück vierzig Rentenmark kosten sollte. Kappe blähte erst einmal die Backen auf.

«Gefällt's dir?»

Wenn Kappe nicht vorher das Preisschild gesehen hätte, hätte ihm das goldfarbene ärmellose Kleid mit der engen Taille vielleicht wirklich gefallen. So aber ... «Etwas luftig, oder?»

«Luftig?»

«Ja, du sollst dich doch nich erkälten, Klara.»

«Du, es kommt auch wieder ein Sommer. Wie jedes Jahr.» Sie wurde ärgerlich. «Kappe, was ist mit dir los?»

«Na ja, vierzig Rentenmark. Dafür bekommen wir ...»

Klara schnitt ihm das Wort ab, indem sie ihre Handtasche aufknipste und nach einem Taschentuch suchte.

Hoffentlich nicht, um zu schniefen, dachte Kappe.

Doch dann knipste sie die Tasche wieder zu und wandte sich sehr ernst an ihren Kappe: «Ich erwarte doch nicht, dass du mir das schöne Stück kaufst.»

«Nicht?»

«Natürlich nicht. Wie kommste denn auf so wat?»

Das wusste Kappe auch nicht.

«Nein, ich werde es mir natürlich nähen. Damit du nicht wieder behaupten kannst, ich könnte mich nicht selbst beschäftigen. Eigentlich eine Frechheit!» Sie stieß ihm ihren Ellenbogen in die Seite. «Wo ich doch für die Kleinen sorge und den gesamten Haushalt erledige. Aber zum Glück kenne ich dich ja. Du bist nicht immer für das verantwortlich, was du sagst, Hermann Kappe.»

Das war hart. Aber Kappe ließ es so stehen. «Lass uns reingehen!»

Klara blieb die Luft weg. «Reingehen? Ich will das Kleid wirklich nicht kaufen. Oder willst du etwa ...»

Kappe nahm seine Frau bei der Hand.

Sie betraten Wertheim durch das Hauptportal. Obwohl es draußen noch hell war, brannten schon die riesigen Kronleuchter. Es roch nach Rosenparfüm und Lebkuchen. Hier drinnen war es warm und leise. Die Menschen bewegten sich mit Achtung, das Verkaufspersonal war dezent und freundlich. Das war eine andere Welt als da draußen auf dem Alexanderplatz: schöner, sauberer, friedlicher, nobler.

«Ach, Kappe», seufzte Klara, als sie all die eleganten Kleider sah, die Pelze und Abendroben, die einen schon im Foyer empfingen, als gehörten sie zu einer Truppe von Bediensteten, die eigens für Familie Kappe aufmarschiert war.

Kappe steuerte auf den Mann im Frack zu, der auf dem Pult mit der Aufschrift *Information* thronte.

Der Herr beugte sich leicht zu Kappe hinunter.

«Ich suche die Sportabteilung», sagte Kappe.

«Sport?», fragte der Herr etwas indigniert.

«Sportbekleidung», antwortete Kappe. Wahrscheinlich war das noch schlimmer.

«Drittes Stockwerk, hinten rechts.»

Kappe nickte und drehte sich zu Klara um.

Doch die war verschwunden. Sie stand etwa zwanzig Meter weiter rechts, als wäre sie dorthin gezaubert worden. Klara hatte ein Kostüm im Schottenmuster entdeckt. Sie befühlte bereits den Stoff und strich respektvoll mit der flachen Hand über die Taille der bleichen Schaufensterpuppe. «Hermann, schau doch mal!»

Kappe schüttelte den Kopf. «Komm, Klara! Dafür biste einfach noch zu jung und zu schnuckelig. Das wär was für deine olle Tante.»

Das half. Klara folgte ihm willenlos. Vor dem Aufzug drehte sie sich noch einmal nach dem Schottenkostüm um. «Meinste wirklich, Hermann?»

Die Aufzugstür ging lautlos auf. Drinnen war alles aus Glas und Stahl.

«Ganz bestimmt», sagte Hermann und zog Klara in den Aufzug.

«Wohin darf ich Sie fahren?», fragte ein Junge im Pagenkostüm.

«Sportbekleidung, dritter Stock!», antwortete Kappe.

Klara schaute ungläubig. «Sportabteilung? Kappe, willste boxen?»

Kappe dachte nicht daran, dieses Gespräch im Beisein des Pagen, der schon die Ohren spitzte, weiterzuführen. Er schaute in die andere Richtung.

Klara boxte ihn in die Rippen. «Nun sag schon, Hermann! Was willste in der Sportabteilung?»

«Wart's ab, Klara!»

Der Aufzug hielt abrupt, Klara musste sich an Hermann festkrallen, um nicht das Gleichgewicht zu verlieren.

«Bitte schön, die Herrschaften», leierte der Page.

Die Tür klappte auf, gleißendes Licht drang herein.

«Drittes Stockwerk!»

Ging das nicht ohne diese Aufzugsaffen?

«Und viel Spaß beim Sporteln, die Herrschaften!», sagte der Page. Der spöttische Unterton war unüberhörbar.

Kappe blieb stehen und schaute sich den Knilch genauer an. Er merkte sich das Gesicht. Wie mit einem Photoapparat prägte er sich das Gesicht des Pagen ein, für den Fall, dass er dem unverschämten Lümmel mal irgendwo dienstlich begegnete.

Der Junge schien bemerkt zu haben, was Kappe beschäftigte. Er schürzte die Lippen und klimperte mit den Wimpern.

Also so eener biste ooch noch, dachte Kappe. Na, danke vielmals!

«Was ist denn jetzt, Hermann?» Klara stampfte mit dem rechten Schnürschuh auf.

«Ich komm ja schon.»

Kappe musste gar nicht lange suchen. Er fand das Richtige mitten in der Sportabteilung von Wertheim auf einem Podest. Dort wurde ein neues Sportwagenmodell von Daimler präsentiert. Und gleich neben dem chromglänzenden Flitzer stand eine Puppe mit dem, was Kappe wollte. «Und?», fragte er Klara.

«Was und?»

Kappe trat näher. Es war derselbe Geruch wie im Palais Dunlop. Kappe streckte sich, sog diesen Zauberduft ein und musterte ehrfürchtig die Puppe in dem Kostüm. «Warum trägst du nicht mal diese sportlichen Ledersachen, die Autofahrerinnen jetzt bevorzugen, Klara?» Er legte seinen Arm um ihre Schulter. Das tat er sonst nur in den eigenen vier Wänden. Aber Hermann Kappe war so beseelt von dem schnittigen Leder, dass er sich diesen kleinen Ausrutscher erlaubte.

Klara machte sich los. «Das reicht!» Sie rauschte davon.

Es dauerte seine Zeit, bis Kappe seine Frau wiedergefunden hatte.

Sie saß im Untergeschoss auf einer Holzbank und trank ein Glas Dunkelbier.

«Dass de dir so wat traust – alleene hier 'n Bier zu süffeln! Bist doch sonst nicht so», sagte Kappe.

Sie schaute weg.

«Biste mir böse?»

«Nee, ich finde dich nur etwas seltsam. Das schöne Kleid im Schaufenster, das ich mir schneidern will, das interessiert dich nich. Aber diese affige Lederkluft, worin man schwitzt wie 'n Geißbock – so was soll ich anziehen? Kappe, spinnst du?»

ACHT

KAPPE kam am nächsten Morgen mit einer miserablen Laune ins Präsidium. Als er dann auch noch Brettschieß im Flur auf sich zueilen sah, wusste er sofort, der Tag würde schrecklich werden.

«Schön, dass Sie endlich da sind. Ich habe eine dienstliche Anweisung für Sie, Kappe. Beschaffen Sie in den nächsten 48 Stunden genügend Material für eine staatsanwaltschaftliche Anklage gegen Prof. August Bier!»

«In 48 Stunden?»

«Ja, bis um 8.24 Uhr am Donnerstagmorgen.»

«Und was ist dann?»

«Wann?»

«Am Donnerstag um 8.24 Uhr.»

Brettschieß blies die Backen auf. Er sah aus, als hätte er die ganze Nacht kein Auge zugetan. «Dann legen Sie mir Ihre Beweise gegen diesen Bier vor. Und wenn nicht, tragen Sie die Konsequenzen!»

«Und die wären?»

Brettschieß machte ein, zwei kleine Schritte rückwärts. «Kappe, wie reden Sie mit mir? Ich bin Ihr Vorgesetzter! Haben Se das etwa vergessen?»

«Nö, deshalb frage ich ja.» Kappe fand sich selbst unverschämt. Aber wenn Brettschieß ihn schon morgens mit solch einem Anschiss empfing, blieb ihm gar nichts anderes übrig.

«Was fragen Sie, Kappe?»

«Was passiert, wenn ich am Donnerstag keine Beweise vorlege?»

«Nun, Kappe ...» Brettschieß trat von einem Bein auf das andere. Offensichtlich hatte er sich zu viel zugemutet und wusste jetzt nicht mehr, wie er unbeschadet aus dem Schlamassel herauskommen sollte. «Dann werde ich Sie zur Verkehrspolizei versetzen lassen.»

Kappe musste grinsen. «Das meinen Sie jetzt nicht ernst.»

Brettschieß biss sich auf die Unterlippe. «Doch, Kappe. Ich werde Sie am Donnerstag zur Verkehrspolizei schicken, wenn Sie meine Dienstanweisung missachten.» Und dann verstockt: «Das werde ich. Bei meinem Diensteid!»

Kappe wurde schwarz vor Augen. Das konnte doch nicht sein. Dieser Brettschieß meinte die absurde Drohung wirklich ernst.

Kappe trat auf seinen Vorgesetzten zu. Was er jetzt zu sagen beabsichtigte, war nicht für die Ohren der anderen bestimmt. «Sie können sich doch nicht von so einem Staatssekretär ohne Namen unsere Ermittlungsergebnisse vorschreiben lassen, Herr Doktor.»

Auch Brettschieß dämpfte seine Stimme. «Sie haben meine Anweisung gehört. Bitte halten Sie sich daran, Kappe! Würde mir leidtun, Sie zu verlieren. Ausgerechnet jetzt, wo Sie zum Oberkommissar ...»

«Das hat nichts mit kriminalpolizeilicher Ermittlung zu tun. Sie wollen, dass wir die Drecksarbeit für die Politik machen», unterbrach ihn Kappe.

Brettschieß drehte sich um und ging in sein Zimmer. In der Tür wandte er sich noch einmal an Kappe. Er sagte sehr leise, so dass man ihn kaum verstand: «Entweder Sie überführen diesen Bier, oder Sie können gehen! Das ist so und nicht anders. Morjen!» Er drückte sacht die Tür hinter sich zu.

Kappe folgte ihm und klopfte an.

Nichts rührte sich.

Kappe klopfte erneut.

«Herein!»

Kappe betrat das Bureau des Chefs. «Haben Sie noch einen Moment Zeit?»

Brettschieß schaute verärgert auf. «Was gibt's denn noch?»
«Nur eine Formalität. Ich möchte meinen Dienst quittieren.»
Brettschieß schaute ihn lange mit offenem Mund an. «Spinnen Se, Kappe?»
«Nö, ich gehe!»
Brettschieß ließ sich langsam auf seinen Stuhl sinken. Er rieb sich die Augen. «Ach, Kappe!»
Kappe wandte sich zum Gehen.
Brettschieß holte ihn an der Tür ein. «So bleiben Se doch! Lassen Se uns wie erwachsene Menschen miteinander reden!»
«Was gibt es da noch zu reden?»
Brettschieß ging zu seinem Schreibtisch zurück und schob Kappe den Besucherstuhl hin. «Nun nehmen Se schon Platz, Sie alter Sturkopf!»
So kriegst du mich nicht, sagte sich Kappe, nicht auf diese joviale Tour. Nicht nach deiner Dienstanweisung. Kappe blieb stehen.
«Na gut», sagte Brettschieß. Seine Stimme klang schwach. Er ging an Kappe vorbei zur Tür und schloss ab. Dann kehrte er zu seinem Schreibtisch zurück.
Will er mich jetzt verprügeln, fragte sich Kappe, oder warum schließt er ab?
«Was jetzt kommt, ist absolut vertraulich, Kappe.»
Schon wieder.
Brettschieß öffnete die Lade des Aktenschrankes. Dann fingerte er umständlich einen Schlüssel aus der Seitentasche seiner Weste. Der Schlüssel war an einem Kettchen befestigt. Brettschieß schloss den Tresor auf und entnahm eine Akte. Die Akte legte er auf seinen Schreibtisch. Er klappte sie auf. «Treten Se ruhig näher, Kappe! Sind ja sonst nicht so scheu.»
Kappe wurde magisch von der Akte angezogen. Es handelte sich um ein gelbliches Dokument, vergilbt wie ein Handbrief aus dem tiefsten Mittelalter. Ein Geheimnis. Ein Schatz. Kappe überflog den in verwaschenen Buchstaben getippten Text. Was ihm auffiel, bevor er den Sinn verstand: Die Akte war amtlich, mit Stempel

und pompösem Briefkopf. Aber sie war voller Fehler – Rechtschreibfehler.

«Das ist eine der fünf offiziellen Kopien einer Liste der französischen Behörden», erklärte Brettschieß. Der Stolz, der sonst in ihm glühte, war einem leichten Zittern gewichen.

Kein Zweifel! Kappe roch so etwas, wie ein Hund war er da: Brettschieß hatte Angst.

«Diese Liste liegt der deutschen Regierung schon seit einiger Zeit vor.» Brettschieß ächzte. «Sie sehen ja, die Liste enthält Namen von Deutschen.»

Unter den paar Zeilen mit der Anrede in holprigem Deutsch gab es eine enger getippte Liste.

Was war mit diesen Menschen? Es handelte sich, wie Kappe schnell feststellte, um deutsche Namen: Müller, Meier, Schneider, Hoffmann, Anton, Ewald, Ludwig.

«Paris will diese Leute vor ein französisches Gericht stellen. Wegen Kriegsverbrechen», erklärte Brettschieß.

Kappes Blick kletterte blitzschnell die Liste hinauf. Von Schuster zu Meier. Über Keller zu Engler. Und dann blieb er an einem Nagel hängen – Brettschieß! Kappe schaute auf.

Brettschieß nickte schwer. «Die Franzosen verhängen die Todesstrafe, Kappe. Und sie vollstrecken sie auch in solchen Fällen. Ich war damals bei der Feldpolizei. Sie wissen ja, uns Polizeibeamte nahm man da gerne, auch wenn ich lieber zur Kavallerie gegangen wäre. Aber da haben se mich nicht genommen. Also musste ich französische Saboteure jagen.»

Mehr musste Brettschieß gar nicht sagen. Manchmal verstand Kappe sehr schnell, geradezu unheimlich schnell. Vor allem, wenn es um so etwas ging.

Brettschieß schwitzte. «Wie Sie sich sicher vorstellen können, sind einige Franzosen dabei erschossen worden. Das waren unsere Feinde. Die haben unsere Quartiere in die Luft gesprengt. Heimtückisch! Kappe, was soll man da machen?»

Kappe wusste es auch nicht. Er zuckte mit den Achseln.

«Krieg ist Krieg! Da fielen auch welche, die keine Saboteure waren.»

Klar, Krieg ist Krieg. Nur eines war Kappe wichtig: *Gefallen* waren Brettschieß' Saboteure nicht, denn fallen konnte man nur im Feld. Brettschieß' Problem war, dass er nicht im Feld war, sondern bei der Feldpolizei. Und die hat Saboteure an die Wand gestellt. Aber diese feine Nuance wollte Kappe seinem sich in Auflösung befindlichen Vorgesetzten jetzt nicht zumuten.

«Im Außenministerium hat man mir das Original der Liste unter die Nase gehalten. Die Herren sagen, ihnen seien die Hände gebunden. Man muss mich nach Frankreich ausliefern. Allein schon, um die deutsche Verhandlungsposition etwas genehmer zu gestalten. Verstehen Sie?»

«Klar.» Kappe seufzte. «So ist die Politik.»

Brettschieß trat auf ihn zu. Er legte ihm die Hand auf die Schulter.

Kappe spürte die unangenehme Wärme dieses Menschen.

Brettschieß dünstete aus. Das war die Angst. «Es sei denn ... es sei denn, ich schaffe es, ‹Ordnung in mein Kommissariat zu bringen›. So drückt man sich im Außenministerium aus. Dann könnte man versuchen, mit den Franzosen zu verhandeln. Mich gegen einen anderen auszutauschen. Die Franzosen wollen nicht alle auf der Liste. Sie setzen nur alle drauf, damit sie uns Zugeständnisse abtrotzen können. Es liegt in der Hand des Außenministeriums, ob ich nach Paris ausgeliefert werde oder nicht. Kappe, das ist Politik! Ein schmutziges Geschäft, wenn Se mich fragen.»

«Politik ...», seufzte Kappe nur noch. Er wäre jetzt gerne gegangen.

Aber Brettschieß nahm seine Hand nicht von Kappes Schulter. «Es geht um mein Überleben, Kappe. Verstehen Se jetzt, warum ich so dränge?»

Kappe machte sich los. «Ja, das verstehe ich. Trotzdem würde ich lieber bei Wind und Wetter am Potsdamer Platz den Verkehr regeln, als dem Außenministerium eine fingierte Anklage zu liefern.»

Brettschieß ließ seinen Kopf fallen. Wie ein Geköpfter sah er aus. «Wissen Se was? Ich verstehe Sie, Kappe. Ich war auch mal so.»

Kappe traute seinen Ohren nicht.

Brettschieß hatte eine Eingebung. «Geben Sie mir eine Chance, Kappe! Sie wissen doch selbst nicht, wer Stinnes auf dem Gewissen hat und ob überhaupt jemand seine Finger im Spiel hatte. Habe ich recht?»

Kappe verstand zwar nicht, worauf Brettschieß hinauswollte, aber er antwortete: «Ja.»

«Gut! Vielleicht hat dieser Bier ja doch Dreck am Stecken. Wenn es so wäre und Sie kämen ihm auf die Schliche, was würden Sie dann tun?»

«Ihn zur Strecke bringen.»

«Sehen Se, Kappe, das ist meine Chance. Geben Sie sie mir! Bringen Sie diesen Scheißfall zu Ende! Ermitteln Sie so, wie Sie es für richtig halten! Und ich hoffe einfach nur darauf, dass es Bier trifft. Abgemacht, Kappe?»

Kappe traute der Sache nicht recht. «Und ich gehe so vor, wie ich will?»

«Natürlich. Sie sind der ermittelnde Kommissar. Oberkommissar sogar.»

«Gut», sagte Kappe, «dann gehe ich jetzt ins Außenministerium.»

NEUN

IN DER NACHT hatte der Wind gedreht. Nun kamen Kälte und Schauer aus dem hohen Norden in die Mark. Gegen fünf Uhr war Kappe aufgewacht. Irgendetwas Ungreifbares hatte ihn aus dem Bett zum Fenster getrieben.

Klara schlief tief. In der Kammer über der Toilette hustete der Junge. Klara überhörte es und wälzte sich zu der Seite, auf der Kappe soeben noch gelegen hatte.

Hermann Kappe war hellwach und nervös. Eigentlich kämpfte er um diese Zeit um jede Sekunde Schlaf. Doch jetzt fand er den Weg ins Bett nicht mehr zurück. Er schob den Vorhang, den Klara aus einem alten Bettlaken genäht hatte, zur Seite. Draußen war es noch dunkel, aber Kappe sah im Schein der gelblich flackernden Gaslaterne, dass die Luft eigenartig flirrte. Als ob sie elektrisch aufgeladen sei, dachte er noch. Dann sah er es: Weißer Staub wirbelte unter der Lampe auf, es begann zu schneien. Ende April.

Er wollte Klara wecken, um ihr zu zeigen, dass der Lichtkegel unter der Laterne aussah wie ein Glas mit Mücken.

Die Schneeflocken waren noch klein, aber sie tanzten wild durcheinander. Die Hitze der Lampe und die Windböen, die sich über dem Pflaster brachen, trieben sie an.

Das musste Klara sehen! Dann aber fiel ihm ein, dass der Kleine sie nachts wieder aus dem Schlaf gerissen hatte, und er ließ sie in Ruhe. Sicher hätte sie seine Aufregung auch gar nicht verstanden und wäre nur den ganzen Morgen über verstimmt gewesen. Und eines konnte Kappe gar nicht ertragen: eine verstimmte Klara schon beim Frühstück.

Er wandte sich wieder dem Kegel unter der Gaslaterne zu. Jetzt war das schwarze Pflaster schon bestäubt. Kappe dachte an seine Knabenjahre in Wendisch Rietz. Sobald Schnee fiel, war der Junge, der Hermann einmal gewesen war, in eine für ihn ganz ungewöhnliche Erregung geraten. Nichts, nicht einmal die Bitten der Mutter oder die Schläge des Vaters hatten ihn aufhalten können. Kappe hatte hinausgemusst, hinaus auf die Weiden zwischen den Häusern. Er hatte sich im Schnee gewälzt, hatte sich den Schnee ins Gesicht geschaufelt, hatte sich damit eingerieben, ihn mit zwei Händen in den Mund gesteckt und darauf herumgekaut. Er hatte die Augen geschlossen und das Prickeln im Mund genossen, wenn die spitzigen Schneekristalle zerschmolzen.

Die anderen Jungs hatten seinem Treiben kopfschüttelnd zugeschaut. Man hatte den kleinen Hermann für verrückt gehalten.

Dann lief er lachend nach Hause, holte seinen Schlitten mit den verrosteten Eisenkufen aus dem Keller und lief mit den anderen Kindern zu dem Hügel am Rande des Dorfes, wo sie bis in den späten Abend hinein rodelten.

Kappe überkam an diesem Berliner Aprilmorgen das Wendisch-Rietz-Gefühl. Auch in Kreuzberg drängte es ihn auf die Straße. Aber das war nicht allein der Grund dafür, dass er es nicht mehr im Bett aushielt: Als Klara sich umdrehte, schob sie ihren Nachtrock hoch bis zur Hüfte. Die pralle Pobacke und der nackte Oberschenkel kamen zum Vorschein.

Kappes Frau hatte immer noch nicht das Gewicht erreicht, das sie vor der Geburt des Jungen gehabt hatte. Aber Kappe störte das nicht. Seine Klara war gut so. Prall und rosig. Er hätte ihr in den Po hineinbeißen können. Sie taten es manchmal morgens kurz vorm Aufstehen, denn dann schliefen die Kinder am tiefsten. Die Zeit reichte meistens nur dafür aus, dass er in sie eindrang, sie die Beine anwinkelte und ihn an sich drückte. Er kam morgens sehr schnell, und Klara wusste das. Sie presste ihren Bauch und die beachtlichen Brüste gegen ihn und erwartete das, was kam. Kappe war sicher, dass auch sie etwas von diesen morgendlichen Vergnügungen hatte, auch wenn sie es nicht zeigte. Sie stöhnte nur drei-, viermal kurz und unterdrückt auf. Dann rollte er von ihr herunter, sie schob das Kleid über die Knie und stand auf, um sein Frühstück zu machen. Sie sprachen nie ein Wort dabei. Aber Kappe mochte es. Lieber morgens als an den Samstagnachmittagen, wo sie beide meist zu müde waren.

Dennoch schlüpfte er an diesem Morgen nicht mehr zu seiner Klara, die eben im Schlaf aufseufzte. Sicher träumte sie wieder von dem Vater, der sie als Kind oft schrecklich zugerichtet hatte. Klara sagte, je älter sie wurde, desto öfter träume sie von ihrer Kindheit.

Kappe ahnte, was ihn an diesem Morgen in eine solch ungewohnte Unruhe versetzte: Der Besuch im Außenministerium stand ihm bevor. Wahrscheinlich hatte er den Mund zu voll genommen. Im Grunde wollte er gar nicht dorthin. Aber er hatte Brettschieß gegenüber angekündigt, dass er es tun würde. Also musste er hingehen, auch wenn es ihm schwerfiel.

Das Außenamt des Deutschen Reiches lag in der Wilhelmstraße 75/76. Eine Gegend, in die Kappe selten kam, was sein Unbehagen noch steigerte.

«Sind Sie bestellt?», fragte der Mann in der Loge.

«Nein, ich komme dienstlich.» Kappe zeigte seinen Ausweis.

Der Portier inspizierte ihn sehr genau, bevor er ihn über die abgewetzte Theke zurückschob. «Trotzdem, ohne Termin kommen Se hier nicht rein.»

Darauf hatte Kappe nur gewartet. «Ich kann auch eine Vorladung schicken. Die bringt dann ein Gerichtsbote. Wenn sie nicht befolgt wird, kommen Gendarmen und führen denjenigen zu, der zur Befragung gebeten wurde.»

Das gab dem Torwächter zu denken. «Wenn Se nicht wissen, zu wem Se wollen», maulte er.

«Zum Unterstaatssekretär.»

«Wir haben vier davon.»

Kappe wurde verlegen. Jetzt erst wurde ihm klar, wie dilettantisch er das Unternehmen geplant hatte. «Es geht um die Reparationsverhandlungen. Ein Unterstaatssekretär muss damit beschäftigt sein.»

«Glauben Sie, die Herren hinterlassen bei mir eine Nachricht darüber, womit sie gerade beschäftigt sind, wenn sie das Haus verlassen?»

Kappe kam sich blöd vor, richtig blöd. Warum nur hatte er sich auf diese Sache eingelassen? Brettschieß hatte ihm doch einen bequemen Weg gewiesen: Prof. Bier unter die Lupe nehmen. Irgendetwas fand sich immer, besonders bei einem ehemaligen Spartakus-Kämpfer. «Dann möchte ich mit jemandem sprechen, der mit dem Attentat auf Rathenau befasst war.»

Der Portier schaute jetzt noch ratloser. «Aber det ist doch schon zwei Jahre her, oder?»

«Sicher gibt es dennoch hier im Haus jemanden, der alles geregelt hat, was Rathenau betraf. Schließlich war der Mann mal Außenminister.»

«Leider», murmelte der Portier und hob den schweren Telefonhörer zum Ohr.

Solche gibt's also immer noch, dachte Kappe. Dabei waren nach dem Attentat über eine Million Deutsche auf die Straßen gegangen. Diejenigen, die vorher die Häuserwände mit Parolen wie *Auch der Rathenau, der Walther, erreicht kein hohes Alter* vollgeschmiert hatten, waren still geworden angesichts der gerechten Wut, die sich im ganzen Land nach dieser Schandtat der Rechten kundgetan hatte.

«Hier ist ein Kommissar Kappes.»

«*Kappe! Kappe!* Und Oberkommissar! So viel Zeit muss sein.»

«Nein, er hat keinen Termin.» Der Portier drückte den Hörer gegen seine Brust, als müsste er den Unterstaatssekretär davor verschonen, Kappes Stimme zu vernehmen. «Sie sollen morgen wiederkommen.»

«Sagen Sie: Dr. Brettschieß schickt mich!»

Der Portier verzog das Gesicht und drückte wieder den Hörer gegen sein rechtes Ohr. «Er kommt im Auftrag von Dr. Brettschieß.»

Kappe musste in den dritten Stock. Zimmer 311. Er klopfte an.

«Herein!», bellte eine Stimme.

Kappe wurde von einem Herrn empfangen, der aussah wie ein wilhelminischer Amtsrichter: gezwirbelter Schnurrbart, Schmisse, Mittelscheitel, Speckgesicht. Er stellte sich als Dr. Tristan Rostock vor. «Sie interessieren sich für den Fall Rathenau?»

Zwei Jahre nach dem Attentat war Walther Rathenau in seinem eigenen Ministerium nur noch ein Fall. Kappe hatte damals gehört, Rathenau habe in seinem eigenen Ministerium viele Feinde gehabt und auf verlorenem Posten gestanden. «Ja, ich arbeite an einer Untersuchung zum Tod von Hugo Stinnes. Rathenau hat ihn gut gekannt.» Kappe hatte sich die Wirkung dieser lapidaren Erklärung auf den etwas selbstgefälligen Dr. Rostock anders vorgestellt.

Der Name Stinnes schien diesem wenig zu sagen, zumindest ließ er sich kein Erstaunen darüber anmerken, dass Kappe den Namen erwähnt hatte. «Der Fall Rathenau ist gelöst, die Mörder sind tot, die Helfershelfer sitzen im Gefängnis. Es besteht kein Grund mehr, die Sache weiter aufzuwühlen, Herr Kommissar.»

Das war deutlich, der Ton ließ auch keinen Zweifel daran, dass Rostock wünschte, Kappe würde sich damit zufriedengeben und schnell wieder verschwinden.

«Ich sehe Zusammenhänge zum Tod von Hugo Stinnes.»

Tristan Rostock hob die Augenbrauen. «Das glaube ich nicht.»

«Das glauben Sie nicht?», wiederholte Kappe. «Wir von der Kriminalpolizei kümmern uns wenig um Glaubensfragen.»

Der Mann musterte Kappe skeptisch. Er war offensichtlich unsicher geworden. Kappe schien nicht in die Kategorien der Bittsteller zu passen, mit denen er sonst zu tun hatte. «Wissen Sie, Herr Oberkommissar, ich habe viel zu tun, und diese Rathenau-Sache ist ja nun schon fast verjährt. Wenn Sie also die Liebenswürdigkeit hätten, mich jetzt zu entschuldigen?»

«Ich habe Zeit und bin gerne bereit zu warten», entgegnete Kappe.

Das gefiel Rostock überhaupt nicht. «Es kann sehr lange dauern.»

Was kann sehr lange dauern? Kappe wurde unleidlich. Er ließ sich ungern verschaukeln, vor allem nicht von einem Fossil wie diesem Dr. Tristan Rostock. «Ich kann die Angelegenheit diskret erledigen. Daran ist Dr. Brettschieß und mir natürlich gelegen. Wenn man mich aber bei den Untersuchungen behindert, so kann es leicht möglich sein, dass die Presseleute, die bei dem Namen Rathenau sofort hellhörig werden würden, etwas wittern.»

Der Außenamtsbedienstete war bleich geworden. Seine Unterlippe bewegte sich eigenartig langsam auf und ab. «Wollen Sie mir etwa drohen, Oberkommissar Kappe?»

«Ich will nur, dass es keinen Ärger gibt. Ärger haben wir bereits genug, nicht wahr?» Kappe wusste nicht einmal, von welchem Ärger er sprach. Aber bei Dr. Rostock traf er damit ins Schwarze.

«Entschuldigen Sie mich einen Moment», murmelte der und verschwand, um sich mit seinem Unterstaatssekretär zu beraten.

Kappe setzte sich und war mit sich zufrieden. Noch vor einem halben Jahr hätte er längst die Segel gestrichen. Aber er hatte dazugelernt. Er hatte gelernt, dass es in Berlin vor allem darauf ankam, sich nicht einschüchtern zu lassen. Manchmal hatte er das Gefühl, dass dieser ganze riesige Apparat, den die Bürokratie in der Hauptstadt aufgebaut hatte, nur dazu da war, die Bürger zu verunsichern und von ihrem eigentlichen Vorhaben abzubringen. Man musste Flagge zeigen. Dr. Rostock hatte verstanden, dass er zwar nur einen kleinen Kriminalisten vor sich hatte, dass der sich aber nicht wegschicken ließ.

Kappe kam es wie Stunden vor. Die Augenlider wurden ihm schwer. Ein wohliges Gefühl der Mattigkeit legte sich über ihn. Er verschränkte die Arme auf der Brust und machte die Beine lang. Was Klara jetzt wohl machte? Seine Gedanken wanderten nach Hause ins warme Schlafgemach. Kappe versank in heimeligen Gefilden.

Die schwere Eichentür wurde aufgestoßen.

Dr. Rostock erschien deutlich gestärkt und seiner Sache um

einiges sicherer. Doch er stürzte sich nicht auf den subalternen Kappe, sondern hielt die Tür auf und nahm Haltung an.

Kappe war perplex. Er zog die steif gewordenen Beine an und setzte sich auf.

Erwartung lag in der Luft. Feierliche Erwartung.

Der Staatssekretär betrat den unwürdigen Raum. Persönlich. Leibhaftig. Er schaute sich schnaubend um. Dann erst schien er Kappe wahrzunehmen. Er machte einen Schritt auf den Besucher aus den Untiefen des Alexanderplatzes zu. Doch dann hellte sich sein ministrables Antlitz auf. Er reichte Kappe die Hand – er, der Unterstaatssekretär im Außenamt, dem Oberkommissar von der Berliner Polizei. Welch eine Größe!

Kappe war ganz überwältigt. Er brauchte eine Weile, bis er so viel Kraft gesammelt hatte, um die angebotene Hand zu ergreifen.

«Von Wustermarck», stellte sich der Unterstaatssekretär vor, «aus Kyritz an der Dosse.»

Na also, bester Adel aus der Prignitz. «Kappe, Hermann. Oberkommissar. Aus Wendisch Rietz.»

Von Wustermarck schaute sich etwas irritiert nach Rostock um. «Sagten Sie nicht, aus dem Berliner Polizeipräsidium?»

Rostock schnappte indigniert nach Luft.

«Gebürtig aus Wendisch Rietz», korrigierte sich Kappe.

Dann lachten sie beide. Der Unterstaatssekretär und der Oberkommissar.

Nur Dr. Rostock lachte nicht.

Das ist die wahre Republik, dachte Kappe.

Unterstaatssekretär von Wustermarck war ganz anders als Dr. Rostock: ein feingliedriger Mensch mit einer riesigen Stirn und schütterem dunkelblondem Haar. Er trug einen Gehrock und eine schmale Armbanduhr aus Gold, die eigentlich für Damen gedacht war. «Ich will den Mann kennenlernen, der sich durch nichts davon abbringen lässt, seine Ermittlungen zu Ende zu bringen», erklärte er zackig und warf den Kopf bübisch in den Nacken.

Kappe wurden unversehens die Knie weich. Vor ihm stand immerhin der Unterstaatssekretär, der einen Brettschieß kalt lächelnd den Franzosen ausliefern würde. Doch dann besann sich Hermann Kappe darauf, dass er als Polizist – vielleicht noch mehr als Unterstaatssekretär von Wustermarck – die ganze Macht dieses Staates repräsentierte. Er bemühte sich also, sich seinen etwas desolaten Gemütszustand nicht anmerken zu lassen. «Ich habe Hinweise, dass in der letzten Nacht Walther Rathenaus etwas geschehen ist, das Hugo Stinnes aus der Bahn geworfen hat. Deshalb bin ich hier. Ich möchte die Akten zu dem Mordfall einsehen.»

Der Unterstaatssekretär hörte Kappe schweigend zu. Dann nickte er nachdenklich und wandte sich schließlich an Dr. Rostock: «Gehen Sie bitte, Herr Doktor, und holen Sie diese Akten! Unser Oberkommissar soll sich selbst ein Bild machen können.»

Rostock wirkte nicht sehr begeistert von der Bereitwilligkeit seines Chefs, aber er gehorchte dem Unterstaatssekretär und verschwand.

Von Wustermarck klatschte aufgeräumt in die Hände. «Wie geht es unserem verehrten Freund Dr. Brettschieß?»

«Ich glaube, er hat mächtig Bammel», sagte Kappe.

Der Unterstaatssekretär kniff die Augen zusammen und musterte Kappe, als handele es sich bei dem Oberkommissar um eine seltene Spezies. «Ja, dazu hat der Gute auch allen Grund. Er kann heilfroh sein, wenn er durch das Netz schlüpft.»

Kappe konnte sich denken, welches Netz der Unterstaatssekretär meinte: das Netz der Diplomatie, an der es lag zu entscheiden, wer dem Sieger ausgeliefert wurde und wer nicht, wer in Paris wegen Kriegsverbrechen abgeurteilt wurde und wer sich glücklich schätzen konnte, in der Heimat bleiben zu dürfen. Unter dem Schutz der neuen Regierung, mit der diejenigen, um die es hier ging, eigentlich nie viel im Sinn gehabt hatten.

Dr. Rostock kam schnaufend zurück. Er trug eine verschlossene Stahlbox von der Größe eines Schuhkartons, die er auf dem Schreibtisch abstellte.

Von Wustermarck nickte ihm zu. Dann seufzte er, als handele es sich um die Exhumierung eines zu Recht vergessenen Toten, und begann, in den zahlreichen Taschen seiner Weste nach etwas zu suchen. Er förderte ein Schlüsselchen zutage, das mittels einer dünnen Kette an seiner Weste gesichert war. Von Wustermarck trat an den Schreibtisch heran und schloss die Stahlbox auf. «Das ist alles, was wir über die Hintergründe des Attentates auf Rathenau zusammentragen konnten, bester Oberkommissar.»

Kappe trat näher und warf einen Blick in die Box. Sie enthielt vier oder fünf dünne Ordner und einen kleinen zusammengehefteten Stoß Zettel. Für einen Mordfall war das erstaunlich wenig. «Aber das ist doch nicht die gesamte Mordakte», entfuhr es dem Oberkommissar.

Von Wustermarck und Rostock schauten ihn stumm an.

«Wo befindet sich denn der Rest der Akte Rathenau?»

«Na, wo schon? Natürlich bei Ihren Kollegen. Soweit ich mich erinnere, war Ihr jetziger Vizepolizeichef Bernhard Weiß damals federführend. Er hat alles in seinem Archiv abgelegt.»

Dass Weiß damals zuständig war, wusste Kappe. «Aber was sind das hier für Akten?»

Wieder schwiegen die beiden.

Dann dämmerte es Kappe. Das Außenamt hatte eine eigene Akte Rathenau angelegt. Eine Akte, die nicht identisch war mit der, die der penible Bernhard Weiß im Berliner Polizeipräsidium führte. «Ich würde mir den Inhalt der Box gerne in Ruhe anschauen», erklärte Kappe.

«Das geht auf keinen Fall!», fuhr Rostock ihn an. «Unsere Akten dürfen unter keinen Umständen das Haus verlassen.»

Kappe hätte leicht eine gerichtliche Beschlagnahmung androhen können, aber er hatte das Gefühl, dass es einen einfacheren Weg gab.

«Dr. Rostock hat recht.» Von Wustermarck rieb sich das Kinn. «Wir haben hier auch unsere Vorschriften.»

«Eben», echote Rostock und zeigte eine sehr bedeutsame Miene.

«Aber es spricht nichts dagegen, dass Sie sich hier in unseren Räumen den Inhalt der Box ansehen, Herr Oberkommissar», fuhr der Unterstaatssekretär behäbig fort.

«Aber das geht doch nicht, Herr Unterstaatssekretär», flüsterte ihm Dr. Rostock aufgeregt zu. «Bedenken Sie ...»

«Ich würde sagen, eine Stunde», erklärte von Wustermarck knapp und verließ das Bureau.

Dr. Rostock folgte ihm, vor Empörung bebend wie eine alte Jungfer.

Kappe nahm sich einen Stuhl und machte sich über die Akten her. Er stellte schnell fest, dass es sich um Privatunterlagen des Außenministers Walther Rathenau handelte, um Aufstellungen seiner Konten. Der Außenminister verfügte als Sprössling der AEG-Dynastie und als erfolgreicher Bankdirektor über disponible Mittel, die Kappe den Atem verschlugen. Verlagsverträge. Allein von den Tantiemen seiner Bücher hätte Rathenau seine Villa im Grunewald und das Schlösschen in Bad Freienwalde gut unterhalten können. Korrespondenzen mit Literaten, Künstlern und Freunden. Kappe fragte sich, wie der vielbeschäftigte Außenminister neben seinem Amt noch Zeit für diese Vielzahl von Briefkontakten hatte finden können, und dabei enthielt die Box nur die Briefe und Briefentwürfe der letzten Tage vor seinem tragischen Tod in der Koenigsallee.

Dann fand Kappe zahlreiche Zettel mit Notizen. Er überflog sie alle. Es waren durchweg Niederschriften von Gedanken, die Rathenau offensichtlich für ein neues Buch verwenden wollte. Soweit Kappe das beurteilen konnte, handelte es sich um ein Werk, das den Zusammenhang zwischen Geld und seelischen Zuständen thematisierte. Kappe wurde nicht so recht schlau aus den schon ausformulierten Aufzeichnungen und legte sie etwas unwillig beiseite. Ein Polizist hatte sich um die Vergangenheit zu kümmern, nicht um ungeschriebene Bücher.

Dann hielt er plötzlich ein großes weißes Blatt in der Hand, auf dem nur eine Zeile geschrieben stand. In der rechten oberen Ecke des Blattes fand sich das Datum: *24. 6. 1922*. Handschriftlich.

Kappe überlegte. Ja, genau, das war der Todestag Rathenaus. Ein Samstag. Der Minister hatte morgens ins Amt gemusst, um der Vereidigung von Referendaren beizuwohnen. Auf dem Weg dorthin wurde er ermordet. Das war so gegen halb zwölf.

Rathenau musste das Blatt, das Kappe in der Hand hielt, also morgens vor seiner Dienstfahrt beschrieben haben.

Sicherheitshalber verglich Kappe die Schrift auf dem Blatt mit der auf den Zetteln, die der Minister für sein neues Buch beschrieben hatte. Kein Zweifel, der Schreiber war Walther Rathenau.

Kappe erinnerte sich an eine Zeugenaussage des Fahrers von Rathenau, die er im Präsidium gelesen hatte. Der Mann hatte zu Protokoll gegeben, dass der Minister, als der Motor des Wagens schon lief, noch einmal in sein Arbeitszimmer zurückgelaufen war, obwohl er im Außenamt wegen der Vereidigung schon erwartet wurde. Seinem Fahrer hatte er gesagt, er solle einen Moment warten, da er sich etwas notieren müsse, das er auf keinen Fall vergessen dürfe, weil er es in eine Denkschrift einarbeiten wolle.

Nach Kappes Auffassung konnte es sich bei diesem Notat nur um Schlussfolgerungen aus dem nächtlichen Gespräch mit Stinnes handeln. Offensichtlich war dem Außenminister die Auseinandersetzung mit seinem Erzfeind noch am Morgen durch den Kopf gegangen. Und er war zu einem Fazit gekommen, das er sich unbedingt hatte aufschreiben müssen.

Rep. Unerfüllbar. Das war die Zeile, die unter dem Datum vom 24. Juni stand. Geschrieben von der Hand des Ministers. Nur wenige Minuten vor seinem Tod.

Rep. – was hatte das zu bedeuten? Das konnte eigentlich nur Reparationen heißen. Darum ging es doch jetzt. An den Reparationen entschied sich das Schicksal des Landes. Das hörte man von allen Parteien, angefangen bei den strammen Deutschnationalen bis hin zu den Kommunisten.

Rathenau war vor allem wegen seiner Reparationspolitik verhasst gewesen. Er war dafür eingetreten, selbst die härtesten Forderungen der Siegermächte zu erfüllen oder es zumindest zu versuchen. Sein Hintergedanke war: Wenn die Franzosen und die Briten sehen, dass die Deutschen guten Willens sind, sich aber selbst bei dem Kraftakt zu zerstören drohen, werden sie sich einsichtig zeigen und ihre Forderungen auf ein vernünftiges Maß zurückschrauben.

Das klang vielen Deutschen, die unter der Last ächzten und ihre Familien nicht ernähren konnten, zu akademisch. Gelinde gesagt. Die meisten hassten Rathenau dafür. Sie warfen dem Außenminister vor, dass er vor den Alliierten zu Kreuze kroch, dass er sein Land verkaufte und die Würde seiner Landsleute aufs Spiel setzte. Deshalb hatte er sterben müssen.

Die Reparationen waren Rathenaus großes Thema gewesen. *Rep. Unerfüllbar.* Das konnte doch vor diesem Hintergrund nur bedeuten, dass Rathenau am Morgen seines Todestages selbst eingesehen hatte, dass seine «Erfüllungspolitik», wie die Rechten es nannten, gescheitert war, dass das Land die enormen Leistungen, die die Sieger ihm abverlangten, nicht erbringen konnte.

Hatte das etwas mit dem nächtlichen Gespräch mit Hugo Stinnes zu tun? Hatte der Industrielle, der Erzfeind des Außenministers, diesen davon überzeugt, dass seine Politik des Ausgleichs mit Franzosen und Engländern in Reparationsfragen unweigerlich zum Ruin der deutschen Wirtschaft führen würde?

Hugo Stinnes war das Gegenteil Rathenaus gewesen. Er gehörte zwar nicht zu den Deutschnationalen, sondern vertrat in Stresemanns bürgerlicher DVP den Unternehmerflügel. Aber der Mülheimer hatte nie einen Hehl aus seiner radikalen Auffassung gemacht: Pflicht eines jeden deutschen Politikers sei es, sich den unrealistischen Forderungen der Franzosen und Briten mit allen Mitteln zu widersetzen. Ein Hugo Stinnes, der angeblich am Krieg bestens verdient hatte, war nicht einmal davor zurückgeschreckt, mit einem neuen Krieg zu drohen, sollten die Siegermächte Deutschland gegenüber nicht einlenken. Das hatte sogar seine eigenen Parteifreunde und die Deutschnationalen, die wussten, wie wenig das Land derzeit dazu in der Lage war, erschreckt. Stinnes war einer gewesen, der sich nicht scheute, radikale Positionen einzunehmen. Nötigenfalls gegen die Mehrheit.

Allein darin waren sich die beiden so ungleichen Männer einander ähnlich, dachte Kappe jetzt, als er über dem geheimnisvollen Zettel aus Rathenaus Nachlass brütete.

Der Kriminalist war so sehr in seine Gedanken vertieft, dass er gar nicht bemerkte, wie sich hinter ihm die Tür öffnete und jemand eintrat.

«Sie sehen», sagte der Unterstaatssekretär, «nicht Rathenau hat Stinnes, sondern Stinnes hat Rathenau überzeugt.»

«Oder sie sind sich beide nähergekommen», sagte Kappe.

«Möglicherweise ... Ihre Stunde ist um, Herr Oberkommissar! Ich hoffe, wir konnten Ihnen weiterhelfen.»

Kappe erhob sich ächzend. «Dieses Material hier, warum ist es nicht in der offiziellen Akte?»

«Weil wir das nicht wollten. Der Fall hat genug Staub aufgewirbelt und die Gemüter erheblich erhitzt. Wir hatten Interesse daran, dass es nicht auch noch zu internationalen Verstimmungen kam. Als Außenministerium gehört es zu unseren Pflichten, dafür zu sorgen, dass die anderen Staaten mit uns reden.»

«Und deshalb dürfen Sie auch Beweise unterschlagen?» Kappe war laut geworden, lauter, als er beabsichtigt hatte.

«Ich bitte Sie, Herr Oberkommissar, wir sind ein Reichsministerium! Und kein unerhebliches. Wir haben das Recht, uns jederzeit über die Interessen der Berliner Polizei hinwegzusetzen, wenn es uns opportun erscheint.»

«Opportun ...», wiederholte Kappe nachdenklich.

«Es war zum Wohle des Reiches. Das werden wir auch weiterhin tun. Wir werden alles unterbinden, was dem Reich Schaden zufügen kann», sagte der Unterstaatssekretär.

Kappes Blick fiel auf die Zettel in der Box. «Kann es sein, dass Rathenau die Denkschrift schon fertiggestellt hatte, als er starb?»

«Welche Denkschrift?»

«Die, in der er seine geänderte Haltung zur Reparationspolitik niederlegen wollte.»

Von Wustermarcks Augenlider zuckten nervös. «Möglicherweise.»

Also doch, dachte Kappe. In diesem Hause macht man alles mit sich selbst aus. Er spürte eine dumpfe Wut in sich hochkochen. «Warum wird Rathenaus Denkschrift nicht veröffentlicht?»

Von Wustermarck hob seine Stimme, er schien seine Erregung nur mühsam bändigen zu können. «Um den militanten Rechten noch mehr Zulauf zu sichern und den Groll unserer französischen und britischen Verhandlungspartner zu schüren? Nein, ein solches Pamphlet könnte in der gegenwärtigen Situation zu einem Erdrutsch führen. Und das will doch niemand, oder?»

«Natürlich nicht, aber ...» Kappe hatte keine Lust, sich mit dem Unterstaatssekretär auf eine Auseinandersetzung über die richtige Außenpolitik einzulassen. Der wäre er trotz seiner eifrigen Zeitungslektüre nicht gewachsen gewesen, das wusste er selbst.

Von Wustermarck streckte sich und schaute grübelnd an die Decke. «Im Übrigen, lieber Oberkommissar, befindet sich diese ominöse Denkschrift nicht in unseren Akten. Das können Sie mir glauben. Ich würde es Ihnen sonst sagen. Wir tun hier ja nichts Unrechtes. Dafür können wir auch der Polizei gegenüber geradestehen.»

Kappe glaubte ihm – zumindest, dass er nicht im Besitz der Denkschrift war. Wäre es anders, hätte von Wustermarck sich wahrscheinlich damit gebrüstet, sie aus Gründen der Staatsräson, wie das hieß, zurückzuhalten. «Danke für Ihre Hilfe», sagte er knapp, ohne dem Unterstaatssekretär in die Augen zu sehen. «Ich weiß das sehr wohl zu schätzen.»

«Das spüre ich, Herr Oberkommissar. Und nun gehen Sie los, Kappe, und suchen Sie mit dem gleichen Scharfsinn nach demjenigen, der Stinnes auf dem Gewissen hat!»

ZEHN

KAPPE fuhr mit dem Omnibus ins Präsidium zurück. Auf Höhe der Universität kam es zu einem unvorhergesehenen Aufenthalt. Der Bus musste stoppen, weil Menschen aufgeregt über die Straße liefen. Kappe stand auf, um besser sehen zu können, was die Ursache des Auflaufes war. Dabei stieß er sich den Kopf an der niedrigen Plattform des Busses und ließ sich auf den unbequemen Holzsitz zurücksinken.

Während er die kleine Beule am Hinterkopf betastete, dachte er: Hoffentlich nicht schon wieder ein Putsch oder ein Generalstreik. Hermann Kappe hatte genug von den politischen Aufregungen der letzten Zeit.

Kürzlich war in der *Vossischen Zeitung*, die er aufmerksam las, ein Artikel erschienen, der von den Fortschritten der Internationalen Finanzkommission berichtete, die seit Januar in Paris tagte. Unter dem Vorsitz des Amerikaners Dawes sollte eine Lösung für das Reparationsproblem gefunden werden.

Der Artikel stammte von einem Wirtschaftswissenschaftler namens Eulenburg. Dieser hatte die Folgen der Inflation für das Land untersucht und war zu einem erstaunlichen Ergebnis gekommen.

Kappe hatte den Zeitungstext mehrmals lesen müssen. Er war solch trockene Kost nicht gewohnt. Dennoch kam er mehr und mehr zu der Überzeugung, dass sich Polizisten mit der Wirtschaft beschäftigen müssten, um zu verstehen, warum es zu Verbrechen kam.

Aber in seiner Abteilung war diesbezüglich Hopfen und Malz verloren. Brettschieß studierte zwar fleißig die *Kreuzzeitung*, dort aber nur die kernigen Leitartikel der strammen Völkischen und Nationalen, die vor rechten Kampfparolen strotzten. Da konnte man nichts über die Realität der Straße lernen. Und Galgenberg las, wenn überhaupt, vornehmlich flache Schundliteratur oder die Witzblätter, aus denen er gierig seine Sprüche sog.

Jedenfalls hatte Kappe eines verstanden: Durch die Inflation hatte im Lande eine gewaltige Kapitalverschiebung stattgefunden. Das Vermögen der mittleren Schichten war fast vollständig vernichtet worden. Das Geld, das die kleinen Krämer, Handelsvertreter und Beamten nach dem Krieg mühsam verdient hatten, war wie Eis in der Sonne geschmolzen. Gleichzeitig aber wuchs das Vermögen der Konzerne und Großgrundbesitzer: zum einen weil ihre Schulden durch die Geldentwertung wie durch Zauberei schwanden, andererseits weil materieller Besitz naturgemäß weniger unter der Inflation litt.

Kappe war beileibe kein Klassenkämpfer, aber er war Preuße. Und als solcher war ihm an Gerechtigkeit und sozialem Frieden gelegen. Diese waren die Grundpfeiler der Ordnung, und Ordnung war ihm wichtig – sowohl als Bürger wie auch als Polizist. Die schreiende Ungleichverteilung der Vermögen aber brachte auch rechtschaffene Bürger auf. Bürger, die ihren durch harte Arbeit erworbenen Besitz schuldlos verloren hatten und nun zusehen mussten, wie die Konzernherren und Junker immer reicher wurden. Leute wie Stinnes hatten durch die Inflation, die an den Knochen des Volkes nagte, ihr Vermögen geradezu märchenhaft vermehrt. Das schaffte böses Blut. Es gab genug Parteien am rechten und am linken Rand, die es verstanden, diese Unzufriedenheit der Menschen in kriminelle Energie zu verwandeln. Diese entlud sich dann in Straßenaufmärschen oder in Amokläufen einzelner Unglücklicher. Ob Hugo Stinnes deshalb hatte sterben müssen?

Im Dezember des letzten Jahres hatten die Arbeiter im Reich weniger verdient als im März. Und damals gab es auch nur drei Viertel des allgemeinen Lohns der Vorkriegszeiten. In zehn Jahren hatte das Volk also ein Viertel seines Verdienstes eingebüßt. So hatte es jedenfalls dieser Eulenburg dargestellt, und als Wirtschaftswissenschaftler musste der es schließlich wissen. Dabei war aber die Arbeitszeit kontinuierlich gestiegen. Das Kabinett Marx, dem auch die SPD angehörte, hatte mit den Mitteln eines Ermächtigungsgesetzes die Arbeitszeit wieder auf mehr als acht Stunden pro Tag erhöht. Kappe hatte das am eigenen Leibe erfahren müssen, denn noch im Dezember des vergangenen Jahres war die Arbeitszeit der Reichsbeamten von wöchentlich 48 auf 54 Stunden heraufgesetzt worden. Gleichzeitig hatte die Regierung Marx die Beamtengehälter auf einem Niveau eingefroren, das erheblich unter dem Stand der Vorkriegszeit lag. Selbst die Kollegen, die mit den Gewerkschaften nichts am Hut hatten, waren damals empört gewesen.

Der deutsche Arbeiter musste also mehr arbeiten, bekam aber weniger Geld. Kein Wunder, dass die Menschen, wie soeben Unter den Linden, auf den Straßen zusammenliefen und die Revolution forderten.

Gleichzeitig versuchte die Kommission unter dem Vorsitz des Bankiers Dawes in Paris, die Reparationen neu zu ordnen. Das brachte noch mehr Unruhe, denn im Reich befürchteten viele, dass die Sieger ihnen zusätzliche Lasten aufbürden könnten. Nur einen Tag vor dem rätselhaften Ableben des Hugo Stinnes war das Ergebnis der Beratungen unter Dawes veröffentlicht worden. Im Reich war Wahlkampf, und die Parteien griffen gierig nach dem Futter, das Paris für ihre Propaganda lieferte. Die bürgerlichen Parteien und die SPD bekräftigten unentwegt, dem deutschen Volk seien zwar weiterhin erhebliche Opfer abverlangt worden, doch verzichte der Dawes-Plan ausdrücklich auf militärische Zwangsmaßnahmen, was für ein wehrloses Land wie Deutschland ja schon ein Fortschritt sei.

Selbst in den Ohren des gemäßigten Hermann Kappe klang das nicht nach einer wirklichen Verbesserung. Die Kommunisten und die Rechten riefen nun offen zum Kampf gegen die neue Reparationsordnung auf. Von einem zweiten Versailles war schon die Rede. Es waren sogar Rufe nach einer völkischen Diktatur laut geworden.

Kein Wunder, dass die Stadt kocht, dachte Kappe in seinem Omnibus. Doch er zwang sich, die wachsende Beule auf seinem Schädel zu vergessen, und er war erleichtert, als die Fahrt endlich im Schritttempo fortgesetzt wurde. So kam er schließlich eine halbe Stunde später als vorgesehen am Alexanderplatz an.

Die anderen waren alle unterwegs. Nur Brettschieß «hielt die Stellung», wie er das nannte. Er machte ein griesgrämiges Gesicht, als er Kappe erblickte. «Wollen Sie uns alle ruinieren, Kappe?»

Kappe zog den Mantel aus, hängte ihn über den leeren Garderobenständer und setzte sich an seinen Platz. «Ich weiß nicht, was Sie meinen, Herr Brettschieß.»

«Wo kommen Sie jetzt her?»

Daher wehte also der Wind. Mangels anderer Aufgaben versuchte der neue Chef, sich als Hüter der Dienstordnung in Szene zu setzen. «Tut mir leid», sagte Kappe, «aber die Verspätung ist entstanden, weil der Bus nicht vorankam. Unter den Linden ist die Hölle los. Da ...»

Brettschieß unterbrach ihn wutentbrannt. «Was geht mich Ihre Verspätung an? Sie haben mir versprochen, sich in der Sache Hugo Stinnes nicht ans Außenministerium zu wenden, Herr Oberkommissar.»

Kappe konnte sich an ein derartiges Versprechen nicht erinnern. «Versprochen habe ich das nicht, Herr Brettschieß», korrigierte er seinen Chef leise.

«Aber ich habe es Ihnen ausdrücklich untersagt!», brüllte Brettschieß so laut, dass selbst der unempfindliche Kappe zusammenzuckte.

Kappe wandte sich langsam um. Er schaute sich seinen Vorgesetzten an. Hatte Brettschieß wirklich geglaubt, Kappe würde sich an dieses hirnrissige Verbot halten? War der neue Chef so naiv? «Wenn es eine Ermittlung erfordert, Herr Dr. Brettschieß, dann muss ich ...» Weiter kam Kappe nicht.

Die Tür wurde aufgerissen. Galgenberg stürmte herein. «Unter den Linden ist die Hölle los! So wat hab ick noch nie erlebt.»

Dann bemerkte er, dass es zwischen Kappe und Brettschieß sehr ernst geworden war, und verstummte.

«Was ist Unter den Linden?», fragte Brettschieß genervt. Irgendwie schien der Frankfurter von der Abteilung, die er mit so viel Enthusiasmus übernommen hatte, enttäuscht zu sein.

«Ein Wahnsinn!», antwortete Galgenberg. «Der totale Wahnsinn! Die Leute sind völlig außer sich.»

Brettschieß schluckte gleich dreimal hintereinander. «Doch nicht etwa Revolution?» Er schaute abwechselnd zwischen Galgenberg und Kappe hin und her und bemühte sich, eine dem Anlass angemessene Miene zu zeigen. Nur konnte er sich nicht entscheiden: Sollte er jubeln oder heulen?

Kappe überlegte, ob Brettschieß sich für seine Rüge entschuldigen würde, falls Galgenberg wirklich die allgemeine Revolution vermeldet haben sollte. Unter einer neuen Regierung der Straße würden weder Dr. Rostock noch Herr von Wustermarck im Außenamt überleben. Aber ob die Revolutionäre auch darauf verzichten würden, den Kriegsverbrecher Dr. Brettschieß an die Franzosen auszuliefern? Kappe war sich da gar nicht so sicher.

«Quatsch, keene Revolution! Wer macht denn heute noch 'ne Revolution? Is doch völlig aus der Mode», erklärte Galgenberg schon deutlich abgekühlt. «Aber 'n phänomenaler Verkehrsunfall. Mit 'nem Toten und Autoschrott und allet Mögliche. Richtig Weltunterjang! Mitten Unter den Linden. Die Leute haben jekreischt vor Vagnüjen. So wat muss man ooch mal jesehen ham, sage ick.»

Das war also die Ursache für den Menschenauflauf – ein Verkehrsunfall. Was waren das für Zeiten, in denen zwei kollidierte Kraftwagen eine größere Sensation darstellten als eine gestürzte Regierung und eine Revolution in der Reichshauptstadt?

«Verkehrsunfälle gehen uns nichts an», beschied Brettschieß seine beiden Mitarbeiter. «Das ist Sache der Schupos.»

«Nicht, wenn eener dabei ums Leben jekommen ist und alle Zeugen übereinstimmend aussagen, dass det keen Zufall war», widersprach ihm Galgenberg.

Brettschieß winkte müde ab und verzog sich in sein Bureau.

«Kein Zufall?», fragte Kappe mehr aus Routine als aus wirklichem Interesse. Er hatte schließlich andere Probleme zu lösen.

Noch im Mantel nahm Galgenberg Kappe gegenüber Platz und kramte seinen schmuddeligen Notizblock hervor. «Wat für 'n Sejen, dat ick zufällig zur Stelle war. Konnte die Sache gleich aufnehmen.» Er blätterte in dem Block. «Hier ham wa den janzen Fall. Drei Zeujen jeben zu Protokoll, dass der Rennwagen nich vom Jas runter is, als er auf den Fußgänger zugerast ist.»

Kappe kannte sich viel zu wenig in der modernen Automobiltechnik aus, um beurteilen zu können, was das genau bedeutete.

Galgenberg schaute auf. Er war bleich geworden. «Mann, Kappe, haste schon mal 'nen Menschen jesehen, der mit hundert Sachen zermalmt worden ist?»

Kappe schüttelte den Kopf.

«Schaut aus wie Mus. War keen Vagnüjen, dem Fleischklumpen den Mantel auszuziehen und nach dem Ausweis zu suchen.» Galgenberg schwieg eine Weile, dann schien er sich zu fassen. «Der Fahrer des Rennwagens is natürlich flüchtig. Klar. Der Mann hat 'nen Mord bejangen. Da musste er sich ja vadrücken.»

«Mord?», fragte Kappe ungläubig.

«Ja, Mord! Guck nich so blümerant! Det ham alle Zeujen ausgesagt. Der Passant hat die Straße überquert. Der Rennwagen war eine Weile im Schritttempo neben ihm herjefahren. Als der Mann aber den Damm betrat, hat er Volljas jejeben. Als hätte er nur druff jewartet, dass sein Opfer den Bürjersteig valässt.»

«Das klingt wirklich seltsam», sagte Kappe nachdenklich. «Aber von einem solchen Mord habe ich noch nie gehört. Sollte der Fahrer sich sein Opfer wahllos ausgesucht haben?»

«Wahllos oder mit Bedacht – det müssen wir rausfinden, Kappe.» Galgenberg zog einen Ausweis aus der Manteltasche. Er wischte mit seinem Taschentuch das Blut von dem Dokument. Dann klappte er es auf und seufzte. «Armer Kerl! Aber vielleicht hat er ja ooch nischt mehr jespürt.» Galgenberg kniff die Augen zusammen. «Dieser Doktor ... Professor Doktor Bier. August Bier. Ham wa den Namen nicht schon mal jehört, Kappe?»

Brettschieß fiel ein Stein vom Herzen, als Kappe ihm wenig später die Neuigkeit mitteilte. «Wenn dieser Bier tot ist, sind wir ein Riesenproblem los, Kappe», sagte der neue Chef und wippte vor Wohlbehagen auf den Zehenspitzen.

Kappe verstand nicht, was Brettschieß damit meinte. «Aber wenn die Zeugenaussagen stimmen, dann wurde Prof. Bier kaltblütig umgebracht. Von einem Automobilisten. Die Tatwaffe war wohl der Kraftwagen. Das ist eine ganz neue Dimension in der Kriminalistik.»

Brettschieß zog die Augenbrauen hoch, er war skeptisch. «Sie kennen doch die Phantasie Ihrer Berliner, Kappe.»

Wieso es plötzlich Kappes Berliner waren, blieb ein Rätsel. «Vergessen Sie nicht, der Fahrer, der den schrecklichen Unfall verursachte, hat sich nicht um das Opfer gekümmert, sondern ist nach übereinstimmenden Aussagen zurückgestoßen und hat sich dann in rasanter Fahrt vom Unfallort entfernt, ohne seine Identität preiszugeben. Unter der Automobilistenbrille und einer Rennfahrerhaube war er nicht zu erkennen. Wenn das Automobilaufkommen zunimmt, werden wir öfter mit so etwas zu tun bekommen.»

Brettschieß schaute von oben herab. Irgendwie schien dem sonst so gestrengen Vorgesetzten der Diensteifer seines Oberkommissars zu missfallen. «Nun sehen Se mal nich so schwarz, bester Kappe!»

Dieser für Brettschieß ungewöhnlich nonchalante Ton ärgerte Hermann Kappe. Schließlich ging es hier um einen Toten. Und vielleicht sogar um Mord. In diesen Dingen war Kappe empfindlich. «Wir werden den Fall untersuchen müssen», sagte er ernst.

«Nun greifen Se mal der Staatsanwaltschaft nicht vor!»

«Darauf, dass ein offizieller Untersuchungsauftrag ergeht, können wir nicht warten», sagte Kappe.

Brettschieß schaute sehr verwirrt. «Und warum nicht?»

Kappe wusste, dass das Ärger geben würde. Aber er konnte nicht zurückstecken. Nicht jetzt. «Möglicherweise hat dieser Außenamtsunterstaatssekretär der Anklage vorgegriffen und Bier beseitigt.»

Brettschieß' Nasenflügel blähten sich auf, seine Halsschlagader schwoll bedenklich an. «Kappe, ich glaube, Sie sind in dieser Sache nicht mehr objektiv.»

Nein, das war er wirklich nicht mehr. Er hatte nämlich die Nase voll. Brettschieß' Lavieren ging ihm mächtig gegen den Strich. «Ich werde den feinen Herren im Außenamt nachweisen, dass sie selbst hinter dem Mordanschlag auf Prof. Bier stecken, Herr Dr. Brettschieß.»

Der kniff die Lippen zusammen und ballte die Fäuste. «Und wenn es Ihre Rennfahrerbraut war? Diese Clärenora Stinnes würde doch alles tun, um ihren Vater zu rächen.»

ELF

KAPPE machte sich zu Fuß auf den Weg. Er suchte zusammen mit Galgenberg den Unfallort auf.

Auf dem Pflaster vor der Staatsbibliothek sah man noch die Blutlache. Biers Leiche war längst weggebracht worden.

Die Passanten gingen ihrer Wege. Dass hier vor nicht einmal zwei Stunden ein Mensch auf brutale Weise ums Leben gekommen war, interessierte das rastlose Berliner Publikum schon nicht mehr.

Dr. Kniehase hatte von der Schutzpolizei eine Absperrung errichten lassen. Nun untersuchte er kniend mit einer Lupe den Boden. Als Kappe und Galgenberg näher kamen, stand er ächzend auf und wies auf die Straße. «Sehen Se?»

Kappe und Galgenberg sahen nichts. Eine Straße war eine Straße. Was sollte es da zu sehen geben?

Dr. Kniehase verdrehte die Augen. «Wenn ein Automobil von der Fahrbahn abkommt, müssen Spuren da sein.»

«Ein Automobil hinterlässt Spuren?», fragte Kappe. «Fingerabdrücke?»

Dr. Kniehase schnappte nach Luft angesichts solcher Ignoranz dem Fortschritt der Beweistechnik gegenüber. «Natürlich keine Fingerabdrücke, Herr *Oberkommissar*!»

Er betonte den *Oberkommissar* so seltsam, dass es Kappe einen Stich versetzte.

«Die Pneus bestehen ja aus Gummi, wie die Herren vielleicht wissen.»

Kappe und Galgenberg schauten sich an. Pneus?

«Da bei einem unbeabsichtigten Ausscheren des Fahrzeugs der

Fahrer instinktiv auf die Bremse tritt, kommt es zu einem Abrieb auf dem Asphalt. Normalerweise. Vulgo: Bremsspuren.»

Was dieser Kniehase wieder einmal für einen Wirbel veranstaltete. «Natürlich, Bremsspuren! Ham wa schon von jehört, nich wahr, Kappe?», fragte Galgenberg.

Kappe nickte unsicher. Bremsspuren? Eigenartiges Wort.

Dr. Kniehase kam den Kollegen bis zu der Absperrung entgegen. Offensichtlich sah er das Terrain dahinter als sein Reich an.

Galgenberg machte eine Grätsche über den Holzbock mit dem Schild, auf dem *Polizei Berlin* stand.

«Vorsicht!» Dr. Kniehase wehrte ihn mit beiden Händen ab. «Keine Spuren verwischen!»

Galgenberg hielt in der Bewegung inne und schaute sich ungläubig um. «Bremsspuren?»

Dr. Kniehase schüttelte den Kopf. «Wenn die Herren sich mal umschauen würden! Gibt es hier irgendwo Bremsspuren?»

Kappe und Galgenberg ließen ihre Blicke zur Lindenoper hinüberschweifen. Sie konnten nichts entdecken. Allerdings war sich Kappe auch nicht so sicher, wie diese ominösen Bremsspuren auszusehen hatten.

«Nichts», sagte Dr. Kniehase, «rein gar nichts. Das spricht doch Bände, meine Herren, oder?»

«Allerdings», sagte Galgenberg und schaute Kappe an.

Kappe hatte Schwierigkeiten, sich in diese Problematik hineinzudenken. Vielleicht war sein Faible für den Automobilismus doch etwas unreif, und Klara hatte recht, wenn sie sich weigerte, sich in ein Auto zu setzen. «Wenn also keine Bremsspuren zu finden sind, heißt das ...»

«Genau, Kollege Kappe! Sie sind 'n heller Kopf. Werden noch mal Ihren Weg machen. Dann heißt das natürlich, dass der Fahrer nicht gebremst hat», erklärte Dr. Kniehase.

«Is doch klar», sagte Galgenberg und schaute unendlich dämlich.

«Und wenn er nicht gebremst hat», fuhr Dr. Kniehase fort,

«dann war das kein unbeabsichtigter Unfall, sondern ein absichtsvolles Fahrmanöver.»

«Ein absichtsvolles Fahrmanöver?», wiederholte Kappe nachdenklich. Und dann fiel ihm Clärenora Stinnes wieder ein. Zum zweiten Mal an diesem Tag spürte er ein schmerzhaftes Stechen im Magen. Wenn das so weiterging, musste er zum Arzt gehen.

Clärenora Stinnes sah aus, als hätte sie gerade ihre Haare gewaschen. Und sie roch gut – wie Heu im August. Fand jedenfalls Kappe, der sich durch die Erscheinung der Stinnes-Tochter angenehm an die saftigen Weiden von Wendisch Rietz erinnert fühlte.

Doch Clärenora war diesmal gar nicht erfreut, Kappe zu sehen. «Bester Freund, Sie kommen im denkbar schlechtesten Moment. Ich habe so viel vorzubereiten, das glauben Sie nicht. In drei Tagen will ich losfahren. Von Berlin nach Warschau. Die erste Etappe. Von dort geht's dann in Richtung Moskau. Ja, da staunen Sie, was? Ich werde das angebliche Paradies auf Erden erkunden. Quer durch die junge, frische Sowjetunion. Sagen Sie, wäre das nichts für Sie? Nehmen Sie sich frei, und kommen Sie mit! Vielleicht sehen wir die Zukunft der Menschheit – oder ihr Ende.»

Die junge Frau Stinnes hatte ihre Automobilistenkluft gegen einen bequemen weißen Leinenanzug eingetauscht, in dem sie ebenso betörend aussah – besonders, wenn er so unternehmungslustig um ihre langen, schlanken Beine herumflatterte.

Doch Kappe hatte diesmal wenig Sinn für die Schönheit der Clärenora Stinnes. «Ich bin dienstlich hier.»

«Dienstlich?»

«Ja, ich muss mit Ihnen reden.»

Clärenora schaute auf ihre schmale Herrenarmbanduhr. «Sorry, aber das müssen wir verschieben.»

Kappe fand, dass sie etwas zu schnoddrig mit einem Berliner Polizeibeamten umging. «Das duldet leider keinerlei Aufschub. Es ist ein Mord geschehen.»

Sie erschrak sichtlich. «Ein Mord? Was habe ich damit zu tun?»

«Ich hoffe, nichts. Aber gerade um das sicherzustellen, sollten wir uns unterhalten.»

Sie schien mit sich zu kämpfen. Dann kam sie ihm sehr nahe. Sie sprach jetzt leise und unaufgeregt.

Kappe roch ihr Parfüm. Moschus stieg ihm in den Kopf und machte ihn für einen Moment unsicher.

«Ich will ehrlich sein. Ich bin ziemlich verzweifelt, lieber Freund», sagte Clärenora. «Die Presseleute warten schon auf meinen Start. Selbst aus Frankreich und England sind Photographen gekommen. Meine Reifenfirma richtet ein großes Fest aus.»

Reifenfirma. Kappe dachte wieder an die fehlenden Reifenspuren. Womit ein Kriminalist sich heutzutage beschäftigen musste!

«Und nun das: Stellen Sie sich vor, mein Rennwagen ist bei einem Unfall schwer beschädigt worden!»

Das war der dritte Stich in Kappes Magen. Diesmal fühlte er sich für eine Sekunde der Ohnmacht nahe. Doch dann war Hermann Kappe wieder ganz klar und ganz ernst. Schließlich ging es um Mord, es hatte Unter den Linden einen schrecklichen Anschlag und einen zerfleischten Menschen gegeben. «Wie ist der Schaden an Ihrem Wagen entstanden?»

Clärenora blies die Backen auf. «Ach, bester Kappe, Sie glauben ja gar nicht, mit welchen Dummköpfen man zu tun hat, wenn man sich an ein solches Unternehmen macht.»

Sie meinte wohl ihre Weltumkreisung. Kappe verstand nicht, wie sie im Zusammenhang mit dem gewaltsamen Tod eines Menschen noch daran denken konnte.

«Einer unserer Mechaniker sollte den Wagen noch mal warten. Dazu musste er natürlich in eine Spezialwerkstatt, mein Automobil ist eine Sonderanfertigung einer britischen Firma. Der Tölpel ist beim Einparken in die Garage gegen einen Pfeiler gefahren. Nur ein Sekundenbruchteil Unachtsamkeit, und schon steht in den Sternen, ob ich pünktlich starten kann. Die halbe Welt wartet darauf, dass meine Reise beginnt, und so ein Berliner Dummkopf macht alles zunichte.» Sie ballte die Fäuste. «Ich könnte den Kerl ...»

Vielleicht muss man so sein, wenn man als Frau mit einem Automobil um die Welt fahren will, dachte Kappe noch. Aber eigentlich verstand er die schöne Clärenora Stinnes immer weniger. Er fragte sich, wie lange er es an der Seite einer Frau aushalten würde, die so unbeirrt das tat, was sie für wichtig hielt, ohne nach links oder rechts zu schauen. Da war seine Klara nun wirklich anders. Klara hatte mehr Herz und vielleicht auch mehr Verstand. Aber sie sah eindeutig nicht so reizend aus, selbst dann nicht, wenn sie einen weißen flatternden Leinenanzug tragen würde wie Clärenora Stinnes. Diese Erkenntnis verwirrte Kappe noch mehr. Worauf kam es denn letzten Endes an im Leben? Auf Herz und Verstand oder auf schöne Beine, makellose Brüste und ein antikes Profil? All das hatte Clärenora Stinnes – zumindest vermutete Kappe das. Und das faszinierte ihn. Die Nähe dieser Frau weckte Lüste in ihm, von denen er bisher wenig gewusst hatte. Gleichzeitig aber stellte er jetzt fest, wie selbstbezogen und kühl Clärenora war. Wie sollte er mit dieser Diskrepanz fertig werden? «Ich würde Ihren Wagen gerne von einem Techniker der Polizei untersuchen lassen», sagte er ruhig.

Clärenora schien das nicht zu verwundern. «Das ist sehr nett von Ihnen, Herr Kappe. Aber der Mann, der das durch seine Blödheit verschuldet hat, ist unser Angestellter. Letzten Endes müssen wir für den Schaden selbst aufkommen, da wir für unsere Leute ja auch haften. Im Übrigen könnte kein Privatmann den Schaden an diesem teuren Wagen aus eigener Tasche bezahlen.»

Als ob es darum ginge. Wenn Klara so uneinsichtig wäre, hätte Kappe sie längst vor die Tür gesetzt.

«So gut es auch gemeint ist, aber das kostet viel zu viel Zeit.» Plötzlich hatte sie eine dünne kakaobraune Zigarette in der Hand und wartete darauf, dass Kappe ihr Feuer gab. Als der nicht reagierte – erstens war ihm nicht danach, zweitens hatte er kein Feuerzeug dabei –, gab sie sich selbst Feuer und rauchte gedankenversunken.

«Die Zeit muss sein», sagte Kappe unwillig.

Sie öffnete die Augen so krampfhaft, als müsste sie sich aus einem tiefen Rausch in die Wirklichkeit zurückbefehlen. «Von diesem Rekordversuch hängt zu viel ab. Für mich und viele andere. Es darf keine Verzögerung geben. Der Wagen wird jetzt in Windeseile repariert. Dann geht es los. Trotzdem danke, Kappe, dass Sie mir mit Ihren Möglichkeiten helfen wollten.»

«Das würde ich gerne, aber es geht eigentlich um etwas anderes. Wir müssen Ihren Wagen aus ermittlungstechnischen Gründen untersuchen.»

Sie hörte schlagartig auf zu rauchen und drückte die gerade erst begonnene Damenzigarette im Ascher aus. «Was soll das denn heißen?»

«Jener Prof. Bier, der Ihren Vater behandelt hat, ist heute Opfer eines gemeinen Anschlages geworden. Er wurde Unter den Linden mit einem schnellen Wagen zu Tode gefahren.»

Clärenoras Miene wurde kalt und hart. «Was hat das bitte schön mit meinem Rennwagen zu tun?»

Kappe spürte, dass seine Handflächen feucht wurden. «Frau Stinnes, können Sie mir sagen, wo Sie sich heute gegen Mittag aufgehalten haben?»

Clärenora schaute ihn aus leeren Augen an. Eigentlich schaute sie durch ihn hindurch. «Verstehe ich das richtig, Kommissar Kappe, Sie verdächtigen mich, etwas mit dieser Sache zu tun zu haben?»

Kappe gab sich Mühe, unverbindlich zu klingen. «Das ist doch bloß eine Routinebefragung, Frau Stinnes. Es gibt nicht allzu viele Rennwagen in Berlin. Die Zeugen haben aber ausgesagt, dass es sich um ein solches Fahrzeug gehandelt habe.»

Clärenora atmete tief durch. «Wir kennen uns doch ein wenig, oder?»

Kappe wurde es immer mulmiger. «Ja, ich darf sagen, dass wir ...»

Sie hob ihre Stimme. «Wie können Sie mich verdächtigen, einen Menschen überfahren zu haben?»

Kappe breitete die Arme aus. «Aber ich verdächtige Sie doch nicht, beste Frau Stinnes.»

«Lieber Kappe, ich bin Sportlerin. Darauf lege ich Wert. Eigentlich war ich der Meinung, wir wären so etwas wie ... Freunde.»

Kappe begann zu stottern. «Ich bitte Sie ... Frau Stinnes ... Ich meine, ich kann es nur noch einmal betonen. Das sind ... das sind natürlich Routinefragen.»

«So, so, Routinefragen! Mich verletzt aber das, was Sie Routine nennen.»

«Ich wollte Sie nicht verletzen. Wirklich nicht. Glauben Sie mir! Ich halte Sie nicht für eine Mörderin.»

Sie wandte sich ab, so, als ginge sie das, was Kappe vorbrachte, nichts an.

Das kränkte wiederum Kappe. «Immerhin wurde der Tote verdächtigt, Ihren Vater auf dem Gewissen zu haben», sagte er knapp. Das war eine Tatsache, an der ein Kriminalist nicht vorbeikam.

Clärenora fuhr herum. «Mein Gott, das sind doch bloß Hirngespinste meiner Mutter! Sie hat den Tod meines Vaters nervlich nicht verkraftet. Kein vernünftiger Mensch glaubt ernsthaft an die Schuld Prof. Biers.»

«Außer Ihre Mutter», entgegnete Kappe streng.

Sie schwiegen.

Kappe hatte das Gefühl, dass sich die Spannung etwas legte. «Sie verstehen sicher, dass ich mit Ihrer Frau Mutter über die Sache reden muss, jetzt, wo Bier tot ist, ihr Erzfeind.» Kappe fand, dass er ausgesprochen feinfühlig war. Berliner Kriminalbeamte pflegten ganz andere Töne anzuschlagen. Besonders, wenn es um Mord ging.

Clärenora schaute ihn an, als sähe sie ihn zum ersten Mal. «Mit meiner Mutter müssen Sie sprechen?» Sie nickte gedankenverloren. «Ja, natürlich.» Sie trat ganz nahe an Kappe heran.

Er roch sie. Sie roch anders als sonst. Hart. Fast männlich. Kappe wich unwillkürlich etwas zurück.

«Tun Sie mir bitte einen Gefallen! Lassen Sie mich erst mit ihr reden!»

Das war ungewöhnlich. Vor allem bestand die Gefahr, dass Clärenora ihre Mutter auf das Gespräch mit Kappe vorbereitete.

«Wenn Sie mir nur etwas Zeit geben würden. Bis heute Abend vielleicht. Dafür verspreche ich Ihnen, Sie dann mit meiner Mutter zusammenzubringen und dass die alte Dame auch ganz zahm sein wird. Abgemacht?» Sie ließ Kappe gar keine Gelegenheit abzulehnen. «Warum kommen Sie nicht zum Essen zu uns? Dann können Sie endlich auch meinen Bruder kennenlernen. Bringen Sie doch Ihre Braut mit!»

Kappe war auf einen Schlag verlegen. Verlegen wie ein Pennäler. «Ich habe keine Braut.» Ein Schreck fuhr ihm in die Brust. Wie kam er dazu, so unverschämt zu lügen? Klara zu verleugnen? Nur weil er sie aus den Ermittlungen heraushalten wollte? Oder weil er sich dadurch von Clärenora mehr versprach?

«Umso besser, lieber Kappe. Dann können wir uns beide in Ruhe über Ihre Arbeit unterhalten.» Sie klang, als verabredeten sie ein Picknick.

Als er ging, fühlte Kappe sich hundeelend.

Klara hatte beim ehemaligen Hoflieferanten Metzger Wilhelm Krienelke in der Steglitzer Straße frische Blutwurst geholt. Die mit den dicken weißen Fettwürfeln, die Hermann so gerne aß. Sie wollte ihm «Himmel und Erde» machen, ein Gericht, das in Berlin kaum jemand kannte und das sie durch ihre Verwandten aus Pommern kennengelernt hatte: gebratene Blutwurst mit Kartoffelbrei und Apfelmus. Dunkelbraune Zwiebelringe gehörten unbedingt dazu.

Die ganze Wohnung roch nach den gerösteten Zwiebeln und der Blutwurst, die so hart angebraten werden musste, dass sie meistens mit einem Knall aufplatzte. Hartmut bekam ganz große Augen. Wie ein kleiner Hund hielt er die Nase schnuppernd in die Luft.

«Bekommst auch was, kleener Hampelmann», sagte Klara. Den Kartoffelbrei und etwas von den geriebenen Äpfeln würden die Kinder sicher essen, dachte sie bei sich. Die Wurst aber war zu fett für sie. Kinder mochten keine Fettwürfel. Hermann aber würde sich «rinnlejen», wie sie im Pommerschen Zweig von Klaras Familie gerne sagten.

Ein gutes Essen, am besten so etwas Deftiges wie «Himmel und Erde», war doch das beste Mittel, eine Ehekrise, wie Hermann und Klara sie gerade erlebten, wieder einzurenken. Man musste dabei allerdings mit Bedacht vorgehen. Ein raffiniertes Menü, wie es eine Französin vielleicht zubereiten würde, könnte einen preußischen Mann vom Zuschnitt Hermann Kappes eher verschrecken. Ganz nach dem Motto: «Nachtigall, ick hör dir trapsen.»

Ein ausgeglichenes, einfaches, aber ehrliches Mahl wie «Himmel und Erde», das wegen des Namens noch einen leicht romantischen Beigeschmack hatte, das konnte einen Kappe durchaus besänftigen, dachte sich Klara, als sie sich eine Locke aus der Stirn blies. In diesem Moment hörte sie Schritte auf der Treppe. «Papa kommt!», sagte sie, und Hartmut bekam große Augen.

Dann aber klopfte es.

Kappe würde doch nicht klopfen. Klara hatte ein ungutes Gefühl. Sie trocknete schnell ihre Hände an der Schürze ab und öffnete die Tür zum Flur.

Es war die dicke Hippolates, die Gattin des griechischen Schneiders im Erdgeschoss. Sie pfiff aus allen Löchern. Die Treppen hoch zu Kappes war sie nicht gewohnt. «Ich soll Ihnen sagen von Ihrem Mann, dem Herrn Wachtmeister, er kann nicht kommen zu Essen.»

Die Hippolates hatten – kein Mensch wusste, warum – einen eigenen Fernsprecher.

Kappe kannte die Nummer auswendig. Dennoch geschah es sehr selten, dass er diese Möglichkeit nutzte, um seiner Frau eine Mitteilung zu machen. Erstens führte Kappe ungern private Ferngespräche vom Präsidium aus. Zweitens wusste jeder in der Straße, dass die dicke Hippolates eine Klatschbase war.

Jetzt machte sie einen langen Hals, um auf den Herd sehen zu können. «Sind Sie am Kochen von Essen?»

«Ja», antwortete Klara. «Hat mein Mann etwas gesagt, warum er später kommt?»

«Er hat nicht gesagt, kommt später. Er hat gesagt, kommt gar nicht zum Essen», erklärte die Griechin. «Haben Sie etwa gehabt großen Streit? Oder ist er durchgebrannt mit andere Frau?»

Klara ballte die Faust. Aber sie wollte die neugierige Nachbarin auf keinen Fall an ihrer Wut teilhaben lassen. Jetzt saß sie da mit der teuren Blutwurst und den weißen Speckwürfeln, die sie selbst nicht aß und die die Kinder ausspuckten. So ein Mist! «Mein Mann muss derzeit nur sehr viel arbeiten», sagte sie.

«Hat sicher zu tun mit schreckliche Verkehrsunfall Unter den Linden, nicht wahr? Alle Leute reden davon.»

«Sicher», sagte Klara und schloss die Tür.

Derweil probierte Kappe am Alexanderplatz Galgenbergs Frack an. Der Kollege hatte sich bereit erklärt, diesen schnell von zu Hause zu holen, als Kappe ihm seine Notlage geschildert hatte: «Ich kann doch nicht in meinen Arbeitsklamotten zu so einem Abendessen gehen, oder?»

Galgenberg hatte ein Einsehen.

Allerdings musste Kappe versprechen, das gute Stück reinigen zu lassen, falls er es beim Dinieren beschmutzen sollte.

«So 'n Frack is wie 'ne Frau: Die valeiht man ooch nur an jute Freunde», witzelte Galgenberg und schaute sich seinen Kollegen im Frack genauer an.

Kappe stand auf Socken in der Mitte des Bureaus und versuchte, die Weste zuzuknöpfen, was ihm beim besten Willen nicht gelang.

«Ick würde sagen, du isst zu ville. Oder Klara kocht zu jut. Oder beedes.»

Kappe hatte wirklich etwas zugenommen. Aber dass ihm deshalb Galgenbergs Frack nicht passte, wunderte ihn. Sie waren doch gleich groß.

«Det jute Stück hat mein Patenonkel schon beim Empfang beim Kaiser getraren, bester Kappe. Also jenieße den Abend in vollen Zügen!» Galgenberg umkreiste den immer noch verzweifelt mit der Weste kämpfenden Kappe. «Jut siehste aus in dem Ding. Fast wie meen Onkel. Der war aber ooch nich janz so dick.»

Kappe, der seinen Bauch eingezogen hatte, entspannte sich wieder. «Heutzutage lässt man die Weste sowieso auf.»

Galgenberg schaute skeptisch. «Bevor de mit deiner Oberkommissarswampe die Weste meines Onkels sprengen tust und die teuren Joldknöppe durch de Jejend schießen – meinetwegen. Lass se offen!»

In diesem Moment trat Dr. Brettschieß ein. Er trug einen dünnen Ordner in der Rechten, den er einem der beiden übergeben wollte. Als er Kappe im Frack sah, hielt er ungläubig inne und schaute sich das ungewöhnliche Bild an. Doch dann verlor er die Fassung. Dr. Arnulf Brettschieß tobte. «Aha, die Herren veranstalten Modenschauen in den Räumen des Polizeipräsidiums! Das ist ja ganz neu. Da bleibt selbst mir die Spucke weg. Oberkommissar Kappe, darf ich Sie bitten, während der Dienstzeit Schuhe zu tragen!»

Kappe war so perplex, dass er gehorchte und in die Lackschuhe schlüpfte, die der Kollege Galgenberg ebenfalls von zu Hause mitgebracht hatte.

«Darf ich fragen, ob es schon Wissenswertes im Fall des getöteten Prof. Bier gibt? Oder vielleicht etwas Neues in Sachen Hugo Stinnes?»

Kappe hatte Probleme mit den dünnen Schnürsenkeln.

Galgenberg, der eben noch behauptet hatte, seine Tanzschuhe seien der allerletzte Schrei in den schicken Bars rund um den Nollendorfplatz, verzog sich hinter seinen Schreibtisch und vergrub sich in eine Akte.

Endlich war Kappe mit den Schuhen fertig. Er richtete sich mit hochrotem Kopf auf. Galgenbergs Tanzschuhe drückten. Eindeutig. Das würde ein netter Abend werden.

«Was ist, Kappe? Sind Sie nicht in der Lage zu reden?»

«Doch, doch, aber es tut mir leid. Ich habe nichts Neues zu vermelden.» Hätte er nach dem Streit, den sie gehabt hatten, Brettschieß etwa auf die Nase binden sollen, dass der Rennwagen von Clärenora Stinnes einen Unfall gehabt hatte? Das wäre doch Wasser auf den Mühlen des Vorgesetzten gewesen.

«Aber die Herren führen sich hier gegenseitig neueste Mode vor, was?», schnaubte Brettschieß. «Wo sind wir denn? In einem Schwulenclub?»

Galgenberg schoss hoch. «Det verbitte ick mir!» Und dann selbst erschrocken: «Ergebenst, Herr Doktor!»

«Schon gut», sagte Brettschieß. «Nun machen wenigstens Sie Ihre Arbeit weiter, Galgenberg!»

Kappe räusperte sich. Höchste Zeit, dass er die Situation klärte. Nicht dass dieser Dr. Brettschieß aus Frankfurt noch glaubte, er könnte ihn mit etwas Getöse ins Bockshorn jagen. «Ich habe mir aus dienstlichen Gründen beim Kollegen Galgenberg einen Frack geliehen. Mit Verlaub!»

Brettschieß fuhr herum. «So, so, aus dienstlichen Gründen. Und das soll ich auch noch glauben?»

Jetzt reichte es Kappe. «Na, was denn sonst?», platzte es aus ihm heraus.

Brettschieß erschrak und wich unwillkürlich zurück.

«Glauben Sie, wir machen hier so was zum Vergnügen?»

«Es sah fast ein bisschen so aus.» Brettschieß klang jetzt bedeutend ruhiger, fast verhalten.

Kappe hörte das gerne. Hunde, die bellen, beißen nicht, dachte er. «Ich bin heute Abend überraschend zu einem Diner bei Cläre Stinnes geladen. Ihre Tochter meinte, das sei eine gute Gelegenheit, sie zum Tod von Bier zu vernehmen.»

«Cläre Stinnes? Was hat die denn damit zu tun? Sie verfolgen also immer noch Ihre alte Linie? Ich war der Meinung, wir hätten das geklärt, Kappe.»

Kappe dachte daran, dass er in einem viel zu engen Frack und mit mehr als fragwürdigen Lackschuhen vor seinem Chef stand, und zuckte nur mit den Achseln.

Brettschieß schleuderte den dünnen Ordner auf Kappes Schreibtisch. Sein Kopf war jetzt hochrot. «Und morgen früh bin ich wieder ins Außenamt bestellt.»

ZWÖLF

KAPPE brannten die Blicke der anderen Fahrgäste auf der Haut. Aber um zum Palais der Nora Dunlop in der Douglasstraße im Grunewald zu gelangen, musste er die S-Bahn nehmen. Er war allerdings froh, als er im Bahnhof Grunewald aussteigen konnte. Den Rest der Strecke lief er lieber zu Fuß.

Das Palais Dunlop war hell erleuchtet. In der Auffahrt hielten Automobile, die man in der Innenstadt selten sah. Eine mit braunem Leder bezogene Limousine spuckte gleich fünf Damen in Abendkleidern aus. Und Hermann Kappe hatte doch tatsächlich geglaubt, er sei zu einem familiären Abendessen mit Brathering und Moselwein geladen.

Galgenbergs schicke Tanzschuhe drückten, und jetzt, wo sie etwas nass geworden waren, blinkten sie wie auf dem Rummel. Kappe wäre am liebsten umgekehrt. Aber er war ja nicht privat hier, er hatte in einer Mordsache zu ermitteln. Und er war ein preußischer Oberkommissar und kein Eintänzer, egal, wie er aussah.

Kappe schlüpfte mit einem Schwall gutgelaunter Herren in das Palais, die lärmten, als kämen sie geradewegs vom Sekttrinken bei Lutter & Wegner. Als er einem der Gäste etwas näher kam, bemerkte er allerdings, dass sie eher nach Champagner rochen als nach dem etwas säuerlichen Schaumwein, der dort ausgeschenkt wurde.

Ein livrierter Diener nahm ihm den Mantel ab und tat dabei so, als käme Kappe täglich zum Abendessen.

Der Oberkommissar folgte dem Strom der übrigen Gäste, die laut schwatzend in den Festsaal drängten.

Dort waren zwei lange Tischreihen festlich eingedeckt, und

Kellner rannten hin und her, um Wein auszuschenken und Tellerchen mit gerösteten Brotscheiben und Kaviar zu verteilen.

Zu dem kleinen Abendessen waren etwa einhundert Gäste geladen. Sie saßen bereits an den Tischen oder standen sich, laut miteinander redend, im Wege. Von dem kleinen Kammerorchester, das auf der Stirnseite eifrig musizierte, waren bei dem Lärm nur vereinzelte Geigentöne zu hören.

Kappe begann, da er glaubte, wenn er nicht einfach nur still herumstand, sähe man seine blinkenden Schuhe nicht, umherzuwandern und sich umzusehen. Er stellte schnell fest, dass sich an diesem Abend im Palais Dunlop die Spitzen der Berliner Gesellschaft eingefunden hatten. Vertreter der großen Parteien, die sich im Reichstag gerade mal wieder um eine neue Koalitionsregierung beharkten, standen hier friedlich beieinander und prosteten sich zu. Kappe entdeckte Wilhelm Furtwängler, den neuen Chefdirigenten der Berliner Philharmoniker, der mit dem berühmten Stummfilmschauspieler Alexander Granach plauderte. Der Journalist Maximilian Harden, der sich nur langsam von einem brutalen Attentat erholte, das ein rechter Fanatiker mit einer Eisenstange auf offener Straße im Grunewald auf ihn verübt hatte, plauderte gutgelaunt mit dem Oberbürgermeister Böß, den sie alle nur den «Schuldenmacher» nannten, weil er das Geld, vor allem für Verkehrsprojekte, mit beiden Händen hinauswarf. Und der elegante, schlanke Mann mit dem Kneifer, der sich nun zu den beiden gesellte, kam Kappe auch bekannt vor. Genau! Das war doch der Unterstaatssekretär von Wustermarck aus dem Außenministerium. Er scherzte mit Oberbürgermeister Böß, drückte dem immer noch blassen und eingefallenen Harden ermutigend die Hand und wandte sich dann einem anderen Herrn zu, der sich mit bemerkenswerter Selbstverständlichkeit in diesem hochkarätigen Rahmen bewegte.

Kappe stutzte. Das Gesicht war ihm geläufig. Dieser harte, fast slawische Zug, der kahlgeschorene brutale Schädel, der struppige Bart und die teilnahmslosen, kalten, gleichzeitig aber auch träumerischen Augen. Kein Zweifel, der Mann, der jetzt so vehement auf den schweigenden Unterstaatssekretär einsprach, war Hugo Stinnes.

Aber Hugo Stinnes war doch tot.

Kappe pirschte sich näher heran.

Ein Kellner mit einem Tablett trat ihm in den Weg. «Bitte schön, der Herr!»

«Na, was denn?», fragte Kappe ein wenig unwirsch.

Der Kellner hob das Tablett mit den Schampusgläsern an. «Wenn der Herr etwas trinken möchten?»

«Nicht im Dienst!» Kappe hätte ihn fast zur Seite geschoben, wenn der Kerl nicht schnell weitergeschwebt wäre.

Doch dann war da plötzlich etwas in der Luft. Alles verstummte, ein Raunen ging durch den Saal, die Köpfe wandten sich wie durch einen Zauber gleichzeitig zum Eingang.

Dort erschien eine hochgewachsene, schlanke Gestalt. Sie trug ein enges Abendkleid, das den Körper der Frau wie im Bade präsentierte. Sie machte in paar Schritte, blieb stehen, stützte die Rechte in die Taille und schaute sich um – Clärenora Stinnes gab sich die Ehre.

Nun hatte sie Kappe entdeckt. Sie kam geradewegs auf ihn zu.

Vor Verlegenheit angelte sich Kappe ein Glas Schampus vom Tablett des nächstbesten Kellners. Beinahe hätte er dabei den Kerl angerempelt. Kappe nahm einen tiefen Schluck. Hervorragendes Gesöff, dachte er noch, dann war sie bei ihm.

Sie packte seine freie Hand und zog ihn weiter. Zum Unterstaatssekretär und dem toten Hugo. «Darf ich vorstellen? Mein Freund Kappe von der Berliner Polizei.»

Die beiden Herren zuckten zusammen wie bei einer Razzia.

«Bester Kappe, das ist mein werter Bruder», sagte Clärenora, «Hugo Stinnes junior.»

Der Tote lächelte etwas genervt und reichte Kappe die Hand.

Kappe ergriff sie. Er fühlte sich plötzlich solidarisch mit Hugo jr. verbunden. Seine Schwester brachte den Bruder offensichtlich ebenso in Verlegenheit wie ihn.

«Sie sind von der Polizei?», fragte Hugo jr.

«Von der Kriminalpolizei ist er», erklärte Clärenora fast ein bisschen stolz, wie Kappe bemerkte.

Hugo jr. vereiste. «Suchen Sie bei uns etwa nach einem Verbrecher?»

Bevor Kappe antworten konnte, sagte Clärenora: «Er will nur mit Mutter sprechen.»

Der Unterstaatssekretär trat sichtlich indigniert von einem Fuß auf den anderen.

«Entschuldigen Sie, das ist Herr Unterstaatssekretär ...»

«Wir kennen uns bereits», gab Kappe knapp bekannt.

Nun staunte sogar Clärenora. «Ich glaube, ich habe Sie unterschätzt, Hermann.»

Eine Glocke ertönte. Man bat die Gäste zu Tisch.

Eine weite Doppeltür wurde aufgerissen, und eine lange Reihe von artigen Kellnern mit Suppenschüsseln tippelte herein, wie Perlen an einer Kette aufgereiht.

Man nahm Platz.

Kappe kam, da es Platzkarten gab, neben Clärenora zu sitzen.

Sie nahm ihm etwas die Befangenheit, indem sie mit ihm zu plaudern begann, als handele es sich wirklich um ein familiäres Abendessen. Die Industriellen, Schauspieler, Großschieber und Unterstaatssekretäre schienen für sie gar nicht zu existieren. «Mögen Sie keinen Hummer?»

«Doch, doch», antwortete Kappe.

«Dann nehmen Se sich! Wir sind hier nicht bei der Heilsarmee.» Und als Kappe zögerte, legte sie ihm eine rosarote Schere auf den Teller.

Kappe erstarrte.

«Keine Angst! Ich knacke sie Ihnen.» Sie klapperte mit einem stählernen Instrument, das Kappe entfernt an den teuren Nussknacker von Klaras Tante erinnerte, und schon flogen die unverdaulichen Panzerteile in ein Stahleimerchen. Für Kappe blieb das schöne, saftige weiße Fleisch. Clärenora kleckste ihm zweimal kräftig Mayonnaise dazu. «Jetzt aber! Sonst wird's noch kalt.»

Kappe war froh, als auch sie zu essen begann. So hatte er etwas Ruhe.

Der Hummer schmeckte wirklich vorzüglich – schade, dass Klara nicht dabei war. Wieder das Stechen in der Brust: Klara saß jetzt zu Hause und stocherte in der Blutwurst. Die Arme! Kappe ließ das Besteck sinken. Er fühlte sich elend.

«Wie gefällt Ihnen Tante Noras Palais?», fragte Clärenora, nachdem sie sich die Lippen vorsichtig abgetupft hatte.

Kappe sah die Spuren des blutroten Lippenstifts auf der Stoffserviette. «Gewaltig», sagte Kappe mit vollem Mund. Dann bemerkte er seinen Fauxpas und trank schnell einen Schluck Wasser. Doch im Wasserglas war Wein, Kappe verschluckte sich und hustete.

Clärenora klopfte ihm auf den Rücken.

Hugo jr. und der namenlose Unterstaatssekretär sahen besorgt herüber.

«Geht's wieder?», fragte Clärenora.

Kappe nickte und widmete sich aus lauter Verlegenheit wieder dem Hummer. Was hätte er jetzt für ein Bier gegeben! Bier machte ihn immer so ruhig und souverän. Auch wenn Klara das Gegenteil behauptete. Aber hier gab es nur Schampus und Moselwein, der so süß war wie Klaras Fassbrause.

«Nora ist die Schwester meiner Mutter», sagte Clärenora, «unser Sorgenkind. Papa sagte immer, sie ist eine Zicke. Aber ich glaube, heimlich hat er sie fast so sehr geliebt wie meine Mutter. Jedenfalls hat er das Palais gekauft und herrichten lassen. Vor zwei Jahren.»

Großzügig, der alte Stinnes, seiner Schwägerin ein solches Geschenk zu machen. Da hing der Haussegen im Hause Stinnes sicher eine ganze Weile schief.

«Was kaum jemand weiß, der schwere Autounfall, den mein Vater letztes Jahr in Wiesbaden hatte, war schlimmer, als die Presse vermeldet hat.»

Ach was? Kappe wusste gar nichts von einem Autounfall. Was aber wohl damit zusammenhing, dass ein Autounfall in Wiesbaden, auch wenn der Großindustrielle Hugo Stinnes in ihn verwickelt war, in Berlin kaum jemanden beschäftigte.

«Er war schwer verletzt und musste sich mehrere Wochen lang auskurieren. Ich habe mir oft überlegt, ob damals seine unerklärlichen Stimmungsschwankungen begonnen hatten.» Clärenora dachte eine Weile darüber nach, und Kappe schwieg dazu, da er meinte, Pietät zeigen zu müssen. Doch dann hob sie den Kopf und sagte: «Sie werden es nicht glauben, aber Nora Dunlop war im Wagen, als das passierte. Mit ihrem kleinen Kind.»

Kappe horchte auf. «Und das durfte niemand erfahren?»

«Mein Vater wollte es nicht. Die Schmierfinken von den Schmutzblättern hätten sich wer weiß was dazu ausgedacht.»

«Und?», fragte Kappe.

«Was und?»

Kappe war jetzt in Fahrt. Das Diner, die feinen Herrschaften, der Hummer, der süße Wein – das alles interessierte ihn nicht mehr. «Gab es was zu vertuschen?»

Clärenora kaute erst einmal zu Ende. «Natürlich nicht. Mein Vater führte eine sehr gute Ehe. Und er war ein Familienmensch. Die Schwester seiner Frau gehörte dazu, auch wenn sie einen Dunlop geheiratet hatte. Den mochten weder mein Vater noch meine Mutter.»

«Und trotzdem hat Ihr Vater dieses Haus für Nora Dunlop erworben?»

«Nora war eben seine Schwägerin. Aber glauben Sie bloß nicht, ein Stinnes tut so etwas nur aus Familiensinn. Das Palais sollte dem Vater für Zwecke der gesellschaftlichen Kontaktaufnahme dienen.»

«Der was?»

«Hier sollte eine Art Salon für Leute entstehen, mit denen mein Vater in Kontakt treten wollte.»

«Aha.» Kappe konnte sich darunter nichts vorstellen. Er schaute sich in dem prächtigen Saal um. «Hier?»

Clärenora hob die Schultern. «Meine Tante wollte unbedingt dieses Palais haben. Obwohl es für die Zwecke meines Vaters zu groß und zu prächtig war. Hinzu kam, dass es hier draußen ungünstig gelegen ist. Wer kommt schon in den Grunewald, wenn er zu einem Salon will?»

Da hatte sie recht. Die Schwägerin schien dem alten Stinnes ziemlich auf der Nase herumgetanzt zu sein.

«Aber immerhin, mein Vater war gerne hier, auch wenn er nie einen Salon führte. Eigentlich passte das auch gar nicht zu ihm. Ich glaube, das war eher eine Schnapsidee meiner Mutter.»

Genau, die Witwe! Ihretwegen war Kappe schließlich gekommen. Wo war die alte Dame eigentlich? Bisher war sie beim Essen nicht erschienen.

«Mein Vater war hier aufgebahrt. Genau hier, wo wir jetzt sitzen.»

Kappe hörte auf zu kauen. Er schaute sich um. War das ein schlechter Witz?

Clärenora sprach gedankenversunken weiter: «Am Morgen nach seinem Tod – es war der Freitag – wurde die Leiche vom Westend-Krankenhaus hierher überführt. Hier blieb sie bis zum Montag, dann war die Verbrennung des Leichnams im Krematorium Wilmersdorf vorgesehen. Meine Mutter hatte veranlasst, dass es nur eine schlichte Trauerfeier hier im Palais Dunlop geben sollte. Mein Vater lag in einem schwarzen Holzsarg. Der Sarg hatte einen Glasdeckel, so dass jedermann meinen Vater sehen konnte, und er war in die Schiffsflaggen und die Embleme der Stinnes-Reedereien gehüllt. Doch dann erschienen Chor und Orchester der Mülheimer Knappschaft, und es wurde doch noch eine riesige Veranstaltung. Sogar die Stadtväter unserer Heimatstadt waren zugegen. Ebenso der gesamte Reichsverband der deutschen Industrie. Meine Mutter sagt, es kamen allein dreihundert Bergleute hierher, um meinem Vater die letzte Ehre zu erweisen.»

«Wo ist eigentlich Ihre Mutter?», fragte Kappe.

Clärenora schaute ihn an, als wäre sie gerade aus einem tiefen Schlaf erwacht. «Meine Mutter?»

«Eigentlich sollte ich doch heute Abend mit ihr sprechen, oder?»

Clärenora tat einen tiefen Seufzer, als wäre es ihr unerträglich, dass sich die Welt mittlerweile für anderes interessierte als für den Tod ihres Vaters. «Natürlich. Ich führe Sie gleich zu ihr. Sie ist noch nicht in der Lage, an einem solchen Essen teilzunehmen. Mein Bruder hat das alles arrangiert.» Sie blickte nachdenklich zu Hugo jr. hinüber, der sich wieder in eine ernste Unterhaltung mit dem Unterstaatssekretär vertieft hatte. «Bewundernswert, wie er in die schwere Rolle hineinwächst», sagte sie schließlich.

Hatte sie ihn, Kappe, deshalb zum Diner bestellt? Damit sie das Hohelied auf ihren Bruder Hugo singen konnte? Kappe verlor langsam die Geduld mit dieser Familie.

Der Hauptgang war bereits aufgetragen. Kappe schmeckte das Perlhuhn nicht. Es war bitter. Aber er sagte nichts. Wahrscheinlich war Perlhuhn immer bitter. Da war ihm ein einfaches Brathähnchen lieber. Das Dessert wartete er gar nicht erst ab. Er stand auf.

«Müssen Sie zur Toilette?» Clärenora klang alarmiert.

«Nein, ich würde jetzt gerne Ihre Mutter sehen.»

«Aber das Himbeereis mit Eischaum ...»

«Ich esse nie Eischaum!» Kappe wusste gar nicht, was Eischaum war.

Zum ersten Mal schien Clärenora verärgert. Sie knüllte ihre Serviette zusammen und warf sie auf den Teller. «Dann los!»

Cläre Stinnes trug ein einfaches schwarzes Hauskleid und saß am Fenster eines spärlich mit kargen, alten Möbeln eingerichteten Zimmers im ersten Stock des Palais Dunlop. Die Witwe schaute hinaus auf den Grunewald.

Es schien Kappe, als warte sie auf jemanden. Vielleicht auf den Toten?

«Mutter, ich hatte dir ja schon angekündigt, dass der Herr von der Polizei dich sprechen muss.» Clärenora war von hinten an die Mutter herangetreten und legte ihr eine Hand auf die Schulter.

Cläre Stinnes schob die Hand der Tochter weg und erhob sich.

Kappe bemerkte, dass sie ein zerknülltes Taschentuch in der Faust verbarg. «Vielleicht erinnern Sie sich an mich», begann er mit der Andeutung einer Verbeugung.

«Schon gut», sagte die Alte und machte eine abfällige Handbewegung. «Kommen wir zur Sache!»

Das war Kappe sehr recht. «Es ist leider zu einem bedauerlichen Todesfall gekommen. Der Prof. Bier, der ...»

Cläre Stinnes nickte heftig. «Ja, man hat mich bereits darüber ins Bild gesetzt.» Sie schüttelte den Kopf. «Von einem Automobil überrollt – das wünscht man doch seinem ärgsten Feind nicht.»

Kappe wunderte sich. Ihr Bedauern war nicht gespielt. «Sie werden verstehen, dass wir den Fall untersuchen müssen. Auch im Hinblick auf Prof. Biers Tätigkeit für Ihren verstorbenen Gatten.»

Cläre Stinnes schaute ihn lange stumm an. Dann sagte sie leise: «Ja, das verstehe ich. Sie halten mich für die Mörderin von diesem Bier.»

Bevor Kappe widersprechen konnte, griff die Tochter ein. «Aber, Mama! Herr Kappe tut doch nur seine Arbeit. Ein Kriminalist muss alle Eventualitäten ...»

«Behandele mich bitte nicht wie ein seniles Großmütterchen, Kind!»

Clärenora schrak unmerklich zurück.

«Ich weiß sehr wohl, was die Pflichten des Herrn Kappe sind. Setzen Sie sich!», sagte die Witwe.

Das war auf Kappe gemünzt. Obwohl er sich geschworen hatte, der Alten gegenüber unnachgiebig aufzutreten, gehorchte er, ohne zu zögern.

Cläre Stinnes begann, im Raum herumzuwandern. Sie beachtete weder Kappe noch ihre Tochter. Sie referierte einen Text, den sie vorbereitet zu haben schien. «Folgendes sollten Sie wissen. Es ist gesünder, wenn Sie es durch mich erfahren als durch andere: Also mein Gatte hat in seinen letzten Lebenswochen die beiden Ärzte Bier und Pribram gegeneinander ausgespielt.» Sie blieb stehen und sann nach. «Das war seine Art, mit dem Unausweichlichen umzugehen. Hugo dachte, er kann den Tod überlisten.»

Das verstand Kappe nicht. «Überlisten?»

«Mein Mann war es gewohnt zu kämpfen. Gegen alle. So hat er selbstverständlich auch den Kampf mit dem Tod aufgenommen. Mit seinen Mitteln. Das waren nicht die Mittel eines Theologen oder Metaphysikers. Es waren die Mittel eines Industriellen und Geschäftsmannes. Er hatte dem Arzt, der ihn retten würde, eine Chefstelle in der Charité versprochen. Nun, die Herren Bier und Pribram kamen aus unterschiedlichen politischen Lagern. Sie waren sich nicht grün, um es deutlich zu sagen. So sind sie immer wieder im Streit aneinandergeraten. Es war ein richtiger Kampf zwischen dem Professor und dem Assistenten. Sie kämpften darum, meinen Mann dem Tod zu entreißen. Es ging ihnen aber nicht um Hugo, es ging ihnen um die Chefstelle in der Charité.»

«Pribram heißt der Assistent?», fragte Kappe. Der Name war schon mehrmals gefallen.

Sie nickte.

Er zog seinen Kalender aus der Jackentasche und machte mit dem kleinen Bleistift, der daran hing, eine Notiz: *Pribram. Assistenzarzt von Prof. Bier.*

«Mehr habe ich Ihnen nicht zu sagen», erklärte Cläre Stinnes.

Kappe steckte seinen Kalender weg. «Aber ich muss doch noch ...»

Cläre war schon an der Tür. «... wissen, wo ich zur Tatzeit war? Ich habe dieses Haus seit Tagen nicht verlassen. Fragen Sie die Dienerschaft, wenn Sie mir nicht glauben!» Dann war sie weg.

Clärenora lächelte entschuldigend. «Tut mir leid. Ich hatte sie gebeten, etwas konzilianter zu sein.»

«Schon gut», sagte Kappe missmutig. «Ich kann mir Ihre Frau Mama sowieso nicht am Steuer eines Rennwagens vorstellen.»

Nun lachten sie beide.

Ihr Einverständnis war wiederhergestellt.

«Kommen Sie mit!», sagte Clärenora und machte eine einladende Kopfbewegung.

«Zum Eischaum?», fragte Kappe.

«Keine Angst! Wir wollen reden.»

Der Wintergarten des Palais Dunlop lag auf der anderen Seite des Hauses. Er konnte durchaus mit einem kleinen Gewächshaus des Botanischen Gartens konkurrieren.

Clärenora reichte Kappe ein Glas Champagner, das sie sich von einem Kellner hatte geben lassen, und hängte sich bei ihm ein. «Erzählen Sie!» Sie begann, mit Kappe zu promenieren.

«Und was?», fragte er, nachdem er einen Schluck genommen hatte.

«Von Ihrer Arbeit.»

«Im Fall Ihres Vaters?»

«Halten Sie mich nicht für so berechnend! Überhaupt, was tun Sie so den ganzen Tag?»

Kappe zierte sich noch. Er war es nicht gewohnt, über seine Arbeit zu reden. «Ich tue das, was meine Kollegen auch tun.»

Sie wanderten eine Weile unter den Palmen umher und entlang der Rhododendronsträucher. Irgendwo zirpte ein Vogel.

Clärenora hielt seinen Arm fest. «Nun erzählen Se schon! Warum sind Sie Polizist geworden?»

«Warum? Weil ich finde, dass das ein ehrenwerter Beruf ist.»

«Das ist der des Metzgers und des Pfarrers auch, oder?»

Kappe brummte etwas. Ihre Frage machte ihm zu schaffen, aber es war gleichzeitig auch angenehm, so viel Aufmerksamkeit zu bekommen. Selbst Klara fragte ihn nie danach, was er tat und warum er es tat. «Nun, ich glaube, ich habe diesen Beruf gewählt, weil ich etwas dafür tun will, dass die Menschen friedlicher miteinander leben können.»

Clärenora blieb stehen und schaute ihn erstaunt an. «Bei Gott, das ist ehrenwert! Empfinden Sie so etwas wie Genugtuung, wenn Sie einen Mörder einbuchten?»

«Genugtuung? So würde ich es nicht nennen. Ein Mörder gehört ins Zuchthaus. Einfach damit er nicht weitermordet. Und damit er seine Strafe bezahlt. Jemand, der einem anderen Menschen das Leben nimmt, hat schwere Schuld auf sich geladen. Wir sind verpflichtet, dafür zu sorgen, dass Gerechtigkeit geübt wird. Das hat mit Genugtuung nichts zu tun. Das ist ein Auftrag, den man erfüllen muss, wenn man sich nicht aufgeben will.»

Clärenora drängte Kappe weiter. «Und wie sieht das im Fall des Prof. Bier aus?»

Also doch, dachte Kappe. Er sträubte sich weiterzugehen. «Was soll da anders sein?»

Clärenora duldete keinen Aufenthalt. Mit sanftem Nachdruck zog sie Kappe zu einem Springbrunnen mit winzigen Putten aus Marmor hinüber. «Wissen Sie, wonach es hier riecht?»

Kappe schnupperte schon die ganze Zeit. «Waldmeister?»

Clärenora nickte eifrig. «Im April! Ist das nicht eine tolle Leistung der Gärtner?»

«Zweifellos», antwortete Kappe und überlegte, was für einen Vorteil es hatte, seinen Gärtner dafür sorgen zu lassen, dass es im April schon nach Waldmeister roch.

Clärenora drückte Kappes Arm gegen ihre feste Brust.

Kappe stockte für einen Moment der Atem. War es möglich, dass diese Dame kein Korsett trug? Wenn das Klara wüsste!

«Ich meine: im Hinblick auf Ihre Gerechtigkeit. Wenn dieser Prof. August Bier nun nicht ganz unschuldig am Tode meines armen Vaters wäre ...»

Kappe ahnte schon, worauf das hinauslief. «Ja?»

«... und der Mensch, der ihn überfahren hat, ihn für seine Tat hat büßen lassen ... Was geschähe dann mit diesem Menschen im Hinblick auf die Gerechtigkeit?»

«Dasselbe wie mit jedem anderen auch, der gemordet hat. Niemand hat das Recht, einen anderen umzubringen. Egal, ob der andere ein Mörder ist oder nicht. Niemand außer ...»

«Gott.»

«Niemand außer Gott und dem Staat.»

Clärenora blieb stehen und schaute Kappe tief in die Augen. «Ja, Kappe, Sie haben recht. Finden Sie den Mörder dieses Bier, und bringen Sie ihn ins Gefängnis! Aber tun Sie das auch mit dem Mörder meines Vaters – wenn er ermordet wurde!»

Im Speisesaal war das Geschirr bereits abgeräumt. Die Herren saßen rauchend zusammen, die Frauen stießen mit nussbraunem Likör an.

Kappe trank noch zwei Gläser Schampus und schaute sich etwas entspannter um. Er war nun besser gelaunt. Das Gespräch mit Clärenora hatte ihn munter gemacht. Was für eine Frau! Sie schenkte jedem ein Lächeln, sprach mit denen, die es ihr wert waren, ein paar Worte. Aber zu niemandem war sie so freundlich, so offen, so herzlich wie zu Kappe.

«Ich bringe Sie nach Hause», flüsterte sie ihm im Vorbeigehen zu.

Kappe wurde rot.

Sie holte ihren Mantel.

Die ersten Gäste gingen bereits.

So war es nicht weiter ungewöhnlich, als auch Kappe sich zur Garderobe begab. Dennoch hatte er das Gefühl, etwas Verbotenes zu tun. Weil er verheiratet war? Weil Klara zu Hause über der Blutwurst heiße Tränen vergoss? Oder weil er die feste Brust von Clärenora Stinnes ertastet hatte? Kappe war es egal. Er befand sich in einer sehr eigenartigen Verfassung. Durch den Schampus. Durch die ungewöhnlichen Eindrücke des Abends. Vor allem aber durch Clärenora.

Als er im Mantel zur Tür kam, war Clärenora verschwunden.

Kappe wollte nicht im Strom der sich verabschiedenden Gäste herumstehen und ging deshalb nach draußen.

Es war kalt geworden, und es schneite schon wieder – im April. Kappe hatte das noch nicht oft erlebt.

Die Douglasstraße war mit einem feinen Puder überzogen,

der nun an den Kanaldeckeln sofort wieder wegtaute und kreisförmige schwarze Inseln bildete.

Kappe dachte über das Gespräch mit der Witwe nach. So kurz und einseitig es auch gewesen war, er hatte das Gefühl, dass die alte Dame ihm nichts vormachte. Sie hatte sicher nichts mit dem Mordanschlag auf Prof. Bier zu tun. Und der Hinweis, den sie ihm gegeben hatte, war kein Ablenkungsmanöver. Wenn es am Sterbebett des alten Stinnes wirklich solche harschen Auseinandersetzungen zwischen Bier und seinem Assistenzarzt gegeben hatte, konnte das ein Motiv für die ungewöhnliche Tat sein. Kappe würde sich mit diesem Dr. Pribram beschäftigen müssen.

Er trottete über die Auffahrt, auf der die Karossen der Gäste schon Schlange standen, zur Douglasstraße hinunter. Ein eigenartiger Gedanke ging ihm durch den Kopf: Könnte es sein, dass er den Hinweis der alten Frau Stinnes auf jenen Dr. Pribram ernster nahm, als er wirklich gemeint war? Vielleicht weil ihm dadurch die Möglichkeit gegeben wurde, die Witwe und ihre Tochter zu entlasten. Vor allem wohl ihre Tochter, denn die mürrische Alte war ihm gleichgültig. Clärenora aber war ihm alles andere als gleichgültig. Noch nie hatte eine Frau ihn in kurzer Zeit so für sich eingenommen. Selbst bei Klara hatte es Wochen und Monate gedauert, bis er sich seiner sicher gewesen war. Clärenora aber hatte sein hartes Herz im Sturm genommen. Ihm wurde ganz schwindelig, wenn er nur an das warme, ermunternde Lächeln dachte, das sie ihm den ganzen Abend über geschenkt hatte. Und erst recht, wenn er sich an die Verwirrung erinnerte, die die Berührung ihres Busens in ihm ausgelöst hatte.

Kappe blieb wie von einem Schuss getroffen stehen. Eigentlich, dachte er plötzlich mit großer Klarheit, müsste er den Fall abgeben. So befangen, wie er durch seine Gefühle für Clärenora war.

Weiter kam Kappe nicht. Ein tiefes, kraftvolles Brummen näherte sich schnell. Kappe fuhr erschrocken herum. Der Kies knirschte schon bedrohlich, bevor Kappe etwas sah.

Dann schoss der Rennwagen um die Ecke des Palais. Steinchen wurden nach allen Seiten hochgeschleudert. Die Gäste, die gerade die Auffahrt betreten hatten, flüchteten sich ins Palais zurück.

Der silbergraue Wagen, der wie eine Zigarre auf kleinen Rädern aussah, ging quietschend in die Bremsen. Die Räder drehten in dem weichen Kies durch.

Kappe sprang zur Seite. Doch die silberfarbene Stoßstange berührte ihn nicht einmal. Obwohl der Kies das Fahren sicher erschwerte, kam der Wagen genau dort zum Stehen, wo Kappe eben noch seinen Gang gestoppt hatte.

Clärenora trug eine Lederkappe. Sie sah aus wie ein junger Mann. Ein sehr schöner junger Mann. Die Brille mit den ovalen Gläsern hatte sie auf die Stirn geschoben. Sie lachte auf. «Steigen Sie ein!»

Kappe ging vorsichtig um den Rennwagen herum. Er spürte die Wärme des starken Motors und hörte das leise erwartungsvolle Klappern der Ventile. Da sollte er einsteigen? Neben Clärenora war gerade mal Platz für ein Kind. Womöglich machte er sich vor den Gästen des Palais zum Narren, wenn er beim Einsteigen stecken blieb und man ihm aus dem Rennwagen wieder heraushelfen musste. Oder noch schlimmer: Es gelang ihm einzusteigen, sie fuhren quer durch die Stadt nach Kreuzberg, aber dort kam Kappe ohne fremde Hilfe nicht mehr aus dem Ungetüm heraus. Er konnte sich die Gaudi gut vorstellen, wenn der auffällige Wagen an einer Kreuzung hielt, an der sich viele Arbeitslose herumtrieben. Um diese Zeit waren käufliche Damen unterwegs, die immer dankbar für eine Abwechslung waren. Kappe würde sich nie wieder in seinem Kiez sehen lassen können.

Clärenora beugte sich hinüber und stieß die Tür auf.

Kappe hatte gar nicht bemerkt, dass die glatte stromlinienförmige Karosserie eine Tür hatte.

«Nun machen Se schon! Oder haben Se etwa Schiss? Sie doch nicht!» Clärenora ließ die Zylinder des Rennwagens aufheulen.

Kappe stieg ein. Es war trotz der geöffneten Tür nicht einfach. Irgendwie waren diese modernen Rennwagen nicht für Leute seiner Statur gebaut. Er wusste nicht, wo er die Beine hintun sollte.

Clärenora beugte sich über ihn und zog die Tür zu. Dann gab sie ihm auch eine Rennfahrerkappe.

Er hatte sie gerade aufgesetzt und probierte die Brille noch aus, da machte der Wagen schon einen fürchterlichen Ruck.

Kappe stieß sich am Chassis ab. Sein Kopf schlug nach hinten. Er musste sich gegen Tür und Sitz stemmen, um nicht hinausgeschleudert zu werden.

«Festhalten, Kappe!» Clärenora schoss aus der Auffahrt. Hinter ihnen flogen Steine gegen die Karossen der Wartenden.

Kappe kannte die Straßenverkehrsordnung. Er wusste, dass man bei der Ausfahrt aus einem Grundstück zu warten und auf den fließenden Verkehr zu achten hatte.

Clärenora Stinnes tat nichts dergleichen. Oder besser gesagt, sie deutete diese staatsbürgerlichen Pflichten nur durch eine knappe Neigung des Kopfes und eine unmerkliche Berührung des Bremspedals an.

Dann waren sie auch schon auf der anderen Straßenseite, wo Clärenora einem gemächlich dahintuckernden Zweisitzer die Vorfahrt nahm. Das berechtigte Hupen des älteren Fahrers – Kappe sah nur, dass der Herr einen Zylinder trug und seine kreidebleiche Gattin neben sich sitzen hatte – hörten sie nur noch aus der Ferne, denn Clärenora hatte bereits Vollgas gegeben und war im Nu über die Douglasstraße bis zur Koenigsallee vorgeschossen.

Auch vor dieser ehrwürdigen Prachtstraße zeigte die Rennfahrerin wenig Respekt. Sie bog mit quietschenden Reifen so scharf nach links ab, dass Kappe sich am Lenkrad festhalten wollte, um nicht seitlich aus dem Wagen zu kippen.

«Nicht während der Fahrt ins Lenkrad greifen!», brüllte Clärenora.

Der Motorenlärm war ohrenbetäubend.

Kappe rutschte fast von seinem schmalen Sitz. Nirgendwo fanden seine Hände Halt. So klammerte er sich an den Rändern der Windschutzscheibe fest.

Aber das war gar nicht mehr nötig. Denn die Beschleunigung,

die der Wagen nun entwickelte, drückte den Fahrgast tief in die Polster.

Kappe schnappte nach Luft. Sein Blick fiel auf den runden Tachometer. Die Nadel bewegte sich zitternd auf den Endpunkt zu. An der schmalen Stelle zwischen Koenigssee und Herthasee fuhren sie bereits neunzig Stundenkilometer. Kappe war sich sicher, dass diese Geschwindigkeit weit über dem lag, was in der Stadt erlaubt war.

Clärenora fand es überflüssig, sich an den amtlichen Verlauf der Koenigsallee zu halten. Sie fuhr lieber geradeaus durch die Wallotstraße, legte sich an deren Ende so hart in eine Rechtskurve, dass Kappes Körper sie am Chauffieren hinderte. Als sie wieder in die Koenigsallee einbogen – die Reifen machten dabei einen Radau wie eine ganze Dampfmaschinenstraße in der AEG –, saßen beide wieder ordentlich auf ihren Plätzen, und Kappe versuchte, ruhig zu atmen.

Über den Henriettenplatz schossen sie mit über neunzig Sachen. Kappe konnte nur hoffen, dass kein Wachmann sie sah und ihn gar als Beifahrer erkannte. Zum Glück trug er diese schreckliche Rennfahrerbrille.

Auf dem Kurfürstendamm erlaubte sich ein vollbesetzter Omnibus, sich vor sie zu setzen und damit Clärenora dazu zu zwingen, ihre Geschwindigkeit auf sechzig Stundenkilometer zu drosseln.

Sie quittierte diese Unverschämtheit mit einem sehr aufgebrachten Dauerhupen.

Der Busfahrer bekam einen solchen Schreck, dass er sein Fahrzeug an den Bordstein lenkte und ausstieg, um nachzuschauen, was eigentlich passiert war.

Aber da waren Clärenora und Kappe schon fast an der Kaiser-Wilhelm-Gedächtnis-Kirche.

Als der Wagen hier noch einmal so stark beschleunigte, dass der Schampus in Kappes Magen Wellen zu schlagen begann, schloss er die Augen und versuchte, an etwas anderes zu denken. Doch es fielen ihm nur Klara und ihre Blutwurst ein, und das machte alles nur noch schlimmer.

«Wo soll ich Sie rauslassen?», brüllte Clärenora.

«Irgendwo. Am besten hier.»

Clärenora ging sofort in die Bremsen.

Kappes Stirn knallte gegen die Windschutzscheibe.

Doch dann stand der Wagen plötzlich, als würde er schon seit Tagen hier parken.

Kappe öffnete vorsichtig die Augen. Eine Straßenlampe blendete ihn. Es war dunkel geworden. Dann sah er bekannte Transparente und den Laden, in dem Klara Milch und Käse kaufte. O Wunder, er war zu Hause! In Kreuzberg. Berlin. Deutsches Reich. Zurück im Universum. Er zog die Rennfahrerkappe aus, die an seinem Kopf festgewachsen zu sein schien.

«Hat's gefallen?», fragte Clärenora.

«Es war ... eine ungewöhnliche Erfahrung», sagte Kappe.

Clärenora strahlte. «Schön, dass Sie das so sehen! Die meisten, die ich mitnehme, empfinden es als Zumutung. Ich halte das Autofahren auch für eine ungewöhnliche Erfahrung.»

«Zumindest so, wie Sie es betreiben.»

Sie schauten sich an. Sie schwiegen beide.

«Sehen wir uns wieder?», fragte Clärenora. Die Ventile klapperten dazu wie die Affenkapelle in dem Musikautomaten bei Aschinger.

«Natürlich», sagte Kappe.

«Ich meine, sehe ich Sie auch mal als Mensch und nicht als Oberkommissar?»

Kappe hätte bis zu seinem Lebensende in ihre eisblauen Augen schauen können. «Gerne! Auch als Mensch.»

«Darauf freue ich mich», sagte Clärenora. Sie schloss die Augen und ließ sich langsam zu Kappe hinübersinken.

Wenn er nicht wollte, dass sie ebenfalls mit dem Kopf gegen die Windschutzscheibe schlug, musste er sie aufhalten. Also küsste er sie.

Sie ließ es sich gefallen.

Als er von ihr abließ, lächelte sie. Immer noch mit geschlossenen Augen.

Kappe stieg aus.

Clärenora hatte die Augen noch immer geschlossen.

Kappe ging zum Bürgersteig.

Clärenora hatte die Augen wieder geöffnet, und sie lächelte.

Was für ein Lächeln, dachte Kappe. Dafür könnte ein Mann glatt alles geben. Dann sah er es: Eine Handteller große Beule am rechten vorderen Kotflügel. Kappe dachte an August Bier, und ihm wurde übel.

Clärenora gab Gas und schoss winkend davon.

Was tue ich da, dachte Kappe noch und ging wie von einem schweren Schlag getroffen rückwärts. Er war Polizist! Er war Ehemann! Er war Familienvater! Nein, so ging das nicht weiter! Die Beule in dem Rennwagen hatte es ihm gezeigt. Er musste Ordnung in sein Leben bringen. Kappe drehte sich um und ging nach Hause. Das heißt, er wollte nach Hause gehen.

Da trat eine Frauengestalt aus dem Schatten der Mietskaserne heraus. Sie trat direkt in den gelblich grauen Schein der Laterne und stellte sich Kappe in den Weg. «Es ist aus!», sagte Klara.

DREIZEHN

DIE NACHT verbrachte Kappe allein in seinem Ehebett. Es war entsetzlich kalt. Klara war mit den Kindern wohl bei ihrer Tante untergekrochen. Hoffte Kappe zumindest. Seit sie sich im Schein der Straßenlampe begegnet waren, fühlte er sich wie betäubt. Am meisten beunruhigte ihn jedoch, dass er keine Gefühle an sich bemerkte. Weder konnte er sich an die Erregung erinnern, die ihn im Beisein von Clärenora gepackt hatte, noch vermochte er sich so zu erschrecken, wie sich das angesichts einer völlig aufgelösten Klara gehörte. Hermann Kappe war stumpfsinnig geworden. Ihm war kalt – allein in seinem Ehebett. Gut, das war aber eher eine physikalische Reaktion als ein menschliches Gefühl. Er nahm an, dass das alles über seine Kräfte ging und sein Hirn bestimmte Bereiche abgeschaltet hatte. Oberkommissar Kappe lief nur noch auf Notbetrieb. Auch gut, dachte er. Er fand sich schrecklich hartherzig, und ihm graute ein wenig vor sich selbst. Aber dann schlief er völlig ermattet ein.

Mitten in der Nacht schreckte er schweißgebadet im Schlaf hoch. Er zerbrach sich den Kopf darüber, was er geträumt haben könnte, aber es fiel ihm nicht ein. Vielleicht war ihm der Schweiß auch nur vor Erschöpfung ausgebrochen. Zum Glück schlief er wenig später wieder ein und wurde erst wach, als der schwere Wecker auf seinem Nachttisch rappelte.

Als er im Nachthemd in die Küche trat und den Herd kalt vorfand, fiel ihm ein, dass Klara nicht mehr da war. Er verrichtete mürrisch seine Morgentoilette und ertappte sich dabei, wie er sich fragte, wo er am Abend ein warmes Essen herbekommen sollte.

War er wirklich solch ein Stück Holz? Hermann Kappe erkannte sich nicht wieder.

Er kam verspätet ins Bureau, weil er mühselig seine Sachen hatte zusammensuchen müssen. Sonst legte Klara sie ihm zurecht.

Galgenberg war aufdringlich gut gelaunt. Er hatte die Zeugenaussagen vom Vortag zu Ende protokolliert und legte Kappe eine Kopie auf den Schreibtisch. «Unter den Linden ist man ein und derselben Meinung, Kollejen. Alle Passanten haben detselbe jesehn. Saren se jedenfalls: Der olle Bier ist mit dem rechten vorderen Kotflügel erfasst worden. Und die Beschreibung des Wagens ist auch gleichlautend, wat 'n Wunder is, wenn man die Fabulierfreudigkeit unserer Berliner kennt. Die ham wirklich alle denselben Rennwagen jesehen, und fille jibt es davon nich in Berlin, wa?»

Kappe überflog das seitenlange Protokoll. Es war sehr sorgfältig geführt worden. Kappe fand sofort den Posten mit der Beschreibung des Rennwagens, der schuld am Tod von August Bier war. Es wurde ihm auf der Stelle übel. Die Zeugen beschrieben eindeutig den Wagen von Clärenora Stinnes.

Galgenberg bemerkte wohl, was in Kappe vorging. Er hielt sich eine Weile mit seinen Kommentaren zurück. Dann aber fragte er plötzlich so leise, als ginge es nur ihn und Kappe etwas an: «Soll ick mir den Wagen der Stinnes-Tochter jenauer anschauen und mit die Mechaniker quatschen, die det Ding repariert haben? Oder willst du det machen, Kappe?»

Kappe war erleichtert, dass das nicht an ihm hängenblieb. «Nein, das geht schon in Ordnung so. Geh du doch zur Familie Stinnes, und kümmere dich um diesen Rennwagen! Ich kümmere mich derweil um die zweite Spur.»

«Es gibt eine zweite Spur?» Dr. Brettschieß stand in der offenen Tür zu seinem Bureau. «Das ist aber eine Neuigkeit, Kappe. Wo kommt denn plötzlich diese zweite Spur her? Haben Sie die etwa aus dem Hut gezaubert?»

Das hatte Kappe gerade noch gefehlt: Dr. Arnulf Brettschieß und seine spitzfindige Art, mit Problemen umzugehen, die er nicht durchschaute. Am liebsten wäre Kappe an die Decke gegangen. Aber er schaffte es wirklich, sich zu beherrschen. «Nein, Herr Doktor, diese zweite Spur ist nicht aus dem Hut gezaubert.»

«So, so, und wo kommt sie bitte schön so plötzlich her?»

«Von einer Zeugin.»

Brettschieß tat sehr erstaunt. «Von einer Zeugin? Kennen wir diese Zeugin, Oberkommissar Kappe? Oder handelt es sich dabei um eine Person, die nur Sie selbst zu kennen belieben? Um Ihre Gattin vielleicht?» Brettschieß platzte fast vor Behagen, Kappe so vorführen zu können.

«Nein, meine Gattin hat nichts damit zu tun. Der Hinweis zu dieser zweiten Spur, Herr Doktor, kam von Frau Cläre Stinnes, die Sie ja zu kennen belieben, oder?»

Brettschieß bewegte tonlos seine schweren Lippen. Er schaute Kappe an, als hätte der ihm eine Offenbarung gemacht, die sein weiteres Leben verändern würde. «Dann gehen Se der Sache mal auf den Grund!», schnaubte er schließlich und schlug die Tür hinter sich zu.

Das Gelände der Charité war so weitläufig, dass Kappe sich prompt verlief. Dabei sollte sich die Chirurgie, wo Dr. Pribram jetzt beschäftigt war, im sogenannten Haupthaus befinden, wie ihm der Portier gesagt hatte. Aber Kappe stieg Treppe über Treppe, durchquerte Höfe, in denen noch Schneereste lagen, die schon ganz schwarz waren, und lief durch menschenleere Flure, hinter deren Türen er Schmerzensseufzer zu hören glaubte.

Irgendwann gab Kappe auf. Er setzte sich auf die Treppe und fragte sich, wie es den Menschen wohl erging, die mit schweren Erkrankungen hierher kamen und dringend Hilfe benötigten.

Ein dürrer junger Mann mit Ärmelschonern kam von der Toilette. Er nestelte an seinen Hosenträgern herum und schien Kappe gar nicht zu bemerken.

Kappe trat an ihn heran und fragte: «Wo geht's denn hier zur Chirurgie?»

Der Mann sah auf. «Chirurgie? Da sind Sie hier ganz falsch. Hier ist die Verwaltung. Wollen Se sich operieren lassen?»

War das ein Witz, oder meinte der Verwaltungsmann das ernst? «Ich suche einen Arzt. Einen Chirurgen. Ich möchte ihn befragen.» Kappe suchte in der Hosentasche nach seiner Polizeimarke und hielt sie dem Jungen unter die Nase.

«Sie sind also wirklich ein Kriminaler?» Der Junge schien erschrocken zu sein.

«Ja, wirklich.»

Der Junge ging ein paar Schritte und drehte sich dann, mutiger geworden, um. «Soll ich Ihnen den Weg zeigen?»

Kappe folgte ihm.

Sie liefen ein Stück zurück.

Kappe hatte plötzlich den Geruch von Formalin in der Nase. Hieß das, dass sie sich der Chirurgie näherten?

«Wenn Sie mir sagen, zu wem Sie wollen, kann ich Sie direkt zum Dienstzimmer des Arztes führen», sagte der Junge.

Der Kerl war ein wenig zu neugierig, fand Kappe. Andererseits wollte er nicht noch länger in diesem Moloch suchen müssen. «Er heißt Dr. Pribram und ist erst seit kurzem hier. Ich glaube, er ist der neue Chef in der Chirurgie.»

Das Gesicht des Jungen hellte sich auf, seine Augen bekamen rote Ränder vor Begeisterung. «Ach, den suchen Se! Kein Wunder, der war mir von Anfang an suspekt.»

Kappe hatte sich schon oft gefragt, wie Menschen dazu kamen, ohne Not ihre Kollegen zu denunzieren. Das kam fast in jedem größeren Fall vor. Man musste nur warten und sich ruhig verhalten, schon kamen sie aus ihren Löchern, die sauberen Bürger, die etwas beobachtet hatten, denen etwas aufgefallen war. Meistens handelte es sich dabei um Belanglosigkeiten. Kappe hasste dieses landläufige und völlig unnötige Denunziantentum. Er fand Leute, die aus einem bloßen Reflex heraus andere anschwärzten, schmierig. Aber er war schon lange genug im Kriminaldienst, um zu wissen, dass ausgerechnet diese unangenehmen Zeitgenossen eine Ermittlung wirklich voranbringen konnten. Also war es besser, seinen Widerwillen zu unterdrücken und einfach stillzuhalten.

«Dieser Pribram arbeitet erst seit ein paar Wochen in der Charité. Ich muss schon sagen, wir haben uns vielleicht gewundert. Ein unbekannter Assistenzarzt aus einer kleinen Klitsche irgendwo in Charlottenburg oder Wilmersdorf kommt auf eine Chefarztstelle. Und die Hiesigen haben das Nachsehen. So etwas ist nicht üblich, sage ich Ihnen. Da muss was dahinterstecken. Und da steckt auch was dahinter.»

«Vielleicht ist dieser Pribram einfach ein guter Arzt», sagte Kappe naiv.

Der Junge winkte ab. «Glauben Se, wir haben hier nur Luschen? Die Charité ist das erste Krankenhaus des Landes. Und unsere Chirurgen sind die besten auf ihrem Gebiet. Nee, dahinter steckt eine dicke Spende. Wissen Se, wir sind hier nicht auf Blumen gebettet. So eine Klinik kostet mehr Geld, als Vater Staat zu geben bereit ist. Deshalb müssen Privatleute einspringen.»

«Und was glauben Sie, wer das im Falle des Dr. Pribram war?», wollte Kappe wissen.

Der Junge blies die Backen auf. «Ob ick Ihnen das so einfach auf die Nase binden darf?»

Komisch, wie dieser Wurm sich wand! Dabei sprühte der Neid aus seinen Augen wie ein Funkenregen. «Wenn nicht mir, wem sonst?»

Der Junge schaute ihn mit offenem Mund an.

«Es kostet mich nur einen Gang aufs Gericht, und ich mache hier eine Hausdurchsuchung. Wir befinden uns mitten in einem Mordfall.»

Kappe hätte nicht sagen können, zu welchem Gericht er hätte gehen wollen, aber es fragte ihn ja auch keiner danach.

Der Junge war auch so schon völlig geplättet. «Na, wenn das so ist. Ein Mordfall also.»

«Eben! Bei einem Mordfall gibt es kein Pardon. Auch nicht für Mitwisser und störrische Zeugen.»

Der Junge nickte ernst. «Also die Spende, auf der dieser famose Dr. Pribram hier ringeritten ist, kam von einer großen Firma. Einem Konzern, um genau zu sein. Von Hugo Stinnes.»

Kappe stöberte Pribram in einem Lagerraum auf, in dem Medikamente in Glasflaschen aufbewahrt wurden.

Der Arzt stand am Ende zweier Regalreihen und suchte angestrengt nach einer Substanz, indem er einzelne Glasflaschen herausnahm und umständlich in den Händen drehte.

Kappe hatte das Gefühl, dass Pribram nur so tat, als wäre er furchtbar beschäftigt. Möglicherweise hatte sich während Kappes Wanderung durch die Charité herumgesprochen, dass jemand von der Kriminalpolizei im Hause war und den neuen Chefarzt suchte. «Könnte ich Sie einen Moment sprechen, Herr Doktor?»

Pribram hielt in der Bewegung inne, schien zu überlegen, stellte dann aber die Glasflasche vorsichtig zurück. Dann erst wandte er sich dem Besucher zu. «Unbefugte haben hier keinen Zutritt! Bitte gehen Sie!»

Die Überraschung war gespielt, das sah Kappe. Der hat mit mir gerechnet, dachte er. «Wenn es Ihnen lieber ist, können wir uns auch auf dem Flur unterhalten, Herr Dr. Pribram.»

Der Arzt drehte sich um und lief weg. Aber er kam nicht weit, denn der Gang zwischen den Regalen endete an einer grauen Wand, eine Verbindung zu den anderen Gängen gab es nicht.

Kappe dachte nicht daran, Pribram nachzulaufen. Die Sache war ihm zu kindisch. Irgendwann musste der gute Pribram ja wieder aus dem langen Schlauch herauskommen, falls er es nicht vorzog, über die mannshohen Regale mit den Medikamentengläsern zu klettern.

Doch Pribram tat weiter so, als suche er wichtige Medikamente. Er rückte Flaschen, streckte sich nach oben und bückte sich, um an die unteren Gefächer zu gelangen. Dabei waren alle Flaschen etikettiert, und jedes Regal hatte eine Nummer, ebenso wie alle Gefächer. Derjenige, der hier etwas suchte, fand es auf Anhieb, wenn es vorhanden war und wenn er wirklich eine Arznei suchte und nicht nur so tat als ob. Womöglich glaubte der Mediziner, Kappe würde irgendwann die Geduld verlieren und wieder verschwinden. Spätestens dann, wenn sein Dienstschluss nahte. Benahm sich so ein Chefarzt der berühmtesten Klinik des Reiches?

«Nun kommen Se schon!», forderte Kappe ihn genervt auf. «Oder soll ich Sie vorladen lassen? Das dauert aber dann länger als eine Befragung hier vor Ort. Und wenn Se sich sperren, lasse ich Sie durch einen Gendarmen zuführen.»

«Sie wissen wohl nicht, wen Sie vor sich haben.» Das zarte Stimmchen war nur zu hören, weil es die vielen halbvollen Glasgefäße zum Klirren brachte. «Ich bin hier der Chefarzt!»

«Ach was! Und was meinen Sie, wer ich bin? Ein Bierkutscher von Schultheiss?»

Ein Seufzer war aus der Tiefe der Regalfluchten zu hören.

«Nun kommen Sie schon! Ich gehe hier sowieso nicht wieder raus, bevor ich nicht mit Ihnen gesprochen habe.»

Langsam kam die geduckte Gestalt aus dem Halbdunkel des Lagers hervor. «Das ist ein Missverständnis. Ich suche nach einer Arznei. Es ist nicht so, dass ich Ihnen ...»

Kappe winkte ab. Die Sache dauerte schon viel zu lange. «Is ja gut.» Er zeigte seine Marke vor.

Pribram wurde totenbleich.

Der Chefarzt war jünger, als Kappe gedacht hatte. Er hatte ein weichliches Babygesicht, der zarte rotblonde Haarflaum, der auf seinem kleinen ovalen Schädel wuchs, unterstrich diesen Eindruck noch. Pribram war ein zu früh gealtertes Kind, dem die Welt zu viel abverlangte.

«Ich bin hier, weil ich den Mord an Ihrem ehemaligen Kollegen Bier untersuchen muss. Sie haben gehört, dass der Professor überfahren wurde?»

Pribrams schmale Kiefer begannen zu mahlen. Er wirkte wie ein Schüler, der fürchtet, dem Lehrer eine falsche Antwort zu geben, und deshalb lieber nichts sagt.

«Was ist? Wissen Sie nicht, von wem ich spreche?», fragte Kappe energischer.

Pribram erschrak. «Doch, doch ... Bier ... August Bier. Der Professor. Mein ehemaliger Kollege. Ich weiß, dass er überfahren worden ist. Aber sagten Sie nicht ...»

«Ja, Mord! August Bier ist ermordet worden.» Kappe hatte keine Lust mehr, sich länger hinhalten zu lassen. Er drückte aufs Tempo. «Wie ich höre, war Ihr Verhältnis zueinander nicht das beste.»

Pribram blies die Backen so kräftig auf, dass es aussah, als platze sein kleiner Kopf gleich. «Wir waren Kollegen. Er war mein Chef, wenn Sie verstehen.»

Als ob es da viel zu verstehen gab. «Es gibt Leute, die sagen, Sie hätten ständig miteinander gestritten.»

«Diese Leute lügen!», stieß Pribram hervor.

Aha, dachte Kappe, der Chefarzt ist ein kleiner Giftzwerg. Er konnte sich nun sehr gut vorstellen, wie sehr er dem behäbigen und kantigen Prof. Bier auf die Nerven gegangen war. «Hören Sie, wir sind erwachsene Menschen. Wenn Sie mir etwas Falsches erzählen, kommt das ganz schnell raus. In einem Mordfall kann das fatal werden. Wir reden hier nicht über einen kleinen Diebstahl oder Betrug. Derjenige, der das getan hat, geht unter Umständen aufs Schafott.»

Pribram fiel in sich zusammen, als hätte Kappe ihm einen Boxhieb in den Magen versetzt. Er ließ den Kopf hängen und winkte immer wieder schwach ab, so, als sei er bereits überführt und auf dem Weg ins Gefängnis. «Ja, ich habe mich mit Bier gestritten. Es war schrecklich. Eigentlich war so nicht zu arbeiten.» Er atmete tief durch und schien über die unangenehme Sache weiterhin schweigen zu wollen.

«Das würde ich gerne etwas genauer wissen, Herr Doktor. Es ist ja an sich noch kein Delikt zu streiten.»

Das schien dem kraftlosen Pribram wieder etwas Mut zu machen. «Der Herr Professor ist ein entsetzlicher Nörgler gewesen.

Niemand konnte es ihm recht machen. Jeder andere wäre ebenso mit ihm aneinandergeraten wie ich.»

Dabei wollte Kappe es fürs Erste belassen. «Und wie war Ihr Verhältnis zu dem Patienten Hugo Stinnes?»

Pribrams Kopf schoss hoch. «Ein feiner Mensch! Mit dem Herrn Stinnes konnte man sich sehr gepflegt unterhalten. Also *ich* habe mich prächtig mit ihm verstanden.» Im Gegensatz zu Bier. Das wollte Pribram Kappe hiermit sagen. «Kein Wunder, schließlich lagen wir ja auch politisch auf einer Linie.»

Das konnte Kappe sich gut vorstellen. Aber auch hier wollte er nicht weiter in den verängstigten Dr. Pribram dringen, zumal er sich gut vorstellen konnte, wieso die Harmonie zwischen ihm und dem alten Stinnes so groß war.

«Ehrlich gesagt, zum Tod von Prof. Bier kann ich Ihnen nichts sagen.» Dann fiel Pribram etwas ein, und er fügte steif und feierlich hinzu: «Außer dass es mir leidtut. Ehrlich leid!»

Kappe nickte. Vielleicht stimmte das sogar. Er wurde nicht so recht schlau aus Pribram.

Der Arzt seufzte schon wieder unter der schweren Last, die auf seinen Schultern ruhte. «Der gute Bier hat immer mehr haben wollen, als ihm zustand. Das war, glaube ich, sein Fehler. Man kennt solche Leute ja.» Er nahm einen langen Anlauf, und als Kappe ihn nicht unterbrach, fügte er leise hinzu: «Bier hatte eben alles auf eine Karte gesetzt und zu viel riskiert. Nicht nur politisch, auch privat.»

In diesem Moment waren draußen Holzschuhe zu hören, die sich eilig näherten. «Herr Chefarzt, Herr Chefarzt!» Eine Krankenschwester mit weißer Haube und einem puterroten Gesicht schaute herein. «Ach, hier sind Sie. Es ist so weit. Ihr Patient ist fertig.» Sie biss sich auf die Unterlippe. «Wenn Sie nicht sofort mit Operieren anfangen, wird es ihm sicher nichts mehr nützen.»

VIERZEHN

«DER FALL IS JELÖST, würd ick mal saren», tönte Galgenberg. «Klappe zu, Affe tot!»

Kappe hatte noch nicht einmal seinen Mantel ausgezogen, da grinste Brettschieß schon von einem Ohr zum anderen. Er hatte die Daumen in die Außentasche seiner silbergrauen Weste eingehakt und wippte mit so viel Verve auf den Zehenspitzen, als wolle er jeden Moment vom Boden abheben. «Tja, bester Kappe, Kollege Galgenberg hat mal wieder bewiesen, wie effektiv doch die gute, alte Polizeiarbeit am Mann ist.»

Kappe hängte seinen Mantel umständlich an den Garderobenständer, der wieder einmal jeden Moment unter der Last umzukippen drohte.

Es war unübersehbar, dass die Sache für Kappe nicht gut auszugehen schien. «Polizeiarbeit am Mann?», fragte er und nahm an seinem Schreibtisch Platz.

Brettschieß blähte seine Nasenflügel auf. Kappes Gleichmut ging ihm auf die Nerven. «Dann bringen Se den Kollegen Kappe mal auf den aktuellen Stand der Dinge, Galgenberg!»

Galgenberg trat an Kappes Schreibtisch. «Weeßt ja, dass ick zu Stinnes bin, um mir die feine Sippe mal jenauer anzugucken. Ick also dahin und mir alles jenau anjekiekt. Nun, die Sache ist für mich schon nach 'nem Lidschlag klar wie Kloßbrühe. Dieser Rennwagen von der kleenen Lederbraut ... Wie heißt se noch gleich?»

«Clärenora Stinnes», half ihm Dr. Brettschieß auf die Sprünge und schaute Kappe dabei so missbilligend an, als sei er schuld daran, dass Galgenberg der Name nicht gleich einfiel.

«Is ja 'n richtig scharfer Feger! Mannomann! So 'n Geschoss möchte ick mal nackend in meiner Bettfalle ham.» Galgenberg bemerkte, dass er zu weit gegangen war, und räusperte sich umständlich. «Na ja, ich schau mir also den Rennwagen an. Ick würde sagen, klare Sache, die Beule ist nur notdürftig ausgebessert, und sie sitzt jenau an der Stelle, an der der Tatwagen den ollen Bier erfasst hat. Ick frare also die kleene Stinnes: ‹Wat ist dat denn?› Sie fracht zurück: ‹Wat denn?› Icke: ‹Na, sehen Se denn nich, dass da wat is an dem Kotflügel?› Sie: ‹Ich sehe nichts. Vielleicht haben Se wat an die Oogen.› Da ist mir der Jeduldsfaden gerissen. Ick kratze mit die Fingernägel an dem Lack, und drunter wird's rot. ‹Blut›, sage ick. Die Kleene kuckt wie 'ne Kuh beim Kalben. Ick jehe also in die Garage, da jibt es 'nen Mechanikus, der ist nur für diesen teuren Rennwagen zuständig. Totaler Anjeber, rennt den janzen lieben langen Tag in so 'nem einteiligen Anzug rum. Sieht eigentlich aus wie 'ne Schwuchtel uff der Weihnachtsfeier. Fühlt sich aber wie 'n Überseepilot. Ich frare also: ‹Wat is 'n mit dem Rennwagen?› Er: ‹Wat soll 'n sein?› Icke wieda: ‹Na ja, vorne an die Kotflügel is doch wat jebastelt worden, oda?› Er kann mir nich in die Oogen schauen und knödelt irjendwas. Icke: ‹Ham Se nu, oder ham Se nich?› Er frech: ‹Wat denn, Herr Jägermeister?› Da jeht mir 'n Licht auf: Den kenn ick doch! Von wejen Jägermeister. Solche Frechheiten merke ich mir 'n Leben lang. ‹Sie ham doch da wat ausjebessert›, sage icke. Er nun wieda: ‹Wie käme ick denn dazu?› Ick gehe zu der Abfalltonne, die steht in die Ecke von der Bude, lüfte den Deckel und ziehe auf Anhieb olle Lappen heraus, alle farbvaschmiert. Noch nich mal richtig trocken. Hat alles aneinanderjeklebt, der Dreck. Ick frage: ‹Und nu?› Der Kerl zuckt bloß mit die Achseln. Janz uff die freche Tour. So etwa!» Galgenberg machte es nach. Es sah wirklich ziemlich unverschämt aus. «Der Bursche steht in unserer Kartei. Mehrmals uffjefallen. Unzucht mit Minderjährigen. Meine Nase war mal wieder richtig: Hinterlader! Spezialisiert uff junget Jemüse. Knaben vom Bahnhof. Oder aus dem Asyl. Wurde schon zweimal in flagranti erwischt. Ick denke mal, Dr. Brettschieß, den ham wa in 'ner halben Stunde so klein geschnitzelt, dass der sogar jesteht, dass er den Rennwagen selbst jefahren und den Bier umjenietet hat.»

Emil Kubinke wusste nicht, was ihm blühte. Er ging wohl davon aus, dass es etwas Wirbel geben und er dann entlassen werden würde. Schließlich hatte er nichts getan. Nur seine Arbeit hatte er gemacht.

«Na, Emil, oller Eckensteher, sitzt mal wieder tief in der Scheiße, wa?» Galgenberg war guter Dinge. «Wie de siehst, sind wir hier janz aus dem Häuschen, dass wir dir zu Jast ham. Sogar Oberkommissar Kappe is deinetwegen extra erschienen. Keene Kosten und Mühen wurden jescheut.»

Kubinke war ein grauer kleiner Mensch mit viel zu großen Koteletten, kantigen Händen und einem kantigen Kinn.

Kappe fand ihn verschlagen, obwohl seine Augen etwas hatten, das ihn berührte: Es waren die neugierigen blaue Augen eines Jungen. Dafür quollen die Lippen überdimensional auf. Deine Lippen, dachte Kappe, verraten dich, sie zeigen, dass du ein Sklave der Lust bist. Und deine Nase ist viel zu groß. Wie die Nase eines Mannes, so auch sein Johannes.

Kappe mochte keine schwulstigen Lippen. Sie stülpten einem die Seele nach außen, fand er. Er fand auch, dass er selbst schwulstige Lippen hatte. Manchmal ertappte er sich dabei, wie er die Lippen zusammenkniff, nur um nicht wollüstig zu erscheinen.

Aber dafür konnte ja Emil Kubinke nichts. «Auf hohen Besuch kann ick jut vazichten», sagte Kubinke. Seine Stimme war schwach, aber klar. «Vor allem, wenn er mich von der Arbeit abhält. Wir wollen in zwei Tagen losfahren. Sie wissen ja, Weltrekord. Da muss jeder an seinem Platz sein. Also wenn ich dann jehen könnte, die Familie Stinnes hat mächtige Gönner. Möchte ick nur mal jesacht ham.»

«Wir ooch!», sagte Galgenberg und setzte sich, wie um zu zeigen, dass das dauern konnte.

Kubinke machte ein längliches Gesicht.

«Herr Kubinke, was ist mit dem Rennwagen von Fräulein Stinnes passiert?», fragte Kappe ruhig.

«Nischt.» Kubinke stützte die Ellbogen auf die Knie und klatschte die Hände zusammen. «Jewartet hab ick det jute Stück. Muss ja nun um die janze Welt rollen. Det ist nich von Pappe.»

«Sie ham doch ooch ausjebeult, oder?» Galgenberg strahlte, als ginge es hier um ein Ratespiel.

«Ausjebeult?»

«Ausgebeult!», wiederholte Kappe. «Den vorderen rechten Kotflügel.»

Kubinke kratzte sich den schnurgeraden Scheitel und rollte die Augen. «In diesem Jahr oder im letzten?»

Kappe hatte genug. Der Kerl war wirklich dreist. Kappe nickte Galgenberg zu.

Der wartete nur auf seinen Einsatz. Galgenberg sprang auf und begann, durch die karge Verhörzelle zu rennen. «Machen wa mal Näjel mit Köppen, Kubinke! Wir ham da 'n paar Fraren an Sie.»

«Ausbeulen is eijentlich jar nich meine Aufgabe. Det machen Karosseriebauer. Ick bin Mechaniker. Kümmer mir um Motor und so weiter.»

Galgenberg blieb stehen. «Et jibt da eine Anfrare der Kollejen von der Sitte. 'Nen Jungen betreffend. Fünfzehn oder sechzehn. Der is vor 'n paar Wochen inner Charité opariert worn. Popomäßig. Kapiert?»

Kubinke wurde bleich. Seine übergroßen Hände begannen zu kneten.

«Die Ärzte sagen Analfissur. Hätte böse ausjehen können. Aber jing noch mal jut. Is aber nich beim Kacken entstanden. Nun heißt es, der Junge sei stinksauer, weil er wochenlang uff Station liejen muss. Der redet und redet und schimpft über 'nen Jönner vom Bahnhof Zoo, der ihm 'ne Wurst bezahlt hat und dann gleich ooch noch 'ne Wurst reinjeschoben hat. Wat saren Sie dazu, Kubinke?»

«Ick kenn det Subjekt nich.»

«Det Subjekt kennt aber Sie, Kubinke. Sollen wa Sie jejenüberstellen?»

Kubinke schaute zwischen seinen Beinen hindurch auf den Boden und schwieg.

«Das gibt gut und gerne mehr als die üblichen eineinhalb Jahre», sagte Kappe kühl.

«Stimmt», sagte Galgenberg, «Kinderficker ham im Knast 'nen janz besonderen Status. Aber das wissen Se sicher, Herr Kubinke.»

Dann schwiegen sie. Alles war gesagt.

Irgendwann seufzte Kubinke. Er konnte einem leidtun. Fast. «Wat wollen Se von mir?»

«Die Beule!» Galgenberg blies die Backen auf. Er wollte endlich seinen Triumph.

Kubinke rieb sich mit beiden Händen übers Gesicht. «Also am Wagen klebten Blut und Menschenhaare. Der Chef hat mich angewiesen. Also habe ich den Dreck beseitigt und den Kotflügel ausgebeult. Obwohl das nicht meine Spezialität ist. Meine Spezialität ist ...»

«Wir wissen, was deine Spezialität ist», unterbrach ihn Galgenberg und zwinkerte Kappe auf unangenehme Art und Weise zu.

«Wen meinen Sie mit Chef? Etwa Hugo Stinnes jr.?», fragte Kappe.

Kubinke nickte.

«Der hat seine Schwester vor dem Gefängnis retten wollen», resümierte Galgenberg. «Wie ick schon sachte: Die janze Chose is aufjeklärt. So en passant. Da staunste, Kappe, wa?»

Kappe wäre am liebsten im Boden versunken. Das gesamte Präsidium wusste mittlerweile, dass er mit Clärenora im offenen Rennwagen durch die Stadt kutschiert war. Wahrscheinlich konnten sie sich den Rest sogar auch noch denken. Es gab Zeiten, da hätte ein preußischer Beamter nach solch einem Ausrutscher seinen Abschied genommen – freiwillig.

«Wer nimmt sich die junge Dame zur Brust?», fragte Galgenberg wenig später, als sie Brettschieß das Ergebnis der Vernehmung von Emil Kubinke mitgeteilt hatten.

«Keiner», sagte Brettschieß.

«Was?», entfuhr es Kappe.

«Während Sie sich diese Kröte vorgeknöpft haben, habe ich Polizeiarbeit geleistet. Ja, da staunen Se, was? Kommen Se mal mit, meine Herren!» Dr. Brettschieß marschierte vor den beiden her.

Galgenberg gab sich alle Mühe, den ausladenden Schritten des Vorgesetzten zu folgen.

Kappe hielt pietätvoll etwas Abstand. Er befand sich in einer schrecklichen Verfassung. Was blühte ihm noch? Reichte es nicht schon?

Sie befanden sich jetzt in der obersten Etage. Dort, wo die Polizeiführung residierte.

Brettschieß wurde mit jedem Schritt einen Meter größer.

Und Kappe rutschte das Herz in die Hose. Wenn sie ihn geschasst hätten, weil er unbotmäßig war oder politisch nicht genehm, das hätte er irgendwie ertragen. Aber rausgeschmissen zu werden, weil er sich mit einer weiblichen Zeugin eingelassen hatte, die sich letztendlich als Täterin herausstellte, das war unverzeihlich. Das traf den Menschen Kappe tief in seinem Selbstverständnis. Ich wusste gar nicht, wie klein ich eigentlich bin, sagte er sich. Und dann dachte er an Klara und die Kinder, von denen er nicht einmal wusste, wo sie jetzt waren. Da kamen ihm die Tränen, und er musste sich abwenden, damit die anderen das nicht auch noch mitbekamen.

Brettschieß blieb stehen und räusperte sich.

Sie befanden sich vor dem Bureau des stellvertretenden Polizeichefs Bernhard Weiß.

Brettschieß wandte sich um. Er schaute die beiden Polizisten an, als wolle er sich vergewissern, dass sie sich des Ernstes der Situation bewusst waren. Dann nickte er streng und klopfte an.

«Herein!» Das war die Stimme von Bernhard Weiß.

Weiß war so ziemlich der einzige hohe Polizeimann am

Alexanderplatz, den Kappe achtete, ja verehrte. Umso schlimmer, dass er ausgerechnet von ihm seine Abreibung bekam.

Sie traten ein.

Weiß stand am Fenster. Die Hände auf dem Rücken, den Blick nach draußen gewandt.

Für Kappe sah es aus, als wolle Weiß sich den Anblick ersparen. Er war so entsetzt, dass er erst jetzt bemerkte, dass sich noch jemand im Bureau des Vizechefs befand.

Der Mann saß vor dem Schreibtisch des Chefs und kehrte den Eintretenden ebenfalls den Rücken zu. Allerdings schien dieser Besucher mindestens genauso niedergeschlagen zu sein wie Kappe.

Brettschieß schlug die Hacken zusammen. «Hier bringe ich die Beamten Kappe und Galgenberg, Herr Vizepolizeichef!»

Weiß wandte sich um und nickte den beiden zu. «Unangenehme Sache ist das. Aber das muss ich Ihnen ja wohl nicht sagen, oder?»

Die Polizisten nickten stumm.

Weiß ging zu seinem Schreibtisch. Er legte die Hände auf die Lehne seines Stuhles und zog die Schultern hoch. «Ich würde sagen, ich lass Sie mal allein. Ich glaube, ohne mich können Sie sich eher einigen, oder?»

Brettschieß wollte protestieren.

Weiß aber winkte genervt ab. «Habe noch ein paar andere Sachen am Hals. Ich denke, das ist auch in deinem Sinne, Hugo?»

Der Besucher sprang auf. «Ich muss nicht noch mal betonen, wie sehr mir an Diskretion gelegen ist.»

Jetzt erst erkannte Kappe ihn: Es war Hugo Stinnes jr. Offensichtlich in einer ganz furchtbaren Verfassung.

«Schon gut», beruhigte ihn Weiß und verließ auf leisen Sohlen das Zimmer.

Täuschte Kappe sich, oder hatte Weiß ihm zugelächelt? War er vielleicht doch noch zu retten? Oder hatte der große Polizeimann Bernhard Weiß einfach nur Mitleid mit ihm?

Brettschieß hatte sich das wohl anders vorgestellt. Etwas dramatischer. Und stärker auf seine Person bezogen. Jetzt stand er etwas hilflos im Bureau seines Chefs und rieb sich verlegen die Hände. «Also ...»

Hugo Stinnes jr. trat vor Kappe und Galgenberg. «Ich fürchte, die Umstände zwingen mich, eine Anzeige zu machen. Eigentlich habe ich das bereits getan, aber Herr Weiß, der seit langem ein guter Bekannter von mir ist, meinte, es sei opportuner, es noch einmal ganz offiziell vor Ihnen zu machen.»

Für Kappes Begriffe klang er etwas zu pathetisch. Sein Schmerz erschien ihm allzu weit hergeholt.

«Meine arme Schwester hat so sehr am Vater gehangen, dass sie dessen Tod nicht verkraftet hat. Als Mutter ihr dann davon berichtete, was dieser Bier meinem Vater angetan hatte, nun, man kann es nicht anders sagen, da ist sie zusammengebrochen.»

«Zusammengebrochen?», fragte Kappe tonlos. Das konnte er sich bei Clärenora Stinnes beim besten Willen nicht vorstellen.

Hugo schloss die Augen und atmete tief durch. «Der Rest ist schnell erklärt. So weh das einem Bruder auch tut, ich habe die Blutspuren an ihrem Wagen gesehen und meine Schwester beschützen wollen.»

Kappe fürchtete, sein Gegenüber könnte zu schluchzen beginnen. Doch so weit kam es nicht. Hugo jr. riss plötzlich die Augen auf und starrte die Polizisten wie von Sinnen an. «Wissen Sie, wozu ein Mensch fähig ist, wenn er liebt?»

Meinte er nun sich oder seine Schwester? Kappe konnte es nicht sagen.

«Nun ja, ich habe eingesehen, dass es ein Fehler war, Clärenora decken zu wollen. Die Sache nimmt Dimensionen an, die tödlich für unser Haus, für den Konzern sein können.»

Darum ging es also – um den Konzern. Endlich verstand Kappe die Rührung, die Hugo Stinnes gepackt hatte.

«Ich habe eine Riesendummheit begangen. Ich habe den Mechaniker veranlasst, die Beule in Clärenoras Wagen auszubessern. Damit sollten alle Spuren verwischt werden. Ich übernehme dafür die volle Verantwortung. Ich bin auch bereit, mit allen Kräften zur Aufklärung des Falles beizutragen.» Nun klang Stinnes sehr klar und offen.

Kappe glaubte ihm. Der Mann war wirklich fertig, nur ging es ihm weniger um seine Schwester als um die Firma, die er übernommen hatte.

«Clärenora hat in einem Zustand der Raserei, in den sie durch den Schmerz über den Verlust des Vaters geraten war, ihren Wagen genommen und den Mann überfahren, dem sie die Schuld am Tod unseres Vaters gibt. Ich scheue mich nicht zu sagen, dass auch ich Bier für den Mörder unseres Vaters halte. Wenn ich kein so vernünftiger Mensch wäre, nun, dann hätte ich mich wohl selbst in einen Rennwagen gesetzt oder eine Pistole genommen. Erwarten Sie von mir also keine moralische Entrüstung! Meine Schwester hat das getan, was ihr das Herz befohlen hatte. Ich ziehe meinen Hut davor. Allerdings muss ich ihre Handlungsweise aufs Schärfste verurteilen, wenn ich an die Firma denke, für die wir ... für die ich verantwortlich bin.» Er ließ den Kopf hängen. «Mein Schicksal liegt in Ihren Händen. Wenn Sie entscheiden, so denken Sie aber auch daran, dass nicht nur meine Wenigkeit betroffen ist, sondern auch meine arme Schwester, meine Mutter, mein Bruder Edmund und viele Tausend fleißiger Menschen, die unter dem Dach des Stinnes-Konzerns arbeiten.» Er schwieg.

Galgenberg trat von einem Fuß auf den anderen.

Brettschieß ächzte wie unter einem schweren Alptraum.

Kappe hätte gerne etwas gesagt, das Hugo Stinnes geholfen hätte, aber er wusste nicht, was. Er musste an Clärenora denken. Niemals hätte er geglaubt, dass sie so kopflos handeln könnte. Für das genaue Gegenteil hatte er die resolute Frau gehalten. Aber in Frauen konnte man sich sowieso nur täuschen, das hatte ihm sein Vater schon beigebracht.

Brettschieß quälte sich, aber es war nun wirklich an ihm, das entscheidende Wort zu sprechen. Er hatte sich ja auch mit viel Verve in Position gebracht. «Nun, meine Herren, wenn das so ist ... Und ich weiß, dass unser Vize Bernhard Weiß ebenso darüber denkt ... Ich glaube, wir sind alle der Meinung, dass wir es Herrn Stinnes überlassen sollten, seine Schwester schnellstens in ein Sanatorium zu bringen, wo gute Ärzte sich um die Arme kümmern können.»

Was? Clärenora sollte in die Nervenheilanstalt? Keine Gerichtsverhandlung? Kein Gefängnis? Aber hatte sie nicht einen Menschen getötet?

«Wir sollten den Fall abschließen, ohne Staub aufzuwirbeln, und die Täterin gnädig der Psychiatrie überlassen. Sicher ist das auch in Ihrem Sinne, Kappe, oder?»

In Kappes Kopf wirbelte alles durcheinander. Er hörte sich leise antworten: «Ja, das ist es.»

FÜNFZEHN

IN NANTES DESTILLE landete Hermann Kappe nur dann, wenn er gar nicht mehr weiterwusste. Und Nantes Destille lag strategisch günstig am Engelbecken, also auf dem Weg vom Alex nach Kreuzberg.

An diesem Tag führte kein Weg an Nantes Destille vorbei. Warum auch? Zu Hause wäre er sowieso allein gewesen, und alles wäre nur noch schlimmer geworden. Also setzte er sich an den Ecktisch, an dem er immer saß, und begann zielstrebig, sich zu betrinken. Ein Bier, ein Korn. Alle zehn Minuten eine neue Bestellung.

Der Kellner Josie kannte Kappe. Er wusste, dass der zu den Gästen gehörte, die kein Gespräch suchten, aber Wert darauf legten, korrekt und pünktlich bedient zu werden. Eine Molle und einen Stamper. Im Zehn-Minuten-Rhythmus. So, wie Kappe aussah, würde er das etwa eine Stunde durchhalten. Dann war er bedient, würde zahlen und in die Nacht stolpern. Armes Schwein!

Beim dritten Bier zwang sich Hermann Kappe zu einem Resümee. Die Lage war klar: Klara hatte ihn verlassen, mit den Kindern. Das allein war schon eine Katastrophe. Kappe wusste, dass der richtige Schmerz erst in ein paar Tagen einsetzen würde. Die Seele war ein langsamer Ackergaul.

Am Nachbartisch spielten zwei behäbige Kreuzberger Karten. Die hatten es gut. Die roten Nasen zeigten, dass sie schon genug intus hatten, um nichts mehr ernst zu nehmen außer ihren Karten.

Was Kappe aber zusätzlich quälte: Clärenora Stinnes war eine Mörderin. Seine Clärenora, die Frau, für die er auf eine ihm ganz unbegreifliche Art und Weise entbrannt war. Sie war die Täterin, sie hatte den armen Bier zusammengefahren, ihn zu einem Klumpen leblosen Fleisch gemacht. Und in diese Frau hatte er, Kappe, der Polizist Kappe, sich verliebt. In eine Frau, die er hätte zur Strecke bringen müssen. Diese Frau hatte gemordet und kam nun in die Nervenheilanstalt. Auch das verstand Kappe nicht: Andere mordeten und kamen ihr Leben lang ins Gefängnis oder sogar aufs Schafott. Clärenora aber kam bloß in eine Nervenheilanstalt. Diese Nervenheilanstalt stellte sich Kappe wie ein Sanatorium vor. Im Grünen gelegen, an einem See, mit Tretbooten und vielen netten Krankenschwestern.

Eigenartigerweise machte das die Sache für Kappe noch schlimmer. Sein Gerechtigkeitssinn, der, wie Klara oft sagte, schon beinahe krankhaft ausgeprägt war, piekte ihn beträchtlich. Wieso konnte Clärenora morden und wurde anschließend an einen See mit Tretbooten und gedeckten Kaffeetischen gebracht, während andere, die nicht Stinnes hießen, aufs Schafott gingen? Das wollte Kappe nicht in den Kopf, auch wenn er in diese Person verliebt war. Immer noch, wie er bemerkte, wenn er an sie dachte. Kappe wusste sich nur einen Rat: Mehr trinken! Schneller trinken!

Aber der Kellner, der sonst so flott war, kam diesmal nicht hinterher. Kein Wunder, er hatte ja auch seine Augen öfter bei den beiden Kreuzberger Kartenspielern als bei den anderen Gästen. Jetzt hatte der mit dem Pockengesicht schon wieder verloren. Die beiden klopften auf die Tischplatte, und der Kellner fuhr sich mit der freien Hand an den Kopf, anstatt Kappe endlich sein Bier zu bringen, das schon seit zwei Minuten gutgezapft auf dem Blechtresen stand und schwitzte.

«Selber schuld! Wenn man alles auf eine Karte setzt und zu viel riskiert», unkte der fußkranke Kellner.

Wenn man alles auf eine Karte setzt und zu viel riskiert. In Kappes benebeltem Hirn waberte dieser Satz hin und her. *Wenn man alles auf eine Karte setzt und zu viel riskiert.* Kappe sah jeden Buchstaben. Sie wankten. Konnten Buchstaben besoffen sein?

Kappe packte die Tischkante und hielt sich daran fest. Verdammter Schnaps! Das Bier konnte nichts dafür. Das Bier tat Kappe nichts. Es war sein Freund. Aber der Schnaps. Der Schnaps tat ihm nicht gut.

Wenn man alles auf eine Karte setzt und zu viel riskiert. Kappe musste mit diesem Satz fertig werden. Was hatte er eigentlich zu bedeuten? Warum ging ihm dieser Satz nicht mehr aus dem Kopf? Er hatte ihn doch schon einmal gehört. Erst kürzlich. Aber wo und von wem?

Kappe war versucht, sich noch ein Bier zu bestellen, um seiner müden Birne auf die Sprünge zu helfen. Doch dann ließ er es lieber. Er hatte Angst, nicht mehr nach Hause zu kommen. Auf keinen Fall durfte ihn jemand, der ihn kannte, durch Kreuzberg torkeln sehen.

Wenn man alles auf eine Karte setzt und zu viel riskiert. Hatte Dr. Pribram nicht etwas Ähnliches über seinen ermordeten Kollegen gesagt? Genau, das war es!

Kappe sprang auf. «Zahlen!» Ihm wurde schwindelig. Er musste sich sofort wieder hinsetzen.

Kappe strengte sich an. Er dachte nach. Und irgendwann gelang es ihm, seiner Verwirrung mittels einer Frage Herr zu werden: Hatte Bier mehr getan, als Hugo Stinnes medizinisch falsch zu behandeln?

Die Nacht war furchtbar. Kappe musste drei- oder viermal raus. Jedes Mal begegnete er im Flur der alten Kupferberg, die nachts nie schlafen konnte und im Nachthemd und mit einer Kerze in der Hand durchs Haus geisterte.

«Is Ihnen nich jut, Herr Kappe?», fragte sie.

Kappe versuchte, schnell an ihr vorbeizukommen.

«Wat macht denn Ihre Gattin? Die sieht man ja kaum noch.»

«Sie ist mit den Kindern zur Oma gefahren.»

«So, so, zur Oma», sagte Frau Kupferberg.

Kappe war froh, als er die Toilettentür hinter sich schließen konnte.

Als er zurück in seinem Bett war, war an Schlafen dennoch

nicht mehr zu denken. Das Bier und die Schnäpse rumorten in seinem Bauch. Und wenn er mal für einen Moment Ruhe hatte, erschien ihm Klara und machte ihm die Hölle heiß.

«Ach, Klara», murmelte er und drückte sich die Bettdecke zwischen die Beine.

«Untersteh dich!», fuhr Klara ihn an.

Pribram mochte in der Charité nicht gut gelitten sein, aber sein Alarmsystem funktionierte vorzüglich. Als Kappe diesmal die Chirurgie betrat, war Pribram wie vom Erdboden verschluckt. Nicht einmal im Lager hatte man ihn gesehen.

Kappe lief eine Weile herum und schaute in jede Kammer. Doch der Chefarzt Dr. Pribram blieb unauffindbar. «Wenn de denkst, ich gehe, haste dir jeschnitten», sagte Kappe leise und setzte sich auf eine der weißen Holzbänke im Flur. Er konnte warten. Vor allem, wenn es um Mord ging. Kappe war sich sicher, dass Pribram noch im Hause war. Man hatte ihm im Schwesternzimmer gesagt, dass an diesem Tag noch eine Visite und zwei Operationen auf seinem Programm stünden. Da konnte sich der Chirurg doch nicht einfach verdrückt haben.

Kappe quälte seine Blase. Die letzte Nacht steckte ihm noch immer in den Knochen. Also machte er sich auf die Suche nach einer Toilette.

Ein baumlanger Krankenpfleger, der aus einem Ordinationszimmer getreten war, um in der hohlen Hand verstohlen eine Zigarette zu rauchen, zeigte ihm mürrisch den Weg: bis zum Ende des Flures, eine halbe Treppe tiefer, dann zweimal rechts, gleich neben der Leichenhalle.

Na fein, musste Kappe halt neben den Toten pinkeln. Zum Glück fand er den Abtritt schnell. Es war höchste Zeit. Kappe erleichterte sich ächzend in eines der Pissoirs. Erst als er fast fertig war, schaute er sich um. Er war allein. In dem gekachelten Raum, der bemerkenswert sauber war, hörte man nur das leise Rauschen der Spülung.

Doch halt, ein Toilettenhäuschen war abgeschlossen. Der rote Fleck unter der Klinke sprang Kappe ins Auge. Kappe ließ sich Zeit. Er presste auch den allerletzten Tropfen aus seiner Blase heraus. Dabei hörte er auf zu atmen. Aber er vernahm nichts. Nicht das kleinste Geräusch. Entweder war da niemand drin, oder aber derjenige, der sich hinter dem roten Punkt eingeschlossen hatte, verhielt sich mucksmäuschenstill, um nicht bemerkt zu werden.

Kappe schloss seine Hose, ging zum Waschbecken und wusch sich die Hände. Er trocknete sie ab, räusperte sich und ging dann, die Tür laut zuschlagend, hinaus. Auf Zehenspitzen kehrte er zurück und postierte sich vor der verschlossenen Kabine. Kappe hielt die Luft an und wartete.

Drinnen atmete jemand schwer.

«Herr Doktor?» Kappes Stimme klang selbst in seinen Ohren fremd.

Drinnen wurde fieberhaft nachgedacht. Dann ein leises: «Ja?»

«Kommen Sie bitte raus!»

«Was gibt's?»

«Das wissen Sie doch. Also los! Kommen Sie raus, oder ich hole den Hausmeister, damit er die Tür öffnet!»

Pribram war so gewissenhaft, noch die Spülung zu betätigen. Auch fingerte er bedeutungsvoll an seinen Hosenträgern herum, als er Kappe endlich gegenübertrat. «Ach, Sie sind das! Ich dachte, wir waren fertig.»

Der Mann machte Kappe wütend. «Sind wir nicht! Sollen wir hier reden?»

Pribram machte ein gequältes Gesicht und führte Kappe hinaus.

Sie liefen eine Weile über den langen Flur. Pribram öffnete nervös diverse Türen und tat dann jedes Mal so, als hinderten ihn geschäftige Kollegen daran, das Gespräch mit Kappe in einem der Zimmer führen zu können.

«Nun machen Se keine Fisimatenten, Doktor! Begreifen Se doch endlich: Mich werden Se nicht los!»

Pribram seufzte und nickte mehrmals. Schließlich führte er Kappe in eine kleine Kaffeeküche. Er schloss hinter ihnen die Tür ab. Dann verschränkte er die Arme über der Brust, schloss die Augen und sagte: «Dann mal los!»

«Ich will jetzt wissen, wie die Sache mit Stinnes wirklich war. Was ist am Krankenbett passiert?»

Pribram antwortete mit geschlossenen Augen: «Ich habe Ihnen bereits alles erzählt. Mehr weiß ich nicht.»

Als Kappe laut wurde, zuckte Pribram empfindlich zusammen. «Wenn Sie weiter so mauern, werde ich die Vorgänge an Stinnes' Krankenbett untersuchen lassen und schnell herausfinden, welchen Zusammenhang es zu der Spende von Stinnes an die Charité gibt.»

Pribrams Lippen wurden immer schmaler, sie begannen zu zittern.

«Es sei denn, Sie helfen mir, den Mörder von Bier zu finden. Dann wird niemand erfahren, wie Sie zur Charité gekommen sind. Ist das ein Angebot?»

Diesmal verstand Pribram schneller. Er ließ den Kopf auf die Brust sinken, drehte ihn wie ein waidwundes Tier mehrmals hin und her und begann dann, leise, aber sehr deutlich und wie auswendig gelernt zu reden: «Bier und ich haben mitbekommen, dass Cläre Stinnes ihren Mann bedrängt hatte, das Testament zu ändern. Mir war das egal, aber Bier beschäftigte die Sache sehr, er hat unentwegt davon geredet. Das sei *die* Chance, hat er gesagt. Er wollte Cläre damit gefügig machen.»

Kappe wurde schon wieder wütend. «Nicht das Märchen von Cläre Stinnes, die jetzt erst Alleinerbin wurde! Das hatten wir schon.»

Doch Pribram schüttelte entschlossen den Kopf. «Es geht gar nicht um sie, es geht um Hugo jr. Sein Vater hielt ihn für zu leichtsinnig im Umgang mit Kapital. Deshalb wollte er Hugo jr. nicht an der Spitze des Unternehmens haben. Als der Alte schon nicht mehr klar denken konnte, hatte seine Gattin ihn noch dazu gebracht, das Testament zu ändern. Dann hat sie ihren Mann sterben lassen, ohne noch mal einen Arzt zu ihm zu lassen. Cläre Stinnes liebt ihren Sohn Hugo über alles.»

«Was hatte Bier denn vor?»

«Er wollte für Gerechtigkeit sorgen.» Pribram drehte die Faust vor seiner Stirn und rollte mit den Augen. «Da hat er echt 'ne Meise gehabt. Er dachte, er kann ausgleichende Gewalt spielen. Ja, Prof. August Bier sah sich als eine Art Lenin. Oder Bucharin oder was weiß ich. Jedenfalls wollte er Stinnes politisch was abzwingen. Was, weiß ich nicht genau. Aber bei Stinnes war er da schon an der richtigen Adresse. Man glaubt ja nicht, was dieser Mann für einen Einfluss hatte. Ein ungeheuer politischer Kopf.» Pribram wippte auf den Zehenspitzen und wurde zackig. «Da kann sich mancher Stresemann eine Scheibe von abschneiden. Den damaligen Reichskanzler Cuno hat er um Längen überragt. Gegen Stinnes waren die meisten dieser Weimarer Großpolitiker sehr, sehr kleine Lichter.»

Kappe hatte keine Lust auf Propaganda. Er wollte wissen, was geschehen war. «Aber Sie haben doch letztes Mal erwähnt, Bier habe alles auf eine Karte gesetzt.»

Pribram wirkte etwas enttäuscht, er hatte sich gerade so schön in Rage geredet. «Na ja, dieses ganze politische Zeug, das war das eine. Damit gab sich Bier aber nicht zufrieden. Er wollte auch einen guten Posten. Seit sie ihn aus der Medizinerdelegation geschmissen hatten, die zu Lenin reisen sollte, hat der gute Bier keinen Fuß mehr auf die Erde bekommen. Das nagte an ihm. Er wollte eine angesehene Chefarztposition.»

Aha, dachte Kappe. «Aber die haben dann Sie bekommen. Wissen Sie was, Herr Doktor, Sie reden mir zu viel über Bier und zu wenig über sich.»

Pribram wurde rot. «Was soll ich Ihnen erzählen? Man hat mich halt dem alten Bier vorgezogen.»

Kappe verlor die Geduld mit dieser Witzfigur. «Machen Se sich nicht lächerlich, Pribram! Wenn's ernst wird, verstecken Sie sich im Lager oder auf dem Klo. So einer wie Sie wird doch kein Chefarzt in der Charité, es sei denn, ein Hugo Stinnes hilft ihm in den Sattel.»

Pribram schnappte nach Luft. «Wie reden Sie mit mir?»

«Ich kann Sie auch aufs Präsidium bestellen, wenn Sie weiter so einen Humbug aufziehen. Also, warum hat Stinnes Ihnen die Chefarztposition gegeben und nicht Bier?» Kappe dachte einen Augenblick, der Doktor würde zu schluchzen beginnen.

Doch Pribram riss sich zusammen. «Ich habe Stinnes nicht erpresst. Das hat Bier versucht. Nicht ich!»

«Und weil Sie so brav waren, hat er Ihnen den Chefarztposten zugeschustert?»

«Nein.» Pribram quälte sich. «Es ist kompliziert. Sehr kompliziert.»

«Ich bin komplizierte Fälle gewöhnt. Mord ist meistens kompliziert. Zumindest, wenn man die Menschen verstehen will.»

Pribram schaute ihn groß an. «Gut! Sie wollen mich verstehen. Dann will ich Ihnen helfen. Hugo Stinnes hat in mir einen Seelenverwandten gefunden. Wir lagen politisch auf einer Linie.»

Kappe dachte: Nicht schon wieder!

«Nicht dass ich alles unterschrieben hätte, was Stinnes gesagt hat. Er war in diesen Dingen sehr unberechenbar.» Pribram hob den Zeigefinger. «Aber er hatte immer seine Gründe. Deshalb habe ich ihn verehrt. Ich verehre Männer, die ihre Gründe haben und nicht nur etwas aus einer Laune heraus tun.»

«Fein», sagte Kappe genervt, «und?»

«Na ja, Stinnes und ich haben viel miteinander geredet. Nachts, wenn er nicht schlafen konnte. Er war ja ständig vollgepumpt mit Medikamenten. Da hat er mir erzählt, was er alles schon erlebt hat in der Politik. Ich fand das sehr interessant. So hat er mir auch von seiner Bekanntschaft mit dem Außenminister berichtet.»

Nun horchte Kappe auf. «Mit Rathenau?»

«Genau! Mit Walther Rathenau hat ihn ein besonderes Band verbunden. Die beiden sind sich immer wieder mal begegnet. Meistens auf internationalen Konferenzen, auf denen es um die Zukunft des Reiches ging. Sie kreuzten die Klingen, das kann ich Ihnen sagen! Zeitweise waren sie wie Hund und Katz. Keiner hat dem anderen was gegönnt. Aber irgendwann hatten sie sich zusammengerauft, als sie beide feststellten, dass sie dasselbe Ziel verfolgten: die Rettung Deutschlands. Hugo Stinnes hat mir von der letzten Nacht Rathenaus erzählt, und er hat mir ein Schriftstück gezeigt. Das Dokument trug die Unterschrift des Außenministers. Es enthielt die Grundzüge einer neuen deutschen Außenpolitik: Härte gegenüber den Siegermächten und den Reparationsforderungen bis zu einem möglichen bewaffneten Konflikt. Ja, bis zum Krieg. Darin waren sie sich am Schluss einig. Stinnes hat Rathenau davon überzeugt, dass dessen Erfüllungspolitik gescheitert war. Die Siegermächte wollten gar kein Einsehen haben. Sie wollten das Reich ausbluten lassen. Als Rathenau das realisierte, ist er auf die harte Linie eingeschwenkt. Er und Stinnes wollten in Zukunft zusammenstehen und zum Kampf gegen Frankreich aufrufen. Nicht mehr nur zum passiven Widerstand wie im Ruhrgebiet. Nein, wenn unsere Feinde Deutschland verderben wollten, sollten die Schwerter sprechen.»

«Die Schwerter», wiederholte Kappe tonlos.

«Ja, da waren sie sich einig. Cläre Stinnes wollte die Denkschrift nach dem Tod des Alten veröffentlichen. Aber ihr Sohn Hugo ist strikt dagegen gewesen. Hugo jr. wusste, dass ich die Schrift kannte und dass ich auch der Meinung seines Vaters war, nämlich dass das deutsche Volk dieses Dokument lesen sollte. Vielleicht würde es dann seine Politiker zur Vernunft zwingen. Hugo hat mich bekniet, auf seine Linie einzuschwenken. Er sagte, ein Krieg könne alles zerstören und wir würden ihn verlieren. Und er sagte: ‹Wir sind es unserem Land schuldig, dass wir vorher jede Möglichkeit ausloten.› Da habe ich ihm zugestimmt und nichts mehr getan, damit das Dokument von Stinnes und Rathenau an die Öffentlichkeit kam.»

«Und dafür hat Hugo jr. Ihnen die Stelle in der Charité verschafft?»

«Das ist jetzt sehr vereinfacht. Er wollte mich belohnen für meine Einsicht.»

Was ist der Unterschied zu Bier, fragte sich Kappe. Erpressung bleibt Erpressung, egal, welchen Namen man der Sache gibt.

«Werden Sie mir deshalb Schwierigkeiten machen?» Pribram schaute Kappe an, als hätte der gedroht, ihn zu schlagen.

«Ich bin für Mord zuständig, nicht für Postenschiebereien.»

«Danke!», sagte Pribram und schien Kappes Hand drücken zu wollen.

«Bedanken Se sich nicht zu früh!» Kappe fiel noch etwas ein. «Was wusste Bier von dem Dokument Rathenaus?»

«Bier hat alles mitbekommen und verrücktgespielt. Er hat sogar gedroht, wegen des politischen Testaments Rathenaus an die Öffentlichkeit zu gehen.»

«Aber das widersprach doch seiner politischen Überzeugung», wandte Kappe ein. «Ich kann mir nicht vorstellen, dass ein Linker wie Bier gegen Frankreich in den Krieg ziehen wollte.»

Pribram winkte ab. «Darum ging es doch längst nicht mehr. Bier wollte nur eines: den Chefarztposten in der Charité. Er ist beruflich auf keinen grünen Zweig mehr gekommen.»

«Aber Hugo jr. hat Ihnen den Posten gegeben.»

«Ja, hat er. Er sagte, er lässt sich von einem wie Bier nicht erpressen. Und damit hat er gezeigt, dass er aus demselben Holz geschnitzt ist wie sein Vater, der alte Stinnes.»

Zum Glück ging es Kappe langsam besser. Er rannte sogar schon im Laufschritt zum Bahnhof Friedrichstraße und sprang in die gerade abfahrende S-Bahn. Am Bahnhof Halensee stieg er um und fuhr noch eine Station bis zum Bahnhof Grunewald. Und so kam er gerade noch rechtzeitig zum Palais der Nora Dunlop in der Douglasstraße.

In der Auffahrt stand mit tuckerndem Motor ein geschlossener Wagen. Ein Mann in einem weißen Kittel und zwei Helfer, die in ihrer groben grauen Arbeitskleidung wie Bierkutscher aussahen, kämpften mit einer Frau in Hosen.

Es war Clärenora, die sich heftig gegen ihren Abtransport in dem Sanitätswagen wehrte. Sie trat dem Arzt gegen das Knie und versetzte einem der Helfer einen beherzten Boxhieb auf die Nase, so dass diese sofort fürchterlich zu bluten begann und alle Beteiligten rot einfärbte.

Kappe blieb stehen und schaute eine Weile zu.

Clärenora teilte wirklich aus wie ein Mann, aber sie musste auch einiges einstecken, denn die beiden Helfer, die ihr Geschäft nicht zum ersten Mal zu machen schienen, hatten genug. Einer packte Clärenora von hinten, legte seinen linken Unterarm um ihren Hals und drehte ihr mit der Rechten den Arm auf den Rücken. Clärenora schrie vor Schmerzen auf.

Der andere Helfer des Arztes, der immer noch aus der Nase blutete, öffnete die Seitentür des Automobils, bückte sich und packte die strampelnde Clärenora an den Füßen.

Sie waren gerade dabei, die nun Wehrlose in den Sanitätswagen zu hieven, als Kappe sich in Bewegung setzte.

Clärenora sah ihn kommen, hörte auf zu strampeln und wurde rot. Hübsch sah sie aus. «Gaffen Sie nicht, Kappe! Helfen Sie mir! Die wollen mich in die Klapsmühle bringen.»

Der Arzt trat auf Kappe zu und tat wichtig. «Bleiben Se bloß weg, guter Mann! Das ist eine Amtshandlung.»

Kappe stieß ihn zur Seite und fuhr die beiden Helfer an: «Lassen Sie die Dame los! Sofort!»

Der Arzt schob sich wieder vor Kappe. «Sie, das kann üble Folgen für Sie haben. Wenn Se hier eine Amtshandlung stören wollen, machen Se sich strafbar.»

Kappe zog seine Marke und hielt sie dem Arzt unter die Nase. Von Ärzten hatte er heute wirklich genug. «Loslassen, sage ich!»

Die Helfer schauten ihn bloß groß an und machten keine Anstalten, sich zu rühren.

«Muss ich erst meine Waffe ziehen?», drohte Kappe. Er dachte natürlich nicht im Traum daran. Wenn ein Hermann Kappe seine Waffe zog, dann nicht, um damit herumzufuchteln. Das hatte er sich schon vor Jahren geschworen, und daran hatte er sich immer gehalten. «Die Dame ist kerngesund», sagte er. «Lassen Sie sie also los!»

Die beiden ließen gleichzeitig los, und Clärenora plumpste auf die Erde. Das tat weh. Sie rieb sich den Hintern.

«Darf ich Ihnen hochhelfen?» Kappe bot ihr seine Hand an.

Clärenora schlug sie weg und stand allein auf.

«Ich kann ja nichts dafür», sagte Kappe und ging zum Eingang.

Clärenora wollte ihm folgen.

Kappe wandte sich um. «Ich habe nicht gesagt, dass Sie sie laufenlassen sollen, meine Herren.»

Die beiden nahmen Clärenora wieder in den Würgegriff.

Hugo Stinnes jr. befand sich beim Eintreffen Kappes im ersten Stock des Dunlop-Palais und tröstete die völlig aufgelöste Mutter Cläre.

Die alte Dame zerdrückte schon wieder ein Taschentuch in ihrer Faust. Sie starrte auf den Fußboden und sagte mit einer fremden, rauen Stimme immer wieder Sätze wie: «Erst habe ich den Mann verloren und nun auch noch die Tochter. Das arme Mädel in der Psychiatrie! Das steht sie nicht durch. Sie ist doch gar nicht so stark, wie sie immer tut.» Dann wandte sie sich plötzlich an ihren Sohn: «Sie ist noch ein Kind. Hugo, tu doch was! Geh hinaus, und rette deine Schwester!»

Hugo jr. rollte mit den Augen. Offensichtlich dauerte diese Szene schon länger an. «Mama, das habe ich bereits getan. Sie kommt in ein Sanatorium. Dort wird es ihr gutgehen. Man wollte sie ins Gefängnis stecken, Mama. Da ist das Sanatorium weiß Gott die humanere Lösung.»

«Aber sie hat doch nichts getan», jammerte die Alte und schniefte in das ohnehin schon feuchte Taschentuch.

«Ihrer Tochter geschieht vorerst nichts. Ich habe den Herren untersagt, sie wegzubringen.» Kappe war vom Diener hereingeführt worden.

Doch Mutter und Sohn hatten weder das Klopfen des Dieners noch sein Eintreten bemerkt. Im Hause Stinnes war alles durcheinandergeraten.

«Was wollen Sie denn noch hier?», fuhr Hugo jr. ihn an. «Was erlauben Sie sich, einfach hier einzudringen? Gehen Sie!»

Bevor Kappe sich rechtfertigen konnte, stand die Mutter auf. «Lass ihn, Hugo!» Und dann zu Kappe gewandt mit bemerkenswerter Ruhe: «Warum haben Sie das getan?»

«Warum? Ganz einfach, weil es meine Pflicht war.»

«Ihre Pflicht?»

«Ja, Ihre Tochter ist unschuldig.»

Cläre Stinnes schaute ihn mit großen Augen an.

Hugo aber geriet in Bewegung. Er trat auf Kappe zu und kam ihm so nahe, wie ihm außer Klara normalerweise niemand kam. «Herr Oberkommissar, was sagen Sie da?»

Kappe trat einen Schritt zurück. «Lassen Sie uns von vorne beginnen.»

«Ich muss sofort zu Clärenora», schluchzte die alte Dame und wollte hinaus.

Kappe hielt sie sanft am Unterarm fest. «Bitte bleiben Sie! Ihrer Tochter geht es gut. Nur den Herren, die sie wegbringen wollten, geht es schlecht.» Er schaute Hugo an.

Der ertrug Kappes Blick nicht.

Die Alte fügte sich. Sie schien zu spüren, dass es noch einiges zu sagen gab, bevor sie Clärenora in die Arme schließen konnte. Sie ging zu ihrem Sohn zurück.

Hugo beeilte sich, ihr einen Stuhl hinzuschieben.

«Also reden wir nicht um den heißen Brei herum! Sie beide, Sie haben zusammen das Testament von Hugo Stinnes manipuliert.»

Die Alte schoss hoch. «Das ist ja die Höhe!»

Kappe war unbeeindruckt. Er kannte jetzt die Verhältnisse im Hause. Man konnte ihm nichts mehr vormachen. «Ob Sie Hugo Stinnes haben sterben lassen, indem Sie ihm ärztliche Hilfe vorenthielten? Nun, das wird sich wohl nicht mehr ganz klären lassen.

Aber ich glaube, damit haben Sie selbst genug zu tragen, ohne dass die Justiz sich die Mühe machen müsste.»

Cläres Augen funkelten. «Hinaus!», schrie sie. Und dann noch lauter und höher: «Wo bleibt das Personal? Ich möchte, dass dieser unverschämte Mensch sofort vor die Tür gesetzt wird!»

Hugo jr. war totenbleich.

Vielleicht hatte der Senior doch recht gehabt, dachte Kappe. Sehr belastbar war der Junior wirklich nicht.

Hugo jr. legte der Mutter die Hand auf die Schulter. «Mutter, bitte! Lass mich das regeln!»

Die Alte ließ sich auf ihren Stuhl zurückfallen. «Dann regele du das!», zischte sie. «Aber gefälligst so, wie dein Vater das getan hätte!»

Hugo jr. beugte sich zu seiner Mutter hinunter und tätschelte ihre Hand. «Sei unbesorgt!» Dann wandte er sich Kappe zu. Er sprach mit leiser Stimme und geschlossenen Augen. «Wenn Sie mir bitte in den Salon folgen würden.»

Kappe ging mit ihm hinaus.

«Wie dein Vater!», krächzte die Alte ihnen hinterher.

«Sie haben sich in meine Schwester verliebt», sagte Hugo jr. Kappe auf den Kopf zu, als sie alleine waren. «Stimmt's?» Er hatte sich zu Kappe umgedreht und die Arme vor der Brust verschränkt. Nun beugte er den Oberkörper leicht nach hinten und legte das Kinn auf die Brust. Er musterte Kappe, als handele es sich bei dem Oberkommissar um eine anatomische Kuriosität.

Kappe gelang es, kaltblütig zu bleiben, obwohl er innerlich bebte. «Nicht Clärenora, sondern *Sie* haben in dem Wagen gesessen, mit dem Bier überfahren wurde. Wir werden Sie mit dem Mechaniker und den Augenzeugen konfrontieren. Das wird für eine Verurteilung reichen.» Kappe beobachtete seinerseits Stinnes.

Doch der verharrte in seiner gelassenen Position und grinste sogar leicht.

Verdammt, dachte Kappe, der Kerl ist doch kein Waschlappen. Entweder er hat Nerven wie Drahtseile, oder ich liege mit meiner Theorie total falsch. Das konnte Kappe bei dem Einfluss, den die Familie Stinnes hatte, leicht den Kopf kosten. Aber was hieß das jetzt noch? «Ich nehme an, Ihre Schwester hat Ihnen den Firmenvorsitz streitig machen wollen. Deshalb haben Sie ihr den Mord an Bier in die Schuhe geschoben. Sie haben Clärenoras Auto genommen und sich mit Bier Unter den Linden verabredet.»

«Meine Schwester spinnt doch. Hat nichts gelernt außer Autofahren und will ein Industrie-Imperium leiten.» Jetzt lachte Hugo jr. Kappe sogar aus.

Es war zum Aus-der-Haut-Fahren. Manchmal verstand Kappe die rohen Kollegen, denen schon mal die Hand ausrutschte, wenn ihnen einer so unverfroren kam wie dieser Hugo jr.

«Was glauben Sie, was der Mechaniker noch aussagt, wenn ich ihn in die Mangel nehme? Und Ihre feinen Augenzeugen? Meine Anwälte werden sie in der Luft zerreißen und eine Armee von Zeugen aufmarschieren lassen, die mich entlasten. Wo leben Sie denn, Herr Kappe? Im Übrigen geht bei mir der Unterstaatssekretär aus dem Außenministerium ein und aus. Den Herren dort ist nichts wichtiger als die gute Laune meiner Mutter, wie Sie vielleicht wissen. Die Laune meiner Mutter wird sich aber augenblicklich verdüstern, wenn man mich vor Gericht stellt wegen dieser Laus Bier. Stellen Sie sich vor, der Herr fühlte sich benachteiligt! Er hat sogar eine Beteiligung an der Stinnes AG verlangt. Er nannte das ‹Klassenkampf›, der alte Spinner. Sie glauben doch nicht, dass ein Stinnes wegen so einem ins Gefängnis geht?»

Es geschah. Wie ein Stromschlag. Oder wie die Milch sauer wird. Hermann Kappe zog seine Pistole. Er wiegte sie wie ein schönes Stück Rindfleisch in der Hand.

Das machte Eindruck.

Hugo Stinnes jr. ließ die Arme sinken und hob das Kinn.

Kappe sah, dass Hugos Hände zitterten. Na also! «Bevor Sie Ihre Schwester in die Irrenanstalt bringen, damit sie Sie entlastet, werde ich Sie erschießen», sagte Kappe ruhig und hob die Pistole in Brusthöhe.

Stinnes lachte unsicher. «Das tun Sie nicht, Kappe. Sie würden sich ruinieren.»

«Das bin ich sowieso, wenn Sie Clärenora für den Mord bluten lassen. Ich könnte meine Arbeit so nicht weitermachen. Nicht in einem solchen Land!»

Hugo war bleich geworden. «Lassen Sie uns wie Erwachsene miteinander reden! Sie sind ein Mann mit Prinzipien, Kappe. Ich auch. Gute Geschäfte funktionieren, wenn alle etwas davon haben. Sie wollen Clärenora? Gut, Sie bekommen sie. Aber sie muss weg. Sie soll meinetwegen auf ihre Weltreise gehen. Wenn sie in ein paar Jahren zurückkommt, ist Gras über die Sache gewachsen. Mich aber lassen Sie in Ruhe, Kappe! Ich habe nichts getan, außer dass ich die Welt von August Bier befreit habe. Einem Erpresser.»

«Und Ihr Vater?» Die Pistole wog ihr Gewicht. Sie schien Kappes Arm wie an schweren Seilen in die Tiefe zu ziehen. Doch Kappe widerstand der Physik. Er hielt die Pistole so, dass er Hugo jr. jederzeit zwischen die Augen schießen konnte.

«Er ist gestorben», sagte Hugo. Seine Stimme fiel nach unten ab. Jetzt war sie nur noch ein Stimmchen. «Das wäre er auch mit Ärzten. Vielleicht einen Tag später. Wir Stinnes entscheiden gerne alles selbst.»

Nun ließ Kappe die Pistole doch sinken. Es war alles Wichtige gesagt, und er sah nicht ein, warum er weiter gegen die mächtige Schwerkraft ankämpfen sollte. «Sicher war er kein guter Mensch.»

«Das können Sie nicht beurteilen, Kappe.» Hugo ließ sich auf einen Stuhl sinken. Er zog ein gefaltetes Taschentuch hervor und tupfte sich die Schweißperlen von der Stirn.

«Die Leute sollen Rathenaus Testament lesen!», sagte Kappe. Er klang etwas trotzig.

Stinnes schoss wieder hoch. Er wurde laut. «Warum? Um sich aufhetzen zu lassen und um in einen neuen Krieg zu ziehen?» Die Sache mit dem Testament des toten Außenministers schien ihn eher mitzunehmen als der Vorwurf, Prof. Bier auf dem Gewissen zu haben. «Vergessen Sie den Fetzen Papier! Rathenau ist tot, mein Vater auch, und die Zeiten haben sich geändert. Gehen Sie jetzt, Kappe, bevor ich es mir anders überlege und mich lieber von Ihnen erschießen lasse!»

Kappe steckte die Waffe weg. Er bekam plötzlich schlecht Luft. Am liebsten hätte er sich irgendwo hingelegt. Aber er schaffte es, das Haus zu verlassen. An der frischen Luft ging es ihm besser.

Er war schon etwa einhundert Meter gegangen, als er sich umdrehte.

Das Palais der Nora Dunlop lag friedlich da. In drei Zimmern brannte Licht, es war richtig schön anzusehen. Obwohl es noch früh war, lag ein fast winterliches Dunkel über dem Grunewald.

Der Sanitätswagen war verschwunden und mit ihm der Irrenarzt und seine Helfer. Und Clärenora Stinnes war sicher wieder ins Haus zurückgegangen, in den sicheren Schoß ihrer Familie.

SECHZEHN

AM NÄCHSTEN VORMITTAG bekam Kappe einen Anruf im Präsidium.

Es war Clärenora. Sie wirkte sehr still und ernst – und dankbar. «Ich bin ganz in Ihrer Nähe. Sind Sie abkömmlich?»

Dass sie es wagte, sich in Berlin sehen zu lassen, wo jeder Schutzmann sie festnehmen konnte! Oder hatte Hugo jr. bereits mit dem Polizeipräsidenten gesprochen und den Abtransport um ein paar Tage verschoben? Kappe wusste, dass alles möglich war. Alles.

Kappe nahm seinen Hut und seinen Mantel und verließ das Präsidium. Er musste nicht weit gehen. In der Mollstraße entdeckte er ihren Rennwagen. Der Wagen, mit dem ihr Bruder August Bier ermordet hatte. Kappe drehte sich der Magen um. Aber möglicherweise war das nur in zweiter Linie sein übersteigertes Gerechtigkeitsempfinden und in erster Linie der Schnaps, den er am Vorabend wieder hatte trinken müssen, um das alles zu ertragen.

Clärenora wartete in einem kleinen Café. Sie trank ihren Mokka aus, Kappe sollte gar nicht erst Platz nehmen. Als sie auf die Straße traten, hängte sie sich bei Kappe ein.

Kappe bekam einen Schreck. Dann aber fiel ihm ein, dass Klara ja nicht mehr bei ihm war und dass es deshalb auch gleichgültig war, ob ihn jemand Arm in Arm mit der schönen Clärenora Stinnes über die Mollstraße spazieren sah.

«Ich reise heute noch ab. Mein Gepäck ist schon mit der Bahn unterwegs. Den Koffer mit meinen persönlichen Sachen habe ich dabei», sagte Clärenora, als sie am Wagen ankamen.

Jetzt erst fiel Kappe auf, dass ein kleiner brauner Lederkoffer auf dem Heck klebte, mit zwei Expandern auf der Klappe fixiert.

«Kommen Sie ein Stück mit?», fragte Clärenora und zog ihre Ledermütze über. Als sie dann auch noch die Rennfahrerbrille mit den Gummizügen aufsetzte, sah sie wieder aus wie ein Insekt.

Eine Sonnenanbeterin, dachte Kappe. Die ermordet die Männchen, nachdem diese sie begattet haben. «Bis wohin?», fragte er.

Sie lachte und bog sich dabei nach hinten, als wäre nichts geschehen. Kein Mord an Bier. Keine Mordermittlung. Keine Entlarvung. Keine Einweisung in die Psychiatrie. «Ich will heute Abend im Hotel Excelsior in Warschau sein. Dort erwarten mich Filmleute und Reporter zu einem Ball. Die erste Station auf der Weltumrundung. Das muss doch gebührend gefeiert werden!»

«Ich weiß nicht.» Kappe kam sich wie ein Backfisch vor.

Clärenora beugte sich leicht vor und klopfte ihm auf die Schulter. «Keine Angst! Ich lasse Sie in Friedrichsfelde raus. Oder sonst wo. Auf jeden Fall an der S-Bahn.»

«Ich weiß nicht», sagte Kappe erneut und schaute besorgt zu dem Rennwagen hin.

Clärenora wurde ernst. «Sie müssen nicht. Ich dachte bloß ... Es würde mich sehr freuen.»

Kappe klatschte in die Hände. «Also gut, bis Hoppegarten!»

Clärenora strahlte. Sie öffnete Kappe das kleine Türchen, damit er sich bequemer in die enge Zigarrenkiste zwängen konnte. Als er saß – die Beine taten jetzt schon weh –, lief sie um die Spitze der Zigarrenkiste herum und schwang sich auf den Fahrersitz.

Der Motor heulte auf. Kappe bekam einen Schlag in sein Rückgrat, und schon schossen sie über die Kaiser-Wilhelm-Straße davon. Die Menschen auf den Trottoirs blieben stehen, sobald sich ihnen das tiefe Röhren des Ungetüms näherte.

Kappe schaute Clärenora an.

Sie strahlte. Es schien fast so, als wäre sie glücklich.

In der Frankfurter Allee beschleunigte Clärenora noch einmal. Kappe wurde in den schmalen Ledersitz gedrückt. Aber es gefiel ihm. In seinem Bauch kribbelte es. Er hätte nichts dagegen gehabt, wenn sie plötzlich abgehoben und in Richtung Rummelsburger See geflogen wären. Und dann bemerkte er noch etwas, das ihn sehr erstaunte, ja beschämte. Es erregte ihn, neben Clärenora zu sitzen und mit einer kriminellen Geschwindigkeit über die Frankfurter Allee zu brausen. Es erregte ihn sehr. Er glaubte sogar, eine Erektion zu haben. Vorsichtshalber faltete Kappe die Hände in seinem Schoß.

Clärenora schaute zu ihm hinüber und brüllte: «Ist das nicht toll?»

Kappe nickte heftig. Dann aber schrie er: «Vorsicht! Die S-Bahn-Brücke!»

Und schon machte es ein Geräusch wie eine Tür, die zugeschlagen wird, und sie waren unter der Brücke durch.

Kappe hätte nichts dagegen gehabt, wenn Clärenora in Friedrichsfelde kurz gehalten hätte. Zum Aussteigen und Spazierengehen. Seinetwegen auch Arm in Arm.

Aber das tat Clärenora nicht. Sie hatte es eilig. Sie musste abends im Excelsior in Warschau sein. Deshalb wollte sie so schnell wie möglich raus aus Berlin.

Auf der Ausfallstraße schaltete sie zweimal hintereinander hoch. Mit Zwischengas. So nannte man das. Seit seiner letzten Tour in Clärenoras Rennwagen kannte Kappe sich aus.

Die Häuser zogen so schnell an ihnen vorbei, dass Kappe kaum den Kopf wenden konnte, was er auch nicht wollte, denn Clärenoras Profil war viel aufregender. Kappe schloss die Augen und genoss es. Seine Erektion war gewaltig geworden. Klara hätte gestaunt.

An der Biesdorfer Höhe hielt Clärenora knatternd an. Sie parkte in einem Waldweg. Den Motor stellte sie ab.

Kappe wurde verlegen.

«Oder kommen Sie doch mit nach Warschau?», fragte sie.

Kappe schüttelte den Kopf. Warum nimmt sie die Brille nicht ab, fragte er sich.

Da nahm sie sie auch schon ab. Die Ränder zeichneten sich auf den Wangen ab. Clärenora wirkte jetzt wie eine Frau, die hart arbeitete. Vielleicht tat sie das ja auch. «Schade!», sagte sie. «Wer weiß, ob wir uns jemals wiedersehen.»

Kappe schwieg. Er spürte einen Druck unter der Brust. Einen unangenehmen Druck. «Möglicherweise sehen wir uns nie wieder», sagte er dann, nur um etwas zu sagen.

Clärenora schaute geradeaus und nickte mehrmals heftig. «Wir wissen beide, dass es nichts geworden wäre.» Sie schwieg. Und dann: «Oder?»

Kappe schaute sie an. Zum ersten Mal sah er in ihren Augen Unsicherheit. Würde sie hierbleiben, wenn er sie darum bat? An seiner Seite? Als neue Klara? Kappe spürte, dass sich dann alles ändern würde. Alles. Auch sein Leben. Er bekam Angst. Eine Urangst, wie er sie seit seiner Kindheit draußen in Wendisch Rietz nicht mehr gespürt hatte.

Kappe stieg aus. «Es wäre nichts aus uns beiden geworden. Das stimmt.» Er drückte die Tür zu. «Schade!»

Sie startete den Motor und schob die Brille über die Augen.

Dann bückte Kappe sich noch einmal in den Wagen und küsste Clärenora Stinnes auf den Mund. Es war ein kurzer, aber sehr ungewöhnlicher Kuss. Hermann Kappe hatte in seinem ganzen Leben noch niemals solch einen Kuss geküsst. «Gute Reise!», sagte er.

Als sei das ihr Stichwort, gab Clärenora Gas. Die Räder drehten in dem weichen Boden durch. Gras und Dreck wurden hochgeschleudert, Kappe gegen die Brust. Dann griffen die Pneus, und der Rennwagen schoss davon.

Clärenora winkte, bis sie unter der nächsten Brücke verschwand.

Kappe winkte noch, als sie schon lange nicht mehr zu sehen war.

SIEBZEHN

KAPPE zog es an diesem traurigen Tag überhaupt nicht nach Hause. Aber er wollte sich nicht schon wieder in einer Destille volllaufen lassen. Also fuhr er schweren Herzens nach Kreuzberg. Er nahm sich vor, einen Pfefferminztee zu trinken, die liegengebliebenen Zeitungen zu lesen und früh zu Bett zu gehen. Kappe war traurig, und das würde sicher noch eine Weile anhalten.

Als er zum Mariannenplatz kam, traute er seinen Augen nicht. Klara kam ihm entgegen. Mit der vollen Milchkanne in der Hand. Er hielt ihr das Portal auf.

Sie lächelte, als wäre nichts gewesen.

«Wo sind die Kinder?», fragte Kappe.

«Oben. Ich habe gerade Milch für sie geholt.»

Sie gingen zusammen durch den Hof. Wie immer. Auf der Treppe nahm Kappe Klara die Milchkanne ab. Als Kavalier. Er dachte schon fast nicht mehr an den Abschied von Clärenora.

Auf dem Absatz blieb Klara plötzlich stehen und drehte sich zu Kappe um. Sie blies sich die Strähne aus der Stirn.

Das mochte Kappe.

«Keine Küsse im Rennwagen mehr?», fragte sie.

Kappe schüttelt den Kopf. «Nein, ich habe mich für die Blutwurst entschieden.»

«Dann is ja jut», sagte Klara nur.

Als sie wenig später die Tür zur Wohnung aufschloss, wollte Kappe sie küssen.

Sie schüttelte den Kopf. «Da wirste noch 'n Weilchen warten müssen, Hermann.»

Kappe verstand. «Und wie lange etwa?»

«Mindestens ... zehn Minuten. Bis die Kleinen ihren Brei bekommen haben.»

Da ging es Hermann Kappe wieder besser.

Zwei Tage später war ein Bild von Clärenora in der *Vossischen Zeitung*. Es zeigte sie mit ihrem Rennwagen vor dem Hotel Excelsior in Warschau. Der Bürgermeister überreichte ihr einen Blumenstrauß, ein Schauspieler, den Kappe von Filmplakaten kannte, hatte sich bei ihr untergehakt. In dem Artikel stand, dass Frau Stinnes am nächsten Morgen schon in Richtung Moskau weitergereist war. Über Minsk und Smolensk. Dort wurde sie in zwei bis drei Tagen erwartet.

Ein Mordstempo, dachte Kappe.

Weiter berichtete die Zeitung vom Ball im Excelsior, der anlässlich des Zwischenhaltes in Warschau vom Präsidenten der Deutschen Friedensgesellschaft, dem auch Kappe bekannten Harry Graf Kessler, und dem deutschen Botschafter in Polen ausgerichtet worden war: *Die Herrschaften tanzten bis in den Morgen, und man bewunderte allseits die Ausdauer und Grazie der berühmten Rennfahrerin, die keinen Tanz ausließ und sich sogar mit einer Dame des Warschauer Balletts zum Klang eines Tangos bewegte.*

Sieh an, dachte Kappe, die hat sich ja schnell getröstet. Und er seufzte.

«Ist sie das?», fragte Klara, als sie Kappe die Suppe neben die Zeitung stellte.

Kappe murmelte etwas, das wie eine Zustimmung klang.

Klara beugte sich über seine Schulter und schaute sich das Photo an. «Findest du die hübsch?»

Kappe schlug die Zeitung zu und widmete sich verbissen der Suppe.

«Ich hab dich was gefragt, Hermann!»

«Was heißt schon hübsch?»

«Na, du wirst doch wissen, ob 'ne Frau hübsch is oder nich.»

Kappe brach sich ein Stück vom Brotlaib ab, biss kraftvoll hinein und sagte dann mit vollem Mund: «Du bist hübsch, meine Kleene!»

«Das will ich auch hoffen!», sagte Klara und widmete sich den Kindern.

Kappe schaute in den Wirtschaftsteil. Er wagte es nicht, den Clärenora-Artikel zu Ende zu lesen. Dazu war ihm Klara etwas zu forsch. Vielleicht würde er sich das Photo des Schauspielers noch einmal genauer anschauen, wenn er allein war.

Im Wirtschaftsteil gab es einen Artikel über Hugo Stinnes jr.

Der Magen von Hermann Kappe begann wieder zu schmerzen, als er das Photo des breit in die Kamera grinsenden Konzernerbens sah.

Der Schreiber lobte über alle Maßen den bedächtigen und dennoch autoritären Stil, mit dem der Sohn die Stelle an der Spitze des Stinnes-Imperiums angetreten hatte: *Bei diesem Wirtschaftslenker merkt man einfach, aus welchem Stall er kommt. Wir werden in nächster Zeit sicher noch viel von ihm hören: in der Wirtschaft, aber auch in der Politik. So, wie wir jahrzehntelang viel von seinem Vater gehört haben.*

Dieser «Wirtschaftslenker» hatte einen Menschen überfahren. Auf offener Straße, am helllichten Tag. Und es war ihm nichts geschehen. Wütend schlug Kappe die Zeitung zu. Dass so einer frei herumlief, das ertrug er einfach nicht.

Die Tage mit Klara verliefen ohne ein böses Wort. Es gab aber auch kein gutes Wort. Und keinen Kuss.

Hermann Kappe konnte damit nicht gut umgehen. Wenn sie ihn gescholten und beschimpft hätte, ja, dann hätte er doch gewusst, woran er war. Dann hätte er sich wehren können. Schließlich war ja nichts passiert außer einem Kuss. Wie tief dieser Kuss in seine Seele gedrungen war, dass ging ja niemanden etwas an. Nicht einmal Klara. Kappe war jedenfalls der Meinung, dass er das nicht verdient hatte, was Klara da mit ihm veranstaltete. Aber solange sie nur schmollte und ihm nichts vorwarf, konnte er sich ja schlecht rechtfertigen. Sobald er nur damit anfing, hatte er auch schon verloren. Das war ihm klar. Und Klara wahrscheinlich auch. Also ließ Hermann Kappe alles so, wie es war. Aber er hoffte, dass es nicht allzu lange dauern würde, bis Klara ein Einsehen hatte und wieder normal mit ihm verkehrte. Er war ja ein harter Knochen – wenn es um seine Arbeit ging. Aber zu Hause konnte er Unfrieden und miese Stimmung nicht ertragen.

Im Bureau ließen sie ihn in Ruhe. Brettschieß machte einmal eine Bemerkung, von der Kappe nicht so genau wusste, was er davon halten sollte. Der Vorgesetzte sagte, Kappe habe ja in der Stinnes-Geschichte noch mal glücklich den Hals aus der Schlinge gezogen, wozu man ihm als Kollegen nur gratulieren könne. Kappe fragte ihn, was er damit meinte, aber Brettschieß lachte nur unsicher und verzog sich.

Kappe hasste ihn. Aber noch mehr hasste er sich selbst. Wie hatte er sich nur derart verstricken lassen können?

Die nächste Nachricht von Clärenora kam aus Moskau. Die Zeitungen waren voll davon. Kappe sah sie schon morgens am Kiosk auf den Titelseiten: *Deutsche Rennfahrerin in der Sowjetunion gefeiert. Nun geht es weiter nach Asien. Clärenora Stinnes lässt sich durch nichts aufhalten.*

Nicht einmal das Unwetter, das gerade über Zentralrussland hinwegzog, konnte sie von ihrer Planung abbringen. Sie feierte bis zum Morgen, trank Champagner mit den Politbüromitgliedern Woroschilow und Molotow und flirtete mit einem Sänger, der in der Sowjetunion angeblich so bekannt war wie der 1921 verstorbene Enrico Caruso in Italien, und setzte morgens mit einem Proviantpaket vom Hotel ihre Fahrt fort in Richtung Osten. Sie wollte in einer Etappe bis Nischni Nowgorod kommen, der Heimatstadt des berühmten sowjetischen Dichters Maxim Gorki, sofern ihr die wolkenbruchartigen Regenfälle keinen Strich durch die Rechnung machten. In Nischni Nowgorod beabsichtigte die Allunions-Pionierorganisation, Clärenora mit einer Massenveranstaltung ihrer Mitglieder zu empfangen. Tausende sollten ihre blauen Pioniertücher für sie schwenken.

Kappe wünschte sich, er wäre in Gorkis Heimatstadt und nicht in Berlin und würde auch zu denen gehören, die auf Clärenora warteten. Er seufzte und blätterte weiter zum Wirtschaftsteil. Seit einigen Tagen tat er das regelmäßig. Er wusste nicht genau, wieso, er verstand das meiste, das dort berichtet wurde, sowieso nicht. Aber es zog ihn an.

An dem Tag, an dem Clärenora sich von Moskau aus durch den Dauerregen nach Nischni Nowgorod kämpfte, fand er den Artikel, auf den er die ganze Zeit über gewartet hatte. Endlich ein Artikel über die Geschäfte des Herrn Hugo Stinnes jr.!

Der Journalist schien sehr genau Bescheid zu wissen über die Verhältnisse im Hause Stinnes. Er berichtete freimütig darüber, dass der verstorbene Prinzipal seine beiden Söhne Edmund und Hugo jr. aufgefordert hatte zusammenzuarbeiten. Sie sollten gemeinsam den Konzern führen und dabei gewisse Grundsätze beachten, die sich in jahrzehntelanger Arbeit bewährt hatten. Das Wichtigste wäre hierbei, sich unbedingt aus der Gängelung der Banken zu befreien. Das Zweite aber, und das hing mit dem Ersten zusammen: keine Schulden machen und eher Unternehmensteile verkaufen, als Kredite aufzunehmen.

Hugo jr. habe gleich nach seinem Machtantritt im Sinne des Vaters die Aufgaben zwischen seinem Bruder Edmund und sich aufgeteilt. Auch im Sinne des Vaters war die Konzentration der Macht in der Wiege der Stinnes-Dynastie, nämlich in Mülheim an der Ruhr. Edmund sollte das Stinnes'sche Kohlesyndikat und den Bergbau bestimmen, Hugo jr. kümmerte sich um den großen Rest, also um Elektrizitätswerke, Schifffahrtslinien und Hotels. Die Mutter Cläre, die sich in all den Jahren an der Seite ihres Gatten eine intime Kenntnis über die Teile und Funktionsweise des Konzerns erworben hatte, sollte als neutrale Dritte darüber wachen, dass es zwischen den Brüdern auch gerecht zuging. Doch sie konnte beim besten Willen nicht verhindern, dass Hugo jr. im Eifer des Neubeginns

Schulden machte, gefährliche Schulden noch dazu, weil sie kurze Laufzeiten hatten, aber für langfristige Geschäfte bestimmt waren.

Das verstand Kappe: Hugo brauchte schnell Geld und akzeptierte dafür auch ungünstige Bedingungen der Banken. Da dieses Geld aber in Geschäfte gesteckt wurde, die sich erst sehr viel später auszahlten, fehlten ihm die Mittel, die Kredite zu tilgen.

Für so dumm hätte Hermann Kappe Hugo Stinnes jr., der ihn im Palais Dunlop über den Tisch gezogen hatte, nicht gehalten. Er klappte die Zeitung zu und hatte zum ersten Mal seit Tagen wieder ein gutes Gefühl, auch wenn das nicht lange anhielt. Auf jeden Fall aber wollte er weiterhin den Wirtschaftsteil lesen, wie anstrengend das auch immer war.

Kappe musste nicht lange warten. Als Clärenora nach drei Wochen Reise durch das riesige russische Reich in Wladiwostok eintraf, wo der Dampfer nach Amerika auf sie wartete, erfuhr Kappe aus derselben Zeitung, dass einflussreiche Bankleute zusammen mit den Herren Silverberg und Goldschmidt in Beratungen darüber eingetreten waren, wie man aus den kurzfristigen Krediten, die Hugo Stinnes jr. aufgenommen hatte, mit wenig finanziellem Zusatzengagement langfristige Verpflichtungen machen konnte. Wie aus Konzernkreisen zu hören war, sei die Witwe Stinnes dafür eingetreten, Beteiligungen der Firma Stinnes zu veräußern, um diese Umschuldung finanzieren und den Konzern wieder stärken zu können.

Hermann Kappe hätte die Zeitung am liebsten zerknüllt und weggeschmissen. Aber er saß auf der Plattform des Pferdeomnibusses, und als Oberkommissar des Polizeipräsidiums musste man immer damit rechnen, dass das Publikum einen beobachtete. Also verhielt er sich gesittet und fraß die Wut in sich hinein. Dass aber Hugo jr. mit der Hilfe seiner Mutter und zweier Bankmenschen, von denen Kappe noch nie gehört hatte, wieder auf die Beine kommen sollte, das hielt Kappe für einen Skandal. Zeigte es ihm doch, dass in dieser Welt diejenigen, die oben schwammen, auch getragen wurden, wenn ihre Kräfte sie verlassen sollten, während die, die unten waren, immer unten blieben. Unten, wo es kalt und dunkel war.

Clärenora war in Kalifornien an Land gegangen und hatte ihren Wagen in Empfang genommen, der bei der Überfahrt einen komplizierten Vergaserschaden erlitten hatte. Die Fahrerin ließ es sich nicht nehmen, das gute Stück mit schwarzen Händen und schwarzen Wangen selbst an den Docks von Los Angeles zu reparieren.

Im Wirtschaftsteil war diesmal nicht von Hugo die Rede. Dafür aber gab es ein Porträt seines Bruders Edmund. Der verursachte einen kleinen Wirbel, als er alle Kredite aufkündigte, die die Banken den Unternehmensteilen, denen er vorstand, gegeben hatten. Damit kam das Kreditgefüge des Konzerns ins Wanken, wie man etwas erschrocken über diese unerklärliche Handlungsweise vermeldete. Der Kommentator konnte nur mutmaßen, Edmund sei vielleicht aufgebracht darüber gewesen, dass seine Mutter und sein Bruder Hugo Firmenteile hatten verkaufen wollen, die seinem Vorstandsbereich unterstanden. Offensichtlich beabsichtigte der Bruder nun, die Finanzkrise noch zu verschärfen.

Wenige Tage später – Clärenora fuhr bereits durch den Mittleren Westen der USA und besuchte in dem Städtchen Lawrence, Missouri, eine deutsche Gemeinde, in der man seit fast einhundert Jahren immer noch einen pfälzischen Dialekt sprach – verstand Kappe dann, was Edmund Stinnes im Schilde führte.

In einer kleinen Meldung erfuhren die Leser des Wirtschaftsteils, dass Cläre Stinnes und ihr Sohn Hugo jr. Edmund mit dem vollen Anteil an seiner Erbschaft aus dem Konzern entlassen hatten. Zwar verlor Edmund so seinen Besitz an der Firma Stinnes, blieb aber Mitbesitzer der Nordstern-Versicherung und der AG für Automobilbau in Berlin-Lichterfelde. Edmund hatte also Bruder und Mutter dazu genötigt, ihn großzügig abzufinden, bevor er noch mehr Schaden verursachte.

Kappe stellte sich vor, dass es Hugo jr. deshalb nicht sehr gut ging – und das gefiel ihm.

ACHTZEHN

UNTEN WAR MAL WIEDER DIE HÖLLE LOS. Das Geschrei war bis hoch ins Mordkommissariat zu hören. Sogar Dr. Brettschieß, der selten sein Bureau verließ und immer so tat, als störten ihn die anderen Kriminalbeamten dabei, in der Abgeschiedenheit seines Kabuffs komplizierte kriminologische und politische Probleme zu lösen, stürmte zu Kappe und Galgenberg und tobte angesichts der unverschämten Störung des Arbeitsfriedens. Dabei hatte er seine geliebte *Kreuzzeitung* unter die Achsel geklemmt, als wäre er auf dem Weg zum Donnerbalken. Sicher hatte er gerade mal wieder die Beförderungsnotizen der Reichswehr studiert. Das war es nämlich, was den Herrn Kriminalrat am meisten interessierte, wie Kappe schon vor Wochen festgestellt hatte.

«Was treiben denn die Burschen da unten schon wieder?» Brettschieß schoss zum Fenster und schaute hinaus auf den Alexanderplatz. «Is schon wieder so 'ne verdammte Demonstration der Linken? Oder warum macht die Schutzpolizei einen solchen Aufriss?»

Kappe und Galgenberg zuckten bloß mit den Schultern. Sie wussten auch nicht, warum es im Parterre so hoch herging.

«Dann schauen Se doch gefälligst mal nach, und sagen Se denen da unten, dass hier oben gearbeitet wird!», befahl Dr. Brettschieß.

Kappe und Galgenberg schauten sich unsicher an. Keiner von beiden hatte große Lust, die drei Treppen hinunter ins Schutzpolizeirevier zu laufen und dort den wilden Mann zu spielen. Zumal die Schupos bekannt dafür waren, dass sie wenig Respekt vor den Kriminalern aus dem eigenen Haus hatten. Was aber auch bei Vorgesetzten wie dem Herrn Dr. Brettschieß kein Wunder war.

«Ja, was denn nun? Muss ich erst einen schriftlichen Marschbefehl ausstellen?» Brettschieß trat an den Schreibtisch von Kappe und beugte sich leicht vor, als hätte er seinem Mitarbeiter ein Geheimnis anzuvertrauen, das niemand anderes mitbekommen durfte. «Könnte doch sein, dass die Kollegen Hilfe benötigen, oder? Dann wäre es doch saublöd, wenn wir uns hier die Ärsche wund scheuern. Ich meine nur, falls es später eine interne Untersuchung geben sollte.»

Kappe war zu stolz, darauf zu spekulieren, dass Galgenberg in die Bresche sprang. Er fühlte sich nicht als der faule Untergebene, zu dem Brettschieß ihn machen wollte. Also erhob er sich ächzend und begab sich nach unten.

Es herrschte wirklich Ausnahmezustand. Zwei Parteien standen sich gegenüber: auf der einen Seite das ganze Bataillon an Wachtmeistern mit ihren steifen Tschakos, das nun auch noch verstärkt wurde durch neugierige Kollegen aus den hinteren Wachstuben, die sich durch das Geschrei hatten anlocken lassen, und dann zwei orthodoxe Juden mit Schläfenlocken und schwarzen Hüten in Begleitung von zwei Frauenzimmern, der Aufmachung nach gutbürgerlich, aber dadurch nicht weniger aufgebracht.

Kappe hörte sich das Gezeter eine Weile an, dann nahm er einen älteren Schupo, den er kannte und als ausgleichenden Charakter schätzte, beiseite und fragte ihn nach den Hintergründen.

So erfuhr er, dass der Kollege Miehlke, als hochfahrend und brutal verschrien, sich hatte einfallen lassen, einen Menschenauflauf vor der Synagoge in der Oranienburger Straße zu räumen. Dabei war er auf die anwesenden Herrschaften gestoßen.

«Was für einen Menschenauflauf denn?», fragte Kappe halblaut.

«Na ja, 'n Auflauf nich direkt. Eher 'ne Vasammlung. Um jenau zu sein, die Herrschaften hatten gerade wegen des jüdischen Feiertages den Jottesdienst in der Synagoge besucht und standen nu schwatzend auf dem Bürgersteig. Die zwei Weibsbilder wollten wohl nich weichen, da wurde der Kolleje jrob.»

«Vastehe!», sagte Kappe knapp. Er kannte das Aas Miehlke und verstand wirklich.

«Die jüdischen Herrschaften griffen wohl ein. Zum Schutz ihrer Frauen. Der eene der beeden ist der Vorsänger der Gemeinde. Er hat olle Miehlke uff den jüdischen Feiertach aufmerksam jemacht. Dat se deshalb nach dem Jottesdienst noch vor der Synagoge uff der Straße stehen. Da hat Miehlke ihn anjefahren: ‹Ick pfeife uff die jüdischen Feiertage!› Ick jebe det hier besser nich wörtlich wieder, Herr Oberkommissar. Sie kennen ja den Miehlke.»

Kappe nickte. Er konnte es sich vorstellen.

«Miehlke hat den Vorsänger festjenommen. Fertig! Daraufhin is der Vorsteher der Jemeinde den beiden hierher jefolgt, um sich zu beschweren über det Vahalten von Miehlke. Die beiden Frauen sind der Ordnung halber gleich mitgekommen. Und nun ham wa den Salat!»

Der massige Miehlke stand mitten in dem Durcheinander und brüllte mit rotem Kopf etwas, das Kappe nicht verstand.

Andererseits verstand Kappe gut, dass der aufgebrachte Gemeindevorsteher nicht nur seine Beschwerde über Miehlke loswerden, sondern auch seinen arretierten Vorsänger wieder mitnehmen wollte.

Das wiederum rief den Hauptwachtmeister auf den Plan, dem Miehlke den Vorstoß der Juden als eine Besetzung des Reviers schilderte.

«Nu is aber Ruhe!», rief der Hauptwachtmeister.

«Lassen Sie sofort meinen Vorsänger frei!», rief der Gemeindevorsteher. «Er hat nichts getan, außer dass er die Ehre unserer Damen verteidigt hat gegen Ihren anmaßenden Wachtmeister.»

«Nun sehen Se», triumphierte Miehlke. «Det Pack gloobt, es hat hier wat zu sagen.»

Der Hauptwachtmeister wirkte etwas überfordert. Doch dann hatte er einen Entschluss gefasst und verkündete den Juden: «Ich fordere Sie hiermit zum Verlassen der Wache auf!»

Der Vorsteher riss sich den Kragen auf und schnappte nach Luft. «Nicht ohne meinen Vorsänger!»

Die Frauen nickten feierlich.

«Schaffen Se se raus!», befahl der Hauptwachtmeister entnervt seinen Beamten.

Auf diesen Augenblick hatte Miehlke nur gewartet. Er stieß den Vorsteher unsanft die Treppe hinunter.

Der war außer sich. «Ich verlange Ihre Dienstnummer! Geben Sie sie mir!»

Die Frauen kreischten.

Miehlke wurde brutal und machte Anstalten, den alten Juden mit seinem Knüppel zu attackieren.

«Halt!», rief Kappe. Das war ihm so herausgerutscht. Er hatte hier nicht viel zu melden, der Chef war der Hauptwachtmeister.

Aber immerhin, Miehlke hielt inne.

«Es gibt keinen Grund, den Mann zu schlagen», sagte Kappe.

«Ach was», sagte der Hauptwachtmeister und schaute sehr indigniert.

Da fing der Jude auf der Treppe an zu schreien. «Er hat mich getreten! Haben Sie's gesehen? Das Subjekt hat mich getreten!»

«Nun reicht's!», befand der Hauptwachtmeister. «Alle festnehmen! Alle außer die Damen. Die jehn schnellstens nach Hause. Aber hoppla!»

Die Damen fingen an zu weinen.

«Mit was für einem Grund wollen Sie denn die Herren festnehmen, Herr Hauptwachtmeister?», fragte Kappe, obwohl er wusste, dass ihm das Ärger einbringen würde.

«Janz einfach, Herr Kriminaler, wejen Hausfriedensbruch. Ick habe den Herrn des Reviers verwiesen, er ist aber jeblieben. Also Hausfriedensbruch!»

«Aber ... aber das waren doch nur ein oder zwei Minuten», stammelte Kappe.

«Hausfriedensbruch ist Hausfriedensbruch! Und wenn Sie sich weiter hier einmischen, Herr Kappe, dann benenne ich Sie als Zeugen. Wollen mal sehen, ob Se dann gegen die eigenen Kollegen aussagen.»

Nun hatte Kappe den Salat. Bevor es noch dicker kam, machte er sich davon. Den traurigen Blick des Gemeindevorstehers konnte er sowieso nicht mehr ertragen.

Hermann Kappe wurde zum Wirtschaftsfachmann. Dass ihn lediglich die Gier nach Rache für die Demütigung, die er im Palais Dunlop erfahren hatte, dazu brachte, nun tagtäglich den Wirtschaftsteil der *Vossischen Zeitung* zu studieren, störte ihn nicht. Es gab dabei allerlei Interessantes zu erfahren, das Hermann Kappe bis dahin noch nicht gewusst hatte.

So war plötzlich von einer Talfahrt der Konjunktur die Rede gewesen. Kappe konnte sich darunter nichts vorstellen, am ehesten vielleicht noch ein mit allerlei Krimskrams beladener Schlitten, der einen Berg hinabraste und dabei mehr und mehr seine Last einbüßte. Solche Szenen kannte Hermann aus dem Kintopp, das er früher mit Klara, als die Kinder sie noch nicht daran hinderten, manchmal am Samstagabend besucht hatte.

In der *Vossischen* hieß es, vorerst sei noch nicht allzu viel für den gemeinen Mann auf der Straße zu spüren. Die Talfahrt falle nur den Bankmenschen auf, die erhebliche Probleme hätten, die Schuldenlast, die auf ihren Instituten ruhte, zu bewältigen. Das Gleiche gelte natürlich auch für Konzernherren, die sich mehr Geld geliehen hatten, als die Stärke ihrer wirtschaftlichen Unternehmungen vertragen konnte.

Gehörte zu denen nicht auch Hugo jr.? Der lieh sich doch unentwegt neues Geld, um das Erbe, das er vom toten Stinnes erhalten hatte, zu konsolidieren, wie es hieß.

Kappe war gespannt darauf, wie es weiterging mit dieser Talfahrt. Es dauerte nur wenige Tage, bis er es erfuhr.

Klara, die sich schon wieder ein leichtes Lächeln abmühte, wenn sie sah, wie er sich anstrengte, das, was geschehen war, durch ein gefälliges Verhalten wiedergutzumachen, setzte sich eines Abends zu ihm an den Tisch, während er die Zeitung studierte. «Das Geld reicht nicht mehr», sagte sie.

Kappe schaute auf. «Was?»

«Das ist doch ganz einfach. Soll ich dir vorrechnen, was das Brot, die Milch, die Kartoffeln wieder mehr kosten? Aber mein Haushaltsgeld ist gleich geblieben.»

«Natürlich, weil mein Gehalt auch gleich geblieben ist.»

«Wieso eigentlich? Als Oberkommissar müsstest du doch mehr verdienen, oder?»

«Nicht unbedingt», sagte Kappe.

Sie packte mit beiden Händen seinen Unterarm, als müsste sie ihn davon abhalten, in seiner Wut etwas Schreckliches zu tun.

Dabei war Kappe ganz ruhig.

«Du bist der beste Mann, den sie da haben, Hermann», sagte Klara.

Was sollte Kappe dazu sagen?

«Warum gehst du nicht zu diesem Brettschieß und verlangst eine Gehaltserhöhung?»

«Weil er mir dann noch mehr Arbeit aufhalsen wird.»

Klara breitete die Arme aus und zog die Schultern hoch. Das sollte wohl heißen: Na und?

«Liegst du mir nicht dauernd in den Ohren, dass ich mich mehr um die Familie kümmern soll? Dass ich mehr Zeit mit dir und den Kindern verbringen soll, anstatt zu arbeiten?»

Klara schaute ihn an, als hätte er den Verstand verloren. «Was hat das eine mit dem anderen zu tun?»

So lief das bei Kappe zu Hause. Was sollte man dazu noch sagen? Er schaute wieder in seine Zeitung.

«Und was ist jetzt?», fragte Klara und machte eine Handbewegung, die unmissverständlich war. Sie wollte Geld.

«Du bekommst mehr. Keine Angst! Dann werden wir halt anderswo sparen müssen.»

Klara lachte. Sie lachte Hermann aus. «Sparen? Da bist du wohl so ziemlich der Einzige in diesem Land, der das noch kann, Hermann.»

Am nächsten Tag gab es eine kleine Meldung im Wirtschaftsteil, die Kappes düstere Stimmung aufhellte: Die Schulden des Stinnes-Konzerns müssten, wie es hieß, innerhalb einer Frist von sechs Monaten abgetragen werden. Das hatten die betroffenen Banken bekanntgegeben. Sie wiesen aber auch im Interesse ihres Schuldners darauf hin, dass eine Verbesserung der wirtschaftlichen Rahmenbedingungen in dieser Zeit kaum möglich sei und man deshalb beidseitig daran arbeite, eine Umschuldung zustande zu bekommen. Mehr war da nicht zu lesen.

Aber das genügte Kappe. Hugo jr. stand das Wasser bis zum Hals. Und das war gut so.

In derselben Ausgabe von Kappes «Tante Voss» war die Anzeige eines Auktionators zu finden. Die Kanzlei Dr. Brockschmidt gab bekannt, dass das umfangreiche Warenlager der Firma Stinnes in Hamburg am kommenden Samstag versteigert werden sollte. Interessenten sollten sich gegen zehn Uhr vormittags in der Speicherstadt einfinden.

Kappe wäre liebend gerne dabei gewesen, allein schon um den Basar zu sehen, der da unter den Hammer kam, und natürlich das bleiche Antlitz seines Lieblingsfeindes Hugo Stinnes jr.

Eine besondere Freude war es für den überzeugten Preußen Hermann Kappe, wenige Tage später in seiner Zeitung zu lesen, dass alle Anteile der Familie Stinnes am mächtigen Energiekonzern RWE in einem Schwung vom Staate Preußen übernommen worden waren. Er schlug mit der Faust auf den Tisch. «So sollte es immer gehen – der Staat übernimmt die Konzerne», jubelte er.

Klara war gerade dabei, einen Brei aus Hirse und Milch zu kochen – für die Kinder.

Seit das Geld knapp war, bekam auch Kappe solches Essen vorgesetzt. Das sollte ihn wohl mürbemachen. Ihm war es egal. Er aß auch Brei, solange er danach sein Glas Bier bekam. Das trank er allerdings in der Destille, damit Klara ihm keine Vorwürfe machen konnte.

«Vielleicht sollte der Staat Preußen auch unseren Haushalt übernehmen, bevor wir absaufen», sagte Klara spitz.

An diesem Abend beschloss Kappe, den Brei gar nicht mehr abzuwarten und schon vor dem Essen in die Destille zu gehen.

Am Tag darauf meldete die *Vossische Zeitung* feierlich, dass die Stinnes'sche Schifffahrtsflotte von einem Konsortium übernommen werden sollte. Man hatte versucht, sie an den traditionsreichen Norddeutschen Lloyd zu verkaufen, aber die Konkurrenz von der HAPAG hatte das als einen unfreundlichen Akt angesehen und erheblich protestiert. Daraufhin war ein Zusammenschluss aller Konkurrenten gebildet worden, der die Schifffahrtsflotte übernahm. Dem Konzernerben Hugo Stinnes jr. blieb, wie es nun hieß, nur noch die Kohlenhandelssparte, um den Kern des Familienunternehmens zu retten. Mit Kohle hatten der Vater und der Großvater auch angefangen – mit Kohle endete die Karriere des Sohnes. Allerdings würde, so die *Vossische,* der junge Stinnes für den Erhalt dieses Kronjuwels frisches Geld brauchen. Um dies im Ausland zu beschaffen, habe ihm das Konsortium der Gläubigerbanken genau drei Monate Zeit gegeben.

Drei Monate, dachte Kappe, das ist verdammt wenig Zeit für den Junior.

Wie Kappe wenig später auch aus seiner Zeitung erfuhr, war Hugo jr. das Unmögliche gelungen: Er schloss einen Vertrag mit Banken aus New Orleans, Chicago und New York, die ihm 25 Millionen Dollar für die Ablösung seiner Schulden gaben. Dafür musste der gesamte Besitz der Familie Stinnes, mit Ausnahme des Hauses, in dem die Familie in Mülheim wohnte, in eine neue Firma in Baltimore einfließen, die natürlich den Namen des Juniors trug.

Kappe wusste nicht so recht, was er davon halten sollte. War Hugo damit gerettet?

NEUNZEHN

HERMANN KAPPE haderte ein paar Tage lang mit sich und der Welt. Einmal war er sogar so weit, in den Grunewald zu fahren und Hugo jr. doch noch mit einer Pistolenkugel zur Strecke zu bringen. Er saß sogar schon mit fiebrigem Kopf in der S-Bahn und hielt die Waffe in der Tasche eisern umklammert, mit der unumstößlichen Absicht, sie nicht wieder loszulassen, bis der Mörder von August Bier in seinem Blute lag.

Doch dann stieg am Bahnhof Savignyplatz ein Kindermädchen in Küchenschürze ein, das zwei kleine Jungen, wohl die Sprösslinge ihrer Herrschaft, im Schlepptau hatte. Während einer der beiden Jungen sofort wild über die Holzbänke tobte, nahm der andere etwas scheu Kappe gegenüber Platz und legte die kleinen Hände in den Schoß. Sein Scheitel war eben erst gezogen worden, die schwarzen Haare waren noch nass. Seine Wangen glänzten vor Aufregung, offensichtlich fuhr der Kleine selten mit der S-Bahn. Dann hob er irgendwann den Blick, nachdem er lange auf seine Füße geschaut hatte. Er blickte Kappe direkt in die Augen.

Kappes Knie wurden augenblicklich weich. So schaute sein Sohn ihn auch manchmal an, wenn er abends vom Dienst nach Hause kam. So fremd und gleichzeitig ohne jedes Misstrauen. So, wie nur Kinder schauen konnten.

Kappe stieg am Bahnhof Halensee aus. Er fürchtete, in Tränen auszubrechen, wenn der Junge ihn weiterhin so anschauen würde. Eine halbe Stunde lang stand er im S-Bahnhof in der Kälte und schaute auf die grauen Gleise. Dann ging er zu Fuß zurück nach Kreuzberg.

Als er zu Hause ankam, war er klatschnass vom Schweiß. Dabei war es draußen immer noch bitterkalt.

Klara zwang ihn dazu, sich sofort ins Bett zu legen. Sie steckte ihm ein Fieberthermometer unter die Achsel und kochte ihm Schachtelhalmtee, damit das Fieber herunterging.

Kappe schlief zwölf Stunden wie ein Toter. Dann stand er auf, wusch sich und ging zur Arbeit. Er schwor sich an diesem Morgen, den Fall Hugo Stinnes jr. endgültig zu den Akten zu legen. Er dachte an einen Ausspruch eines alten Freundes aus Wendisch Rietz: «Ein Mann muss siegen wollen, aber noch wichtiger ist, dass er lernt zu verlieren.»

Wenige Tage später wurde in der *Vossischen Zeitung* gemeldet, dass der Leiter des Stinnes-Konzerns nach den drastischen Verkäufen, zu denen die Konjunktur ihn gezwungen hatte, Deutschland den Rücken kehrte und nach Amerika ging, wo er den verbliebenen Rest seines Erbes unter der Aufsicht der dortigen Banken verwalten wolle.

Dass es Hugo jr. in Baltimore nicht lange hielt und er schnell wieder als Sachverwalter der amerikanischen Banken ins deutsche Reich zurückkehrte, nahm Hermann Kappe noch zur Kenntnis. Es interessierte ihn aber nicht mehr. Hugo jr. hatte zwar nicht wirklich für den Mord an August Bier gebüßt, aber er hatte das verloren, was sein Vater ihm als Vermächtnis der ganzen Sippe übergeben hatte. Das war keine gerechte Strafe für ein Menschenleben, aber das war eine Strafe, die Hugo jr. sein Leben lang quälen würde. Und damit gab Hermann Kappe sich zufrieden. Es gab Wichtigeres.

Die Vorladung als Zeuge kam prompt. Der Hauptwachtmeister des Reviers am Alexanderplatz hatte also doch nicht gebluff. Kappe musste sich von Brettschieß seine Vorladung unterschreiben lassen.

Der setzte kleinlaut seinen Friedrich Wilhelm unter das Schriftstück und wünschte Kappe viel Glück. Er wusste, dass er nicht ganz unschuldig an der Sache war. Eines konnte er sich allerdings nicht verkneifen: Als er Kappe verabschiedete, klopfte er diesem auf die Schulter und sagte: «Machen Se uns keine Schande, Oberkommissar! Sie wissen ja, die Schupos haben einen schweren Stand da unten, und letzten Endes sind se alle unsre Kollegen.»

Kappe musste schnell weg, damit ihm nichts Falsches herausrutschte. Er hatte schon genug Ärger am Hals.

Auf dem Gericht waren alle erschienen: das Revier mit vier Mann sowie der Vorsteher der Synagoge in der Oranienburger Straße samt seinem Vorsänger und beiden Damen.

Kappe bemerkte sofort, woher der Wind wehte.

Der Hauptwachtmeister führte das große Wort.

Miehlke sprach nur, wenn er dazu aufgefordert wurde und auch dann entgegen seiner Gewohnheit sehr verhalten.

Sie gaben zu Protokoll, der Gemeindevorsteher habe sich nicht ordnungsgemäß über die Behandlung seines Vorsängers und der Damen beschwert, sondern mit Fausthieben auf den Tisch die Entlassung des Vorsängers verlangt. Auch habe er, als man ihm deswegen Hausverbot erteilte, so laut geschrien und Randale gemacht, dass seine Festnahme zwingend gewesen sei.

Der Vorsteher übertrieb auch maßlos. Er sei auf dem Revier nicht zu Wort gekommen, und man habe ihn sofort mit Gewalt die Treppe hinuntergeworfen.

Der Richter hörte sich alles an und fragte dann, wie lange der Angeklagte nach seinem Hinauswurf noch auf dem Revier geblieben sei, bis man ihn habe festnehmen müssen.

Bevor aus Miehlke etwas herausbrach, gab der Hauptwachtmeister an: «Vier bis fünf Minuten.»

Die jüdischen Zeugen hingegen behaupteten, es seien nur ein oder zwei Minuten bis zum Hinauswurf gewesen.

Der Verteidiger wollte natürlich das rohe Verhalten des Beamten Miehlke vor der Synagoge zur Sprache bringen, aber der Richter verbat ihm das, denn verhandelt wurde nur der Hausfriedensbruch und die Beleidigung der Polizeibeamten, die der Vorsteher sich habe zuschulden kommen lassen.

Der Verteidiger bestand aber auf die Verhandlung der Vorgeschichte in der Oranienburger Straße, um den Grad der Erregung seines Mandanten ermessen zu können.

Sogar der Staatsanwalt stimmte ihm zu.

Der Richter wirkte einen Moment lang ratlos, dann wandte er sich an die Schöffen und fragte: «Interessiert Sie das?»

Die Schöffen schüttelten die Köpfe.

Dennoch fühlte sich Miehlke bemüßigt zu erklären, dass er gezwungen gewesen sei, den Bürgersteig vor der Synagoge räumen zu lassen, weil sich dort immer viele Händler herumtrieben. «Infolge der Inflation», sagte er gestelzt und schaute dabei den Hauptwachtmeister an.

Kappe wusste, warum.

Man hatte Miehlke auf dem Revier diese Aussage eingebläut, und der hatte nun nicht einsehen können, warum er auf sie verzichten sollte, wenn er sie schon auswendig gelernt hatte.

Der Verteidiger nutzte die Gelegenheit, den Beamten zu fragen, ob er nicht an der festlichen Kleidung der Anwesenden bemerkt hätte, dass es sich um Gottesdienstbesucher gehandelt habe, die einen hohen jüdischen Feiertag begingen, und keinesfalls um Schwarzhändler.

Miehlke sagte mit großer Verwunderung in der Stimme: «Nö, wieso denn? Die Juden laufen doch immer so rum.»

Daraufhin wäre es fast zum Tumult gekommen. Der Richter musste Ordnung schaffen und wandte sich nun Hermann Kappe zu, seinem einzigen neutralen Zeugen. Er fragte den Oberkommissar, warum er in das Revier gekommen sei.

Kappe antwortete wahrheitsgemäß: «Auf Anweisung meines Vorgesetzten hin, des Herrn Dr. Brettschieß, weil es da unten so laut geworden war. Wir waren der Meinung, wir müssten den Kollegen beistehen.»

Daraufhin wurde im Saal laut gelacht.

Kappe machte das verlegen, weil er den Grund der allgemeinen Heiterkeit nicht verstand.

«Wie haben Sie die Situation im Revier erlebt, Herr Oberkommissar?», fragte der Richter.

«Machen Sie uns keine Schande!», hatte Brettschieß noch zu ihm gesagt. Und das dachten auch die Kollegen vom Revier. Kappe sah es ihnen an. «Sie war weitestgehend so, wie sie von den Anwesenden beschrieben worden ist.»

Im Saal kam Unruhe auf.

«Nun, Herr Oberkommissar, die Situation wird von den Anwesenden recht unterschiedlich beschrieben. Helfen Sie uns!», sagte der Richter.

«Es ging hoch her.»

Wieder wurde gelacht.

Der Richter klopfte mit seinem Hammer auf den Tisch. «Das ist uns zu ungenau.»

Kappe spürte, dass ihm Schweißperlen auf die Stirn traten. Wäre doch nur Galgenberg damals runtergegangen und nicht er! Doch dann dachte Kappe an den Blick des Juden, als die Schupos ihn abführten. «Miehlke hat die Herrschaften sehr hart angefasst. Eine Beschwerde war durchaus gerechtfertigt. Der Hauptwachtmeister aber hat es gar nicht dazu kommen lassen. Er hat den Herrn mit Gewalt hinauswerfen lassen, obwohl der nur auf seinem Recht bestanden hat.»

«Das ist eine Frechheit!», brüllte der Hauptwachtmeister.

Und Miehlke spuckte aus: «Verräter!»

Der Richter musste mit Nachdruck für Ruhe sorgen. Dann sprach er sein Urteil: Der Jude wurde freigesprochen, die Polizisten wurden verwarnt, vor allem Miehlke wegen ungebührlichen Verhaltens.

Sie nahmen das Urteil mit hochroten Köpfen entgegen.

Als Kappe an ihnen vorbeiging, zischte Miehlke: «Man sieht sich immer zweimal!»

Kappe wunderte sich. Aber er hatte keine Angst. Miehlke war

ein Großmaul, und der Hauptwachtmeister war viel zu klug, um es sich mit Brettschieß zu verderben.

Als Kappe später auf dem Kommissariat von dem Prozess berichtete, klopfte Galgenberg ihm auf die Schulter.

Dr. Brettschieß machte ein gequältes Gesicht. «Hat das jetzt sein müssen?»

«Ja, das hat sein müssen», sagte Kappe und schaute seinem Vorgesetzten fest in die Augen.

Brettschieß hielt dem Blick nicht stand. Doch als er schon in der Tür zu seinem Zimmer war, wandte er sich noch einmal um. «Ich rede mit dem Hauptwachtmeister. Das kann ich mir nicht gefallen lassen, dass so ein Schupo einem meiner Leute vor Gericht droht. Sie können sich auf mich verlassen, Kappe.»

Kappe wusste, dass er das konnte.

Neuerdings arbeitete Kappe weniger. Zwar beklagte sich Klara noch immer, dass das Haushaltsgeld nicht reichte, aber sie sah mit Genugtuung, dass Hermann jetzt viel öfter die Kinder auf den Arm nahm und mit ihnen noch lange spielte, obwohl er schon müde und abgespannt aus dem Präsidium nach Hause gekommen war. Einmal zog Kappe die Kinder sogar an, um mit ihnen auszugehen. Das hatte Hermann noch nie ohne Klara getan.

Klara war etwas verdutzt, und sie fragte ihren Gatten: «Wo willst du mit den Kleinen hin?»

«Zur S-Bahn», antwortete Kappe. «Wird Zeit, dass sie mit ihrem Vater Berlin kennenlernen.»

Also ließ Klara sie ziehen. Sie stand am Küchenfenster, als Hermann Kappe unten mit den Kindern den Mariannenplatz überquerte. Unvermittelt kamen ihr die Tränen. «Das Geld reicht doch sowieso nicht», sagte sie leise. «Aber andere haben noch weniger und sind auch glücklich.»

Es geschah in Berlin ...

Horst Bosetzky: **Kappe und die verkohlte Leiche (1910)**
Sybil Volks: **Café Größenwahn (1912)**
Jan Eik: **Der Ehrenmord (1914)**
Horst Bosetzky/Jan Eik: **Nach Verdun (1916)**
Iris Leister: **Novembertod (1918)**
Horst Bosetzky: **Der Lustmörder (1920)**
Peter Brock: **Das schöne Fräulein Li (1922)**
Wolfgang Brenner: **Stinnes ist tot (1924)**
Petra A. Bauer: **Unschuldsengel (1926)**
Horst Bosetzky: **Bücherwahn (1928)**
Petra A. Bauer: **Kunstmord (1930)**
Jan Eik: **Goldmacher (1932)**
Klaus Vater: **Am Abgrund (1934)**
Horst Bosetzky: **Mit Feuereifer (1936)**
Jan Eik: **In der Falle (1938)**
Jan Eik: **Polnischer Tango (1940)**
Petra Gabriel: **Beutezug (1942)**
Horst Bosetzky: **Unterm Fallbeil (1944)**
Jan Eik: **Heimkehr (1946)**
Horst Bosetzky: **Razzia (1948)**
Petra Gabriel: **Operation Gold (1950)**
Jan Eik: **Heißes Geld (1952)**
Horst Bosetzky: **Auge um Auge (1954)**
Petra Gabriel: **Kaltfront (1956)**
Jan Eik: **Grenzgänge (1958)**
Petra Gabriel: **Tod eines Clowns (1960)**
Horst Bosetzky: **Berliner Filz (1962)**
Horst Bosetzky: **Auf leisen Sohlen (1964)**
Klaus Vater: **Brandt-Gefahr (1966)**
Horst Bosetzky/Uwe Schimunek: **Rotlicht (1968)**
Stephan Hähnel: **Geschwisterliebe (1970)**
Petra Gabriel: **Im Rausch (1972)**
Bettina Kerwien: **Au revoir, Tegel (1974)**
Bettina Kerwien: **Tot im Teufelssee (1976)**
Uwe Schimunek: **Rebellen (1978)**
Bettina Kerwien: **Tiergarten Blues (1980)**
Bettina Kerwien: **Agentenfieber (1982)**
Bettina Kerwien: **Hochgeboxt (1984)**
Bettina Kerwien: **Katzenkopp (1986)**

Alle Bände sind auch als E-Book erhältlich.